더킹 · 영원의 군주
THE KING · ETERNAL MONARCH

1

드라마 소설·극본 김은숙·소설 스토리컬쳐 김수연

영원의 군주

THE KING · ETERNAL MONARCH

1

알에이치코리아

차 례

여기, 두 개의 세계가 있다.

두 세계의 처음은 완전히 같았다. 같은 시간, 같은 조건 속에 태어난 인간은 같은 얼굴을 가졌다.

영원히 평행선을 그리며 나아갈 줄 알았던 두 세계는 반으로 접어 나눈 듯 닮아 있으면서도 미끄러져 번진 것처럼 다른 세계가 된다.

어떤 인간은 같은 얼굴을 하고도, 다른 선택을 하니까.

그렇게 두 세계는 우리가 가장 잘 아는, 우리가 살아가고 있는 세계의 이름인 대한민국과 또 다른 대한제국이 되었다.

두 대한의 역사는 조선 왕조 소현세자 때부터 달라졌다. 아버지인 인조가 막지 못한 호란을 소현세자, 대한제국에서는 영종으로 추대된 그가 막아내면서부터.

하나의 뿌리에서 갈라져 나온 두 가지의 사이는 점차 벌어진다.

일제 강점기를 거쳐 분단의 아픈 역사를 맞이해야만 했던 대한민국과 달리 대한제국은 한반도 내에서 하나의 국가를 유지하며 발전했다. 평양과 서울, 부산을 연결하는 기차는 끊긴 적 없이 운행되었고 덕분에 대한민국에서는 진작 사라진 황실도 대한제국에는 여전히 존재했다.

조선을 넘어 국호를 대한제국이라 칭한 황실은 이제 의회와 통치권을 나눠 가지며 삼대째 한반도의 평화를 지키고 있다.

황실의 상징은 오얏꽃.

의회가 있는 정치수도는 서울이고 경제수도는 평양, 황실은 1945년 문화수도 부산에 궁을 옮겨 자리를 잡았다. 황실이 국토의 맨 앞에서 가장 먼저 적을 상대하겠다는 결의를 담아 동백섬 위에 세워진 궁이었다.

2019년 가을, 그곳 궁에 사는 대한제국 황제의 이름은 이곤이다.

붉디붉은 주단 위 금색 실로 화려하게 수놓은 곤룡포는 대한제국 황실의 위엄을 상징했다. 곤은 벽에 걸린 곤룡포를 마주한 채 셔츠 소매에 팔을 집어넣었다. 시중을 드는 이의 손길이 서툴렀다. 규봉은 궁에 들어온 지 얼마 되지 않은 궁인이었다. 규봉은 긴장이 역력한 표정으로 곤의 셔츠 단추를 아래부터 채워나갔다. 자신의 안위가 곧 제국의 안위였으므로, 어떠한 위험에도 스스로를 지키기 위해 단련된 곤의 몸은 완벽했다. 단단하고 넓은 어깨를 힐끗 훔쳐본 규봉은 새삼스럽게 감탄했다.

무심하게 내리깐 눈과 마주칠 새라 규봉은 대한제국의 자

9

랑을 힐끔댔다. 곧게 뻗은 눈썹 아래 솟은 날카로운 콧날과 매끄러운 입술, 날렵한 턱선까지. 대한제국의 세 번째 황제는 제국민의 사랑을 한 몸에 받을 만한 외형을 자랑했다. 물론 제국민의 황제에 대한 전폭적인 지지는 그의 외모에서만 비롯되는 것은 아니겠으나.

규봉의 손이 마지막 단추를 잠그려 할 때였다. 곤의 목 부근 길게 자리한 흉터에 규봉의 손이 닿기 직전, 매서운 손길이 규봉의 손을 쳐냈다.

손을 쳐낸 것은 곤의 옆을 지키고 서 있던 근위대장 조영이었다. 황제를 가장 가까운 곳에서 모시며 가장 무거운 책임을 지는 이였다. 온종일, 잠자는 시간에도 황제의 신변에 문제가 생길까 온 신경을 곤두세우고 있는 이. 책임의 무게만큼이나 단호하고 차가운 눈길에 규봉은 얼어붙었다. 황실의 궁인들은 종종 소탈한 황제보다 원칙에 충실한 근위대장을 더 어려워하고는 했다.

머리카락 한 올 빠짐없이 이마 뒤로 넘긴 영은 어느 날 갑자기 근위대장이 된 사람이 아니었다. 선황제의 가장 친한 친우이자 해군 소령이었던 이의 아들로 태어나 황실에서 황제와 함께 자랐다. 황제의 곁을 지키기 위해 태어나 자랐다고 해도 과언은 아닐 것이다.

그대로 굳어버린 규봉을 곤이 낮고 부드러운 목소리로 물렸다.

"직접 하겠다."

손수 흰색 셔츠의 마지막 단추를 잠그는 곤을 보며, 규봉은
얼른 고개를 조아렸다. 영이 짜증스럽게 물었다.

"신입?"

"예? 예."

"폐하께선 다른 사람의 손이 몸에 닿는 걸 싫어하십니다.
처음은 실수지만 다음엔 의도로 간주합니다. 명심하십시오."

"예, 대장님. 죄송합니다. 폐하, 목의 상처는 가려드릴까요?"

상처를 언급하는 규봉에 영의 표정이 아예 일그러졌다. 딱
딱하게 구는 영을 보며 곤은 웃음을 삼켰다. 다른 이들이 보
기에는 무서울지 몰라도 곤에게는 우스웠다. 울고 있던 곤에
게 다가와 아무것도 모르면서 '형아, 울지 마' 하며 함께 울던
게 아직도 어제 같았으므로. 그리 말하면 영은 무척 자존심
상해할 것이다.

시간이 참으로 빨랐다. 곤은 목에 상처가 난 그해로부터 시
간이 많이 지났음을 상기하며 고개를 저었다.

"가릴 필요 없다. 앞으로도. 이것 또한 나의 역사거든."

어차피 곤의 상처는 곤만의 것이 아니었다. 그것은 제국민
이 모두 공유하고 있는 상처였다. 곤 본인이 그 상처로부터
얼마나 자유로워졌든, 혹은 그렇지 않든지 간에. 다시금 고개

를 조아린 규봉이 한 발짝 물러서자 곤이 한편에 놓인 승마용 장갑과 채찍을 집어 들었다.

그러다 문득 곤이 뒤를 돌았다. 뒤를 돌아본 곳에는 언제나와 같이 그림 하나가 걸려 있었다.

피식, 어이없다는 듯 웃음을 흘린 곤은 성큼 벽면의 그림으로 향했다. 곤의 걸음에 백발이 성성한 노상궁의 얼굴에 낭패가 어렸다. 노상궁의 반응에도 아랑곳하지 않고, 곤은 오히려 빠르게 움직였다. 그림의 뒷면, 화병의 아래, 침대맡 서랍 안, 자주 보지 않는 책장 속까지 곤의 손이 꼼꼼하게도 훑고 지났다. 곧 곤의 손안에 붉은 부적이 수북하게 쌓였다.

곤이 서른이 넘은 이후로, 아니 그 이전부터 곤에게 짝을 맺어주지 못해 안달이 난 노상궁이었다. 손에 든 부적을 탁자 위에 쏟아부으며 곤이 노상궁에게 설명해보란 듯 턱짓했다.

영이 곤과 함께 자랐다면, 노상궁은 곤이 태어난 그때에도 이미 궁에 자리했다. 일평생을 황실에 몸 바쳐 일한 그녀였고, 곤의 일평생이 그녀의 보살핌 속에 있었다. 그러니 곤에게는 때로 어머니보다도 더 어머니 같은 존재라 할 수 있었다. 그렇다고 해도 그녀의 바람을 다 들어줄 수는 없는 노릇이다.

숨겨둔 부적이 모두 들통났음에도 노상궁은 도리어 궁싯거렸다.

"아니, 구총리 일찍 도착해 기다린다는데 어서 가시지 않고…….."

"이게 진짜 효험이 있나봐. 사람을 막 끌어당기는 힘, 그런 거? 구총리도 막 끌려서 매번 일정보다 일찍 오나? 이러다 구총리가 황후가 되겠는데?"

다분히 의도된 도발이었다. 노상궁은 구총리를 못마땅해했으니까. 물론 곤도 구총리를 총리가 아닌 여인으로 생각한 적은 없었다. 세간의 시선이나, 구총리의 야욕이 어떤지는 차치하고.

"안 될 일입니다! 미신 안 믿으신다면서요. 이게 뭔 힘이 있겠습니까."

역시나 노상궁이 상상만으로도 싫다는 듯 경악했다. 곤이 장난스럽게 입꼬리를 올렸다. 그러나 그 올라간 입꼬리에도 단단한 고집이 배어 있었다.

"난 안 믿는데 노상궁이 믿잖아. 노상궁의 간절함에 누가 응답할까봐."

아무 효과도 없는 부적을 숨기는 데 시간을 뺏기지 말라는 뜻이었다.

"제가 오죽하면! 종묘와 사직이 그 어느 때보다 위태롭습니다. 폐하께서 얼른 혼인을 하셔야!"

"뜻이 없네."

"후사는 황제의 마땅한 의무이며……."

"관심 없네."

곤은 눈 하나 깜박 않고 노상궁에게 반박했다. 마땅한 의무에도 관심 없다는 곤의 말에 노상궁의 말문이 턱하니 막혔다.

곤은 황제로 태어났고, 황제의 삶 자체가 곧 의무였다. 곤 또한 의무를 저버리지 않고 산 황제였다. 혼인도 의무임을 모르지 않을 텐데, 이 문제에 관해서만 곤은 노상궁과 황실 사람들의 애를 끓게 했다. 이유 모를 회피였고, 의외의 고집이었다. 숨겨둔 여인이라도 있다면, 노상궁도 이해하겠으나 궁에서 생활하며 일거수일투족을 제국민에게 감시당하는 것이나 마찬가지인 황제의 삶에 그런 여인이 있을 터가 없었다.

그러니 자꾸만 총리와 엮이는 것도 있었다. 총리는 대외적으로 황제가 유일하게 나란히 서는 여성이었으니까.

노상궁은 멍하니 곤의 너른 등을 보았다. 다시금 제 갈 길을 가는 곤의 뒤를 검은 양복을 입은 영과 근위대가 바싹 따라붙었다.

∞

승마장은 곤이 궁 안에서 가장 좋아하는 곳 중 하나였다. 다른 계절보다 높게 펼쳐진 푸른 하늘 아래 탁 트인 초원을

14

달리고 있으면, 무엇 하나 걱정할 게 없는 듯한 기분이 들었다. 대한제국을 살아가는 이들의 수많은 염원과 그 염원이 의무로 내려앉은 어깨 위까지 한결 가벼워지는 기분.

맥시무스와 함께여서 더욱 좋았다. 곤이 아끼는 말인 맥시무스는 모든 것이 죽어가던 그 험한 밤에 태어난 생명이었다. 투명한 햇빛이 바람을 가르고 내달리는 곤과 맥시무스를 따스하게 비췄다. 색색의 단풍 아래를 지나자 햇빛의 색 또한 오색으로 찬란하게 산란했다.

곤이 말을 멈추고 땅에 발을 디디기 무섭게 비서들을 대동한 구서령 총리가 곤의 곁으로 다가왔다. 승마장 초입에 깔린 자갈 위를 서령이 신은 스틸레토 힐이 아슬아슬하게 내딛었다. 곤은 그럼에도 흐트러짐 없는 걸음걸이를 자랑하는 총리를 바라보았다.

제국을 받치고 선 황실과 의회, 황제인 곤과 총리인 서령은 그곳의 기둥이었다. 곤은 손목을 들어 시계를 확인했다.

"압니다, 폐하. 시간이 좀 이른 거. 날씨도 좋고 맥시무스도 보고 싶고 해서 제가 좀 서둘렀어요."

싱긋 붉은 입꼬리를 올려 보인 서령은 곤이 고삐를 쥐고 선 혈통 좋은 백마를 향해 인사했다. 반가운 친구를 대하듯 손인사까지 더해진 친밀한 인사였으나 맥시무스는 서령 쪽으로는 눈길도 주지 않았다.

"여자를 싫어해요. 오냐오냐 키워서 사람도 물고."

"나돈데. 저도 사람 자주 물거든요."

지지 않고 답한 서령이 못내 분한 표정을 순식간에 지우고는 활짝 웃었다.

"손 흔들어주세요. 정면 앵글로 오십 미터 앞에서 촬영 중입니다. 공보실에서 승마장 그림이 좋겠다며 따라 나오네요."

"걷는 건 무리일 것 같고, 이쪽으로 서요. 왼쪽 프로필이 예쁘던데. 다음엔 편한 신발 신고 오고."

무심한 듯하다가도 이렇게나 섬세한 황제였다. 모든 뭇 제국 여성들의 환심을 산 데는 다 이유가 있었다. 서령은 곤의 말대로 왼쪽 얼굴이 카메라에 담길 수 있도록 몸의 방향을 틀었다.

"전하께서 국정 보고 시간을 절반으로 줄이셔서 갈아 신을 시간도 없었어요."

"구총리의 보고는 평균 18분 정도라. 30분, 충분하다고 봅니다. 그럼 시작할까요?"

"그럼 피차 바쁜데 5분 더 줄일까요?"

카메라 쪽만 의식하고 있던 서령이 불쑥 곤의 곁으로 파고들었다. 곤의 귓가에 속삭이는 서령의 목소리가 도발적이었다.

"서면으로 보고드린 바와 같이 나라는 평온하고 국민들은 행복합니다. 지금 이 그림으로 더 행복해졌겠구요."

"구총리 덕분입니다."

당황하지 않고 받아친 곤은 웃으며 서령으로부터 한 발짝 떨어졌다. 뒷짐을 진 황제에게서는 어느덧 어떠한 틈도 없었다. 서령은 아랫입술을 살짝 깨물었다가 놓았다. 제국은 하나뿐인데, 제국을 바치고 선 기둥은 두 개이니 그 사이가 좋을 수만도 없었고, 또 나쁘지만도 않았다. 하나의 실을 양쪽으로 당긴 듯한 팽팽한 긴장감이 둘 사이를 감돌았다.

"저도 승마를 배워보려고 하는데. 제가 소질이 있을까요, 폐하?"

"승마에 입문하면 이 말부터 듣게 됩니다. '항상 정직하게 훈련했다면 너의 말은 너를 세상 끝까지 데려다줄 것이다.' 구총리, 정직하게 하는 편입니까?"

뼈 있는 곤의 물음에 서령의 미간에 실금이 갔다.

"정직 같이 멋진 건 지지율이 떨어져도 되는, 태어날 때부터 이미 높은, 황제만의 특권입니다. 폐하, 전 정치인이구요."

황제인 곤의 미덕이 정직일 순 있어도 정치인인 서령의 미덕은 아니었다. 차게 답한 서령에게는 숨기지 못한 열패감이 잠재돼 있었다. 갖지 못한 것들에 대한 열패감이었다.

태어나기를 적게 가지고 태어났다. 서령은 그 조그마한 것들을 키우고 전복시켜가며 이 자리까지 온 이였다. 그녀의 열패감은 언제나 그녀를 더 나은 곳으로 데려다주었다. 적어도 서령은 그리 믿었다. 가난한 생선 가게 딸에서 재벌가 총수의 부인으로, 이혼 후에는 대한제국의 총리로. 서령은 언제 냉랭했냐는 듯 또 한 번 순식간에 얼굴을 바꿔 곤에게 감사를 표했다.

"폐하께서 자발적으로 세금 납부를 결정해주신 점, 국민을 대표해 감사의 말씀 전합니다. 정치인인 저는 폐하의 그 정직함을 이용할 생각이라."

"들었어요. 상하원의 세비 인상안에 거부권을 행사했다고. 이길 수 있겠어요? 그 싸움에 내가 조커가 되는 겁니까?"

"폐하께서 어떤 카든지 모르세요? 폐하께선 언제나, 킹 카드죠. 잘 싸워보겠습니다. 지켜봐주세요, 폐하."

"늘 그랬어요."

제 앞에 서면 부러 숨기지 않고 드러내는 서령의 야망이 곤은 불편했다. 서령의 말대로 곤은 황제가 되기 위해 태어났고, 의무는 있어도 욕망은 그의 것이 아니었다. 그녀의 야망이 불편할 수밖에 없었고, 그러니 늘 지켜볼 수밖에 없었다. 더군다나 이제는 그 욕망의 대상이 황제, 자신이었다. 곤은 과감하게 자신의 인생을 개척해온 여인은 무슨 짓을 저지를지 감히 가늠도 되지 않을 때가 있었다.

"보고도 충분했고 사진도 적당히 된 듯하니 이만 끝낼까요? 다음 일정이 있어서 씻어야 하거든요."

곤이 청명한 가을 공기의 일부처럼 싱그럽게 웃었다. 제가 카메라 앞에서 그렇듯, 곤 역시 꾸며낸 표정이라는 것을 잘 알면서도 서령은 다시금 생각했다. 곤이 뭇 제국 여성들의 환심을 산 데는 이유가 있다고. 자신이 그 일부가 되어버린 기분은, 별로였다.

∞

강물 위로 햇살이 부서졌다. 강가를 둘러싼 나무들은 화려한 색의 단풍에 물들었고, 어느 때보다 화창한 날씨에 조정 경기장에는 엄청난 인파가 몰려들었다.

날이 궂었어도 사람은 많았을 것이다. 오늘은 황제가 직접 조정 경기에 참여하는 날이었으니까. 경기에 참여하는 이들의 가족들은 물론이고 황제를 보러 나온 제국민들까지 몰려 경기장 주변은 산만하기 그지없었다. 웅성거리며 경기를 관전하는 인파들을 통제하느라 영은 온 신경이 예민해져 있었다.

이런 야외 행사가 있는 날이면, 영을 비롯한 근위대의 수고는 이루 말할 수 없었다. 곤은 제국민 모두에게 사랑받는 황제였고, 스스로 한 몸 정도는 지킬 수 있을 정도로 강했지만,

덕분에 곤이 몸을 실은 해군사관학교 88기의 배가 선두로 결승선에 닿고 있었지만, 혹시 또 몰랐다.

어린 시절, 곤은 이미 죽을 뻔한 적이 있었다. 근위대는 행사장 곳곳을 지키며 경계를 강화했다.

"비켜! 비키라고!"

"이런 씨!"

인파 속에서 소요가 인 건 해군사관학교 88기가 마침내 우승을 쟁취해낸 때였다. 격렬하게 노를 젓느라 곤의 피부 표면에 물기가 어려 있었다.

"우리는 영예로운 충무공의 후예다! 싸우면 반드시 이긴다!"

동기들과 손을 모아 부딪쳐 우승의 기쁨을 만끽하며 곤이 시원스럽게 웃었다. 그 모습을 여러 기자들과 시민들이 정신없이 각자의 카메라로 담아내고 있었다. 육지로 나온 곤을 찍기 위해 사람들이 술렁이며 몰려들었다. 근위대가 황제의 곁을 에워싸며 사람들로부터 간격을 유지했다.

"오늘 뭔 날이야? 왜 다들 기어 나와서 난리야!"

"비켜!"

곤이 젖은 신발을 벗는 사이, 멀리서 험상궂게 생긴 사내들이 총을 꺼내 들며 달렸다. 사내들이 마구잡이로 사람들을 밀치며 총구로 인파를 가르자 황제를 보려던 인파 뒤쪽에서부터 비명이 일었다. 사내들은 이곳이 어디인지, 어떠한 행사가 진행 중이었는지 알 턱이 없었다. 사내들이 쫓고 있는 것은 오직 자신들을 물 먹인 여자 하나였으니까. 검은색 토끼 후드를 뒤집어쓴 여자가 점점 멀어지고 있었다. 그녀를 뒤쫓기에는 사람이 너무 많았다. 아무리 밀치고 나가려고 해도 걸리적댔다. 분노에 찬 사내 하나가 총을 높이 들었다.

'탕!'

총성이 허공을 갈랐다.

커다란 총성은 승리에 취해 환하게 웃던 곤의 시간을 순식간에 이십오 년 전의 어느 밤으로 되돌려놓았다. 동시에 영이 몸을 날려 곤을 감싸안았다. 곤은 영과 근위대의 보호를 받으며 날카로운 눈으로 총성이 들려온 곳을 보았다.

어떻게든 사람들을 물려 앞으로 나아가려던 사내의 수작은 완벽하게 실패했다. 술렁이던 공간은 총성으로 인해 더한 아수라장이 되었다. 뒷걸음질 치는 이들, 그 자리에 바싹 엎드려 무릎 꿇은 이들, 비명과 함께 그 자리에서 멈춰버린 이까지.

"나 진짜 진심 담아 얘기하는데 죽고 싶지 않으면 다 비켜! 비키라고!"

총을 든 사내가 분풀이를 하듯 사람들을 향해 총구를 겨눴다. 그러나 사람들은 비키기는커녕 바들바들 떨며 움직일 생각도 못하고 있었다. 이미 여자를 잡기는 늦은 게 분명했다.

짜증스럽게 총을 움직이는데 다른 사내가 그를 만류했다.

"혀, 형님! 움직이지 마십쇼! 가만 계세요, 가만히!"

"가만있으면 그년을, 야! 너도 움직이지 마!"

사내가 발견한 건 다른 사내의 검은 양복에 무수하게 찍힌 붉은 점이었다. 곧 자신의 몸에도 붉은 점이 수십 개 찍혀 있다는 사실도 알아차렸다. 몇 개인지 모를 총이 자신들을 조준하고 있었다.

깨달음은 뒤늦었다. 곳곳에 배치되어 있던 근위대가 두 사람에게 총을 겨눈 채 조금씩 거리를 좁혀 오고 있었다. 근위대가 가까이 오자 엎드려 있던 이들이 하나둘 일어서며 자리에서 물러섰다.

"일단 이곳을 벗어나시는 게 좋겠습니다."

영이 곤을 호위하며 말했다. 그 순간 곤의 시선은 포위된 사내들이 아닌 사내들이 쫓던 검은색 후드를 뒤집어쓴 이에게 가닿아 있었다. 사내들이 꼼짝 못하게 되자 숨을 고르며 사내들을 비웃는 흰 얼굴이 어렴풋이 보일 듯 말 듯했다. 곤이 그 얼굴을 정확하게 가려내기 위해 눈가를 모았을 때, 토끼는 등을 돌려 다시금 달리기 시작했다.

재빠르고 가벼운 몸놀림이었다. 사내들로부터 어떻게 도망쳤는지 쉽게 짐작 가능했다. 아스라이 보이던 얼굴은 사라졌으나 잔상이 남았다. 영이 근위대에게 지시사항을 전달하는 틈을 타 곤은 달리기 시작했다.

아주 오래전부터 기다렸던 '시계토끼'를 자신이 방금 본 것 같았으니까. 반드시 정체를 확인해야만 했다.

곤의 기다란 다리가 빠르게 여인을 쫓았다. 잡힐 듯 잡히지 않아 애가 탔다. 여인보다는 한참 빠를 것이라 생각하는데, 거리는 쉽게 좁혀지지 않았다. 숨이 턱 끝까지 차올랐다. 자신이 사라진 것을 안 근위대는 지금쯤 난리가 났을 것이다. 총성이 일어난 바로 다음이었고, 혈혈단신의 몸으로 사라졌으니까. 문득, 종종, 자주 훌쩍 사라져 근위대를 곤란에 빠뜨리곤 하던 곤이었지만 적어도 이렇듯 야외 행사 중에 기행을 벌인 적은 없었다.

하지만 찰나에 스친 얼굴이어도 곤은 확신했다. 여자의 얼굴을 헷갈렸을 리 없었고, 놓칠 수도 없었다. 어차피 영이 근처에 있으니까…… . 곤이 입술을 꽉 깨문 채 건물 뒤편으로 사라진 여인을 쫓아 코너를 꺾었을 때였다. 쉬지 않고 달리던 곤의 발이 마침내 멈췄다.

"……."

유리로 된 건물 외벽에 비친 건 곤, 자신이었다. 그 외에는 사방을 둘러봐도 아무도 없었다. 〈이상한 나라의 앨리스〉. 그 신비하고도 사랑스러운 동화 속 시계토끼처럼 여인은 순식간에 자취를 감춘 채였다. 뒤이어 발소리가 들려왔다. 혹시 여인일까, 곤이 뒤돌아보는 일은 없었다. 발소리만 들어도 알수 있었다. 자신의 근위대장이 따라붙었다는 것쯤은.

"체력도 좋으십니다. 이천 미터 물 위를 달리고 곧장 이렇게 또, 하아……. 갑자기 왜 뛰신 겁니까?"

급하게 숨을 몰아쉬며 영이 물었다. 곤은 조금 허무해졌다.

"시계토끼를 봤거든."

"그게 뭡니까? 시계를 보셨단 겁니까, 토끼를 보셨단 겁니까?"

"넌 참…… 동화가 필요하다."

〈이상한 나라의 앨리스〉 속 시계토끼 이야기는 얼마 전 '황제가 들려주는 동화 이야기' 행사에서 곤이 직접 읽기도 했다. 경호를 하는 영의 귀에는 들리지 않았음은 잘 알겠다. 곤은 영을 향해 혀를 차면서 마지막으로 주변을 두리번거렸다. 혹시나 여인이 보일까 하여.

착각할 리 없다고 생각했는데, 착각한 것일 수도 있었다. 때로 너무 간절한 마음은 착각을 불러일으키기도 하니까. 착각이라면 대한제국의 황제로서 위엄을 지키지 못한 일이다. 꼴사나웠다. 그렇지만 곤에게도 항변의 여지는 있었다. 기다림이 너무 길었다. 간절한 마음이 흘러넘쳐 착각이 될 만도 하지 않느냐고 여인에게 묻고 싶었다.

토끼 후드를 쓴 여인은 흔적 없이 사라졌으니, 물을 수 있는 이는 다시 사진 속 여인뿐이겠지만.

∞

샤워를 마치고 나온 곤은 편안한 차림으로 자신의 서재로 들어섰다. 고단한 하루였다. 유난하다고도 할 수 있겠으나 평소와 같은 하루였다. 황제의 하루는 매일 빠짐없이 바쁘고 고단했으니까. 그래서 일 년에 한 번, 혹은 두 번쯤 곤은 시간을 비우고 훌쩍 떠나고는 했다. 그래봐야 며칠 여행을 떠나 개인적인 시간을 가지는 정도였지만 그런 시간들이라도 갖지 않으면 안 될 때가 있었다. 무언가에 파묻혀버릴 것만 같은 기분이 들 때가.

복잡한 수식이 가득 적힌 칠판을 바라보다가 곤은 책장에서 익숙한 동작으로 익숙한 책 한 권을 꺼냈다.

조정장에 난입했던 이들, 겁도 없이 황제의 공식 석상 바로 앞에서 총을 쏘아올린 괴한 집단은 경찰이 전원 검거해 조사 중이었다. 황제의 위치에서 안온함을 느끼면서 살 수 없다는 것만은 잘 알았다. 너무 어린 시절 뼈저리게 직접 체험해 깨달은 바였다. 그러니 이런 일이 있을 때면 이십오 년 전의 일이 떠오르지 않을 수 없다.

이십오 년 전을 떠올리면, 자연스레 발바닥에 끈적한 피가 들러붙는 기분이었다. 아무것도 걸치지 않아 휑한 목 부근을 무언가 조여오는 듯한 기분과 함께. 곤은 어색한 손길로 제 목을 더듬었다. 희미하게 남은 상처 자국을 매만지던 곤은 눈가를 찌푸렸다.

불안하고 두렵다. 그날을 생각하면 그랬다. 마치 그날로 돌아가 무력한 어린아이가 된 것처럼 불안하고 두려워졌다. 역모의 밤. 검에 찔린 채 죽어가던 아버지, 아버지에게 죽음을 선사한 핏발 선 눈의 삼촌, 피로 뒤덮인 천존고, 죽음을 목전에 두었던 자신. 당장에라도 또 한 번 그 일이 반복될 것만 같이.

그 밤, 부서진 피리

1994년 겨울, 대한제국.

세찬 겨울바람에 궁 한가운데 솟은 앙상한 은행나무 가지
가 스산하게 흔들렸다. 드센 바람과 함께 폭설이 내리고 있었
다. 소리가 없어 더 무거운 폭설이 나뭇가지 위에 쌓이자 기
다란 가지가 휘청이며 땅 아래로 내려앉았다. 그 밤은 나라의
안녕을 기원하기 위해 이십 년에 한 번씩 만파식적을 세상에
공개하는 날이었다. 만파식적은 동해 용왕의 전설과 함께 전
해 내려오는 보물이었다.

신문왕이 동해 용왕에게서 대나무로 만든 피리 하나를 얻
었다. 피리를 불면, 적병이 물러가고 병이 나으며, 가문 땅엔

비가 오고, 장마는 개며, 바람은 멎고 물결은 가라앉는다. 실로 그러하여, 신문왕은 이 피리를 '만파식적萬波息笛'이라 부르고 국보로 삼았다. 적병과 역병으로부터 모두를 보호한다는 승리의 식적. 식적의 능력은 그뿐이 아니었고, 그래서 바로 오늘이었다. 다른 모든 날은 그에게 허락되어 있지 않았다.

대한제국 2대 황제인 이호 황제. 그의 이복형제 이림은 황제의 빈 침전에 발을 들였다. 그는 유약하다 여겨질 만큼 어진 성정의 이호와 달리 시원시원한 이목구비만큼이나 좋게 말해서는 호쾌한, 실제로는 잔인한 성정의 사내였다. 검은 양복을 차려입은 이림은 장신의 다리를 성큼성큼 뻗어 주인 없는 침전을 누볐다. 그 뒤를 이림의 수족인 경무와 그 부하들이 따르고 있었다.

침전을 지키던 근위대는 처리된 지 오래다. 이림은 거침없는 손놀림으로 침전 한편에 놓인 사인검四寅劍을 집어 들었다.

'乾降精 坤援靈 日月象 岡澶形 攪雷電 運玄坐 推山惡
玄斬貞'

하늘은 정精(생명)을 내리시고 땅은 영靈을 도우시니 해와 달이 모양을 갖추고 산천이 형태를 이루며 번개가 몰아치는도다. 현좌玄坐를 움직여 산천山川의 악한 것을 물리치고 현묘玄妙한 도리로서, 베어 바르게 하라.

뚜렷하게 각인된 글자를 내려다본 이림의 입가에 비웃음이 걸렸다. 사인검의 서슬 퍼런 검날만큼이나 이림의 눈가에도 형형한 살기가 어렸다. 뒤편에 선 경무가 고했다.

"황제는 천존고에 있습니다."

"가자. 얻을 것이 그곳에 있다."

사인검을 손에 든 채 결연한 표정으로 이림은 침전을 빠져나와 걸었다.

왕관부터 현금, 도자기와 검, 대대로 내려오는 각종 보물이 자리한 천존고. 그곳 지하 깊숙이 잠들어 있던 만파식적이 황제의 손에 의해 이십 년 만에 세상의 빛을 볼 것이다. 빛과 함께 이림의 손에 들어올 것이다.

그리고 식적을 가진 이림이 세상을 가지게 될 것이다.

조선을 넘어 대한제국을 세운 황제의 어진御眞이 차례로 늘어선 복도를 지나며 이림은 사인검을 쥔 손에 힘을 실었다. 그의 뒤에서 끊임없이 총성이 울려 퍼졌다.

'탕! 탕!'

갑작스러운 이림과 그 부하의 등장에 황제의 근위대는 속수무책으로 쓰러졌다. 이림과 부하들은 빠르고, 잔인했다. 육중한 사내들이 피격을 받아 쓰러지며 그들의 가슴에서, 다리에서, 팔에서, 머리에서 진한 피가 흘러나왔다.

흘러나온 피가 이림의 구둣발을 적셨다. 그 피를 밟고 지나는 이림의 걸음에는 주저함이 없었다. 오래 기다려온 밤이었다. 천존고로 다가갈수록 근위대의 수는 많아지고, 혈전이 벌어졌다. 근위대인지 자신의 부하인지 모를 이의 피가 튀어 이림의 흰색 셔츠를 적셨다. 이림은 웃었다. 진한 피 냄새가 코끝을 찔러온다. 아주 흡족한 밤이 될 터였다.

천존고의 육중한 문이 열리며 식적 앞에 선 황제의 뒷모습, 동생의 모습이 보였다. 그저 그렇게 태어났다는 것만으로 황제의 옷을 입고 있는 자신의 동생. 이림은 살기등등한 눈으로 이호를 보았다.

시선을 느끼고 뒤를 돌아본 이호는 피에 젖은 이림을 발견하고는 잠시 숨을 멈췄다. 역모다. 이호를 지키던 근위대장이 총을 꺼냄과 동시에 총을 쥐고 있던 경무가 빠르게 방아쇠를 당겼다. 총알이 근위대장의 머리를 관통했고 이호를 지키던 그는 무력하게 쓰러졌다. 순식간에 벌어진 일에 이호의 얼굴이 두려움에 젖었다.

"형……님……! 이게 대체……! 형님, 지금 무슨 짓을 하시는 겁니까!"

"무슨 짓을 할지 여직 모르십니까."

"이러지 마십시오. 그 검 내려놓으세요. 이건 역모입니다, 형님!"

어둡고 은은한 빛이 이림이 든 사인검에서 반사되었다.

"폐하께는 고작 역모이겠으나 전 더 큰 걸 얻고자 든 검입니다."

"뭘 얻고자 생명까지 해하십니까. 천벌이 두렵지도 않으십니까!"

"천벌. 예, 저는 바로 그 천벌을 내리는 자가 되려는 겁니다, 폐하."

한 걸음, 이제 세상을 갖는 데 한 걸음이면 될 것이다. 이림은 이호에게로 다가서며 웃었다.

"아우님, 신이 인간을 만들었다는 말은 틀렸어. 나약한 인간이 신을 만든 것이다."

이림은 그대로 달려가 제 동생의 복부에 검을 깊숙이 찔러 넣었다. 망설임 없이 찔러 넣은 검은 이호의 육신을 아프게도 파고들었다. 본디 흰 황제의 피부가 희디희게 질리며 피를 토해낸다. 이림은 질린 동생의 얼굴에 묘한 고양감을 느꼈다. 증명하고 싶었다. 저보다 나약한 존재라는 것을. 찔러 넣었던 검을 빼내자 그 자리에서 피가 분수처럼 튀어 올랐다. 이림이 그의 피를 뒤집어쓰고 만족스럽게 웃었다.

검을 완전히 뺀 이림이 한 발짝 멀어지자 이호의 육신이, 이제는 사체가 된 그것이 널브러졌다. 이림은 동생을 벤 검을 그 자리에 툭, 던져버렸다. 그리고 이호가 죽어가면서도 손에 꼭 쥐고 있던 열쇠를 꺼냈다. 식적을 꺼낼 열쇠였다.

열쇠를 손에 쥐자 이림의 눈에 핏발이 섰다. 이림은 지체 없이 보존함에서 식적을 꺼냈다. 이림에게 세상을 가져다줄 피리는 투박하면서도 아름다웠다.

"아바마마……!"

이림이 생각지 못한 불청객의 목소리가 들려온 것은 그때였다. 근위대의 피로 넘실대는 복도를 지나, 천존고의 문을 지나 흰 맨발을 피로 온통 적시고 온 어린아이. 아이의 눈이 피를 흘리며 쓰러진 제 아비와 그 앞에 식적을 들고 선 큰아버지를 보고 있었다. 믿을 수 없는 광경이었으나 어린아이의 시선은 또렷했다.

이호의 아들, 하나뿐인 태자, 곤을 내려다보는 이림의 눈에 또 한 번 잔인함이 서렸다. 자신의 동생이 태어나 황제가 된 것처럼 태자 또한 태어났다는 이유로 태자가 되었다. 커서는 황제가 될 터였다.

"폐하께선 이미. 어쩐다? 이제 고아가 되셨습니다, 태자 전하."

죽은 아버지와 친족을 살해한 큰아버지를 보고도 여덟 살의 작은 태자는 놀랍게도 울음을 삼켰다. 겁에 잔뜩 질린 주제에 매섭게 자신을 노려보는 곤을 보며 제 아우보다, 아우가 낳은 아들이 나을 수도 있겠다고 이림은 생각했다. 하긴 태어나 얼마 되지 않아 글을 떼고, 수를 떼고, 태자는 누구보다 영특한 천재라 했다. 그러나 중요하지는 않았다. 어차피 이 광경의 목격자가 된 이상 이림, 자신의 손에 의해 죽음을 맞이하게 될 한낱 아이였다.

곤이 바닥에 버려져 있던 제 몸집만 한 사인검을 주워들었다.

"그걸로 저를 벨 수 있으시겠습니까."

곤은 얼마 전, 자신의 아버지가 제게 다정한 목소리로 들려주었던 사인검에 새겨진 뜻을 기억했다. 그것이 사인검의 소명이었고, 오직 황제만이 사인검의 주인이 될 수 있었다. 이호는 곤에게 그 사명을 지키라 가르쳤다. 그 소명이 이리도 빠르게 제게 다가올 줄은 몰랐지만.

"해볼 것입니다."

눈물이 결국 곤의 여린 볼 아래로 흘러내렸다. 그러나 곤은 입을 꽉 다물며 손에 힘을 주었다. 이림이 그런 곤을 비웃는 순간, 방심한 순간을 노려 곤은 온 힘을 다해 검을 휘둘렀다. 놀란 이림이 반사적으로 식적을 내밀어 검을 막았다.

탁!

검에 베인 식적이 두 동강이 나며 땅에 떨어졌다. 온 힘을 다했던 곤의 작은 몸집이 휘청거리며 뒤로 나자빠졌다. 칼에 스친 이림의 손에서도 피가 흘러내렸다. 두 동강이 난 식적을 바라보는 이림의 눈에 전에 없던 광기가 일었다.

뒤로 넘어진 채로도 어린 곤은 떨리는 입술을 벌렸다. 남아 있을 근위대를 향해 명령했다.

"……역모다. 근위대는 역적 이림을 체포하라. 금친왕 이림의 황족 지위를 박탈하고, 국법에 따라 최고형에 처한다!"

제발, 누구라도 와주길 바라며 곤은 명령했다.

금친왕. 이림은 열셋의 나이에 금친왕으로 봉해졌다. 태어나기는 첫째 아들이었으나 어미는 황후가 되지 못하고 죽어 귀인으로 추증되었기 때문에. 그렇게 아무것도 모르고 선하기만 한 아우가 황제가 되었다.

이림의 눈앞의 태자도 마찬가지가 아닌가. 황제의 아들로 태어났다는 것만으로 태자가 되었다. 제가 부러뜨린 식적이 무엇인지 모르기는 제 아비와 마찬가지였다. 이것은 세상이었다. 정확히는 두 개의 세상, 그 세상을 두 동강 낸 주제에.

"처음으로 태자 같으십니다. 조카님."

한 글자, 한 글자를 씹어뱉으며 이림이 곤에게 한 발짝 다가섰다. 그 순간 경무와 부하들이 약속이라도 한 듯 어린 곤을 향해 총구를 일제히 들이밀었다. 커다랗게 뜨인 곤의 눈이 경무를 향했다. 경무는 놀란 곤에게는 눈길조차 주지 않았다. 경무는 오직 이림에게 물었다.

"명하십시오."

"직접 하겠다."

분노에 찬 이림이 두 동강이 난 식적을 모두 주워 그러쥐고는 곤에게로 향했다. 이림의 손이 단번에 곤의 목덜미를 졸랐다. 동시에 식적의 날카로운 단면이 곤의 목덜미에 상처를 냈다. 기다란 상처 아래로 피가 흘러나와 식적에 스며들었다.

"온 생을 기다린 날이었다. 욕망을 감추고 조력자를 모으고 아둔한 네 아비와 더 아둔한 내 아비를 버티면서 숨죽여 기다린 평생이란 말이다! 근데 네놈이, 고작 새순 같은 네놈이, 이렇게 으깨질 네놈이 이 일을 망쳐!"

광기에 젖은 이림의 손은 무자비했고 곤은 점점 숨이 희박해져 감을 느꼈다. 아무도, 아무도 오지 않는다. 곤은 침잠하며 서서히 눈을 감았다.

곤두박질친 곤의 의식이 완전히 끊기던 그 순간이었다. 땅을 박차고 의식이 떠오른 것은 곤의 귓가로 들려온 피리 소리 때문이었다. 점점 커다랗게 피리 소리가 울려 퍼졌다.

그리고 탕, 탕, 탕탕탕— 총성이 연달아 울렸다. 천장이 깨지며 유리 조각이 쏟아져 내렸다. 이림의 부하들이 점거하고 있던 천존고는 순식간에 아수라장이 됐다.

나타난 것은 검은 복면을 두르고 모자를 눌러쓴 의문의 사내였다. 이림의 부하들과의 총격전에서 그는 마치 어디에서 총알이 날아올지 아는 사람처럼 재빠르게 몸을 피하며 정확히 부하들을 조준했다.

곤의 목을 조르던 이림이 벌떡 일어나 돌아보자 사내의 총이 이림에게 겨누어졌다. 동시에 경무가 몸을 날려 이림을 밀쳐냈다. 총알은 경무의 어깨를 관통하고, 이림은 넘어지며 손에 들고 있던 식적을 또 한 번 놓쳤다. 곤은 숨을 몰아쉬며 정신을 가다듬었다.

사내의 정체는 알 수 없으나, 분명한 것은 곤을 살리러 왔다는 것이다. 곤은 컥컥거리면서도 바닥을 기어 식적을 향해 본능적으로 손을 뻗었다. 잡히는 것은 두 조각 중 하나뿐이었지만, 어째서인지 그것을 잡아야만 한다는 본능이 곤을 지배했다. 자신을 깨우던 피리 소리, 이림이 절대로 놓치지 않으려던 모습.

역시나 이림은 떨어뜨린 식적의 반을 다급하게 쥔 채, 다른 하나를 찾고 있었다. 계산에 없던 사내의 등장으로 이제는 이림에게도 시간이 없었다. 바닥에 떨어진 무전기에서도 드디어 소리가 나기 시작했다.

—비상사태 발생! 천존고에 비상사태 발생!

사내가, 이림과 부하들이 막아놓았던 것들을 풀어버린 게 분명했다.

"전하! 금군禁軍이 움직이면 궁을 못 빠져나가십니다."

어깨를 쥔 채 경무가 재촉했으나 이림은 남은 반쪽을 아직 찾지 못했다. 이림의 시선이 곤을 향하는 찰나에 이림의 발

앞으로 총알이 내리꽂혔다. 더는, 안 된다. 이림에게도 판단이 섰다.

"가자."

반쪽뿐인 식적, 그것을 쥔 채 가자고 말하는 이림은 피를 토하는 심정이었다. 곤에게 말했듯 이것은 제 평생을 걸고 손에 쥐려 한 것이었으니까. 이림은 빠르게 사내의 총을 피해 천존고 밖으로 움직였다. 부하들이 이림을 둘러싸며 사내를 향해 총질했다. 사내는 그것들을 피하고, 또 방아쇠를 당기며 점점 곤에게로 가까이 다가갔다.

곤에게 다가온 사내가 새파랗게 질린 곤의 맥을 짚었다. 곤은, 살아 있었다. 반쯤 감긴 희미한 시야로 곤은 자신을 구한 사내를 보았다. 자신이 살아 있음을 확인한 사내가 떠나려는 게 보였다. 곤은 손을 허우적거려 사내를 잡았다. 곤에게 옷깃을 잡힌 사내의 주머니에서 툭, 무언가가 떨어졌다. 곤은 식적과 함께 그것을 주워들었다. 무전을 받은 금군이 오고 있었다. 사내 또한 지체할 시간이 없었다. 가물거리는 곤의 시야로 사내가 빠르게 사라졌다.

∞

황제를 시해하고 도주한 이림은 살인 및 반역 혐의로 수배

되고 황족 지위를 박탈당했다. 그리고 반년 후, 이림은 어느 바닷가에서 근위대에게 발견되어 사살당했다. 그의 얼굴을 모르는 이가 대한제국 내에 존재하지 않으니 도망에는 한계가 있고, 근위대의 추적을 피하기 힘들었을 것이다. 그렇다고 하더라도 허무한 죽음이었다. 사람들은 비참한 죽음이라 하였으나 어린 곤에게는 그 죽음이 이상하리만치 허무하게 여겨졌다.

정말 죽었을까. 문득 의심마저 치밀어 오를 정도였다.

이십오 년 전의 그 밤, 그날이 아직까지도 너무 생생하기 때문일지 몰랐다. 무고한 이들의 피를 밟아나갈 때의 끈적함, 코를 찌르던 피 냄새. 목을 졸리던 순간의 고통, 희박해지던 공기. 시야에 잡히던 숨을 잃은 아버지. 근원적인 공포, 두려움. 감각만큼이나 감정 또한 선명했다.

그러나 이제 황제가 된 곤이 누구에게도 내보이기 힘든 감정이었다. 천천히 책상으로 걸어간 곤은 자리에 앉으며 마음을 다스렸다. 다행스러운 점이라면 그날의 잔상에 잡아먹힐 만큼 나약하지는 않았다는 것이다.

평소의 곤은 이십오 년 전의 비극으로부터 자유로운 편이었고, 이십오 년이 지난 지금 곤에게 더 선명하게 남은 것은 다름 아닌 질문이었다. 그리고 기다림이었다. 사실은 기다림이 두려움을, 슬픔을, 상처만큼이나 희미하게 만들어주었다.

자신을 구한 '그'는 왜 다시 오지 않을까. 한번쯤 자신을 찾아올 만도 한데.

영은 곤이 누구의 도움도 필요 없을 만큼 잘 자라나서 오지 않는 것이라고 했지만, 곤은 도리어 묻고 싶었다. 잘 자라난 자신을 보러 오고 싶지는 않은지.

〈이상한 나라의 앨리스〉.

어린 시절에는 더 많이 펼쳐 보았던 책을 다시금 펼치자 그 사이에 끼워져 있던 신분증이 나왔다.

서울 지방 경찰청 소속 경위, 정태을, 생년월일 1990년 5월 27일.

깔끔하게 넘긴 머리칼, 단정하고 고집 있어 보이는 이목구비, 조금 어색한 웃음. 그래, 결국 다시 물을 이는 이 여인밖에 없었다. 그는 왜 오지 않는지, 오늘 보았던 여인이 당신이었는지.

손에 쥔 공무원증은 그가 흘리고 간 유일한 흔적이었고, 의문이었다. 곤은 매일같이 이 신분증 속 여인에게 물었다. '그가 날 살린 이유를, 내가 살아남은 이유를 당신은 아느냐'고. 덕분에 여인은 곤에게 습관이 되었다. 이십오 년이 지난 지금은 누구보다 친숙했다. 곤에게는 위로였고, 위안이었다. 그렇게 묻다 보면 어느새 여인은 곤이 살아남은 이유가 되어 있었으니까.

공무원증을 뒤집자 발급일자가 보였다. 2019년 11월 11일.

곤이 이를 주운 것이 이십오 년 전인데, 시간은 아직도 2019년 9월이었다. 오늘이 9월 10일이니 이제 두 달 뒤면 발급일과 같은 날이다.

갑자기 나타나 곤을 구한 사내도, 이 공무원증도 의문투성이였다. 90년생 정태을은 이곳 대한제국에 태어난 적도 없는 존재였다. 알 수 없는 어떤 미래에서 와 곤을 구한 것인지, 알 수 없는 세상에서 온 시계토끼처럼.

$$\infty$$

곤은 모처럼 발견한 태을의 흔적을, 그녀를 닮은 여인의 흔적을 어떻게든 찾으려 했으나 쉽지 않았다. 조정 경기장에서 총을 쏜 이들은 황제를 노린 테러 행위를 저지르려던 게 아니라 그저 빚을 진 여자를 찾아다니고 있었을 뿐이라고 했다. 근처 CCTV 정황상 사내들의 자백은 꽤 신빙성이 있었다. 어찌 됐든 곤에게 중요한 건 그들이 쫓던 여인이었는데 경찰도,

내부에서 자체로 수색 중인 영조차 찾지 못하는 중이었다.

밖으로 나온 곤은 느릿한 걸음으로 마구간으로 향했다. 한 손에는 채찍이, 한 손에는 맥시무스에게 직접 먹일 당근이 들려 있었다. 곳곳에 배치된 근위대가 곤의 주변을 지켰다. 궁 내는 안전한 편이지만 바로 며칠 전에 일이 있었던 만큼 근위 대의 경호는 한층 강화된 상태였다.

무심히 걷던 곤이 멈춰 선 건 어디선가 들려온 발소리 때문 이었다. 볕이 닿지 않는 담장 밖 어두운 구석에서 분명히 인 기척이 들려왔다. 곤은 기민하게 반응하며 미간을 찌푸린 채 소리에 집중했다. 그 순간, 곤의 머릿속을 며칠째 지배한 시계 토끼가, 토끼 모양의 검은 후드를 쓴 여인이 시야에 잡혔다.

"……!"

곤은 곧바로 들고 있던 바구니를 집어던졌다. 그리고 여인 이 사라진 방향을 눈으로 쫓으며 휘파람을 불었다. 휘파람 소 리에 맥시무스가 곤의 앞으로 바람처럼 달려왔다. 곤은 곧장 맥시무스의 등에 올라타며 당황한 근위대원에게 명령했다.

"조대장한테 시계인지 토끼인지 내가 먼저 확인한다고 전해."

한마디 말만 남긴 채 곤은 빠르게 채찍을 들어 맥시무스와 함께 내달렸다. 근위대가 마구馬具를 올리고 곤을 뒤쫓을 준비 를 했다. 명령을 받은 부대장 호필이 다급히 영에게 무전했다.

"대장님, 현재 위치 어디십니까?"

—VIP 06포인트 지나셨습니다. 이상.

—여기 04포인트야. 포인트마다 보고해. 이상.

CCTV를 지켜보고 있던 상황실에서, 영에게서 차례로 무전이 왔다. 호필과 근위대가 말을 몰며 빠르게 곤과 맥시무스를 뒤쫓았다.

맥시무스는 이미 승마장을 지나 대나무 숲에 들어서 있었다. 하늘 높이 뻗은 대나무가 사방을 둘러싸고 있는 대나무 숲은, 들어서면 다른 세계에 온 것처럼 고요한 장소였다. 곤은 말을 멈추고 고개를 돌렸다. 이번에도 분명히 보았는데, 시계토끼를 뒤쫓아 왔는데. 아무런 기척도 느껴지지 않았다.

일순 바람이 세차게 불며 대나무 잎사귀들이 서로 부딪쳐 스산한 소리를 내었다. 곤은 놀라 하늘을 보았다. 푸른 하늘이 빠르게 변화하고 있었다. 어둑한 기운이 하늘을 뒤덮고 마른번개가 커다란 소리를 내며 허공을 갈랐다. 맥시무스가 포효하며 고개를 마구 흔들어댔다. 곤은 서둘러 맥시무스를 쓰다듬었다. 맥시무스를 진정시키면서도 곤은 주변을 계속해 살폈다. 낯선 기운이 곤의 신경을 자극했다.

그리고 그 순간 피리 소리가 수풀 사이로 울려 퍼졌다. 단한 번, 이십오 년 전 밤에 들은 후로 한 번도 잊어본 적 없는 피리 소리였다. 곤은 홀린 듯 소리가 들려오는 곳으로 맥시무스를 몰았다. 맥시무스가 천천히 더 깊은 숲속으로 걸어들어 갔다. 빽빽하게 선 대나무들이 자연스럽게 벌어지며 길이 났다. 절대로 길이 없을 것만 같던 나무들 사이로 거대한 무언가가 곤의 눈에 들어왔다.

좌우로 세워진 돌기둥은 당간지주였다. 이런 것이 궁에 있었던가. 곤은 믿을 수 없는 풍경에 잠시 넋을 잃었다가 이내 손에 든 채찍을 꽉 쥐었다. 제 몸처럼 챙겨 다니는 채찍에는 비밀이 있었다.

그날 밤, 반으로 갈라졌던 만파식적. 그것이 채찍 안에 들어 있었다. 반은 이림이 들고 갔으나 찾을 수는 없었다. 이림이 절대 그것을 품에서 빼냈을 리 없었는데. 어린 곤이 보기에는 적어도 그랬다. 만파식적을 손에 넣는 것이 역모를 일으키고, 친족을 살해하는 잔악한 일의 목적인 것처럼 굴었다. 그것을 손에 넣는 것이 세상을 손에 넣는 일인 것처럼.

아마도 그래서 이림의 사체가 발견되었음에도 곤은 이림이 어딘가에 살아 있을지도 모른다고, 쉬이 말할 수 없는 의심을 하게 되는지도 모르겠다. 이림의 사체에서 식적의 반 조각이 발견되지 않았기에.

곤은 채찍과 당간지주를 번갈아 보고서는 이내 결심한 듯 맥시무스를 몰았다. 본능이었다. 맥시무스가 크게 울며 전속력으로 내달렸다. 육중한 문처럼 벌어진 당간지주 사이로, 곤의 몸이 빨려 들어갔다.

그야말로 빨려 들어간 것이다. 머리 위로 천둥과 번개가 쏟아졌다. 그리고는 놀라울 정도로 다른 세계가, 생각지도 못한 풍경이 곤의 양옆으로 펼쳐졌다. 곤은 당혹을 감추지 못하며 급히 방향을 틀려 했다. 그러나 뒤를 돌아보자 곤이 조금 전 내디뎠던 땅이 너무 멀리에 있었다. 당간지주가 아득히, 아주 먼 곳에 있었다. 다시는 돌아갈 수 없는 것처럼.

곤은 어떤 수로도, 법칙으로도 설명할 수 없는 차원을 넘어선 공간을 달리고 있었다. 시계토끼를 쫓아 알 수 없는 공간으로 들어선 앨리스와 같이.

앨리스는 도대체 어떻게 다시 빠져나올 건지는 생각조차 안 하고 시계토끼를 쫓아 굴로 뛰어들었다. 내려가고, 내려가고, 내려가고, 끝도 없이 떨어지고 있었다. 앨리스는 "이제까지 내가 몇 마일이나 계속 떨어진 거지?" 하고 크게 말했다.

며칠 전에도 살펴 읽은 동화책 속 한 구절이 떠오른 것은 다음이었다.

대한민국 형사로서 고된 하루를 마치고 집으로 돌아가는 길, 태을이 마주친 건 서울의 지독한 교통 정체였다. 우뚝 선 이순신 동상이 내려다보는 거리는 온통 꽉 막혀 있었다. 태을은 핸들을 쥔 채 짜증스럽게 머리를 쓸어 넘겼다.

오늘 하루 도박 사건의 범인을 잡으려 고군분투했다. 잡긴 잡았는데, 뚜껑을 열어보니 단순한 도박 사건이 아니라 살인까지 연루돼 있었다. 어디서부터 어떻게 엮인 사건인지, 이제부터 풀어야 할 게 산더미였다. 내일부터는 아마 야근일지도 몰랐고. 창가에 머리를 기댄 채 태을은 어서 길이 뚫리길 기다렸다. 문득 룸미러를 확인했을 때였다.

"뭐야?"

느슨하게 풀어져 있던 태을이 벌떡 몸을 일으켜 세웠다. 검은 후드를 눌러쓴 여자가 거울에 비쳤다. 분명히 자신과 같은 얼굴이지만, 자신이 아닌 '다른 이'였다. 섬뜩함에 솜털이 곤두서는 기분이다. 뒤를 돌아보자 아무도 없고 다시 룸미러를 보자 자신의 얼굴뿐이었다.

"아, 씨, 놀라라. 개무서워. 와, 나이 못 속인다 진짜. 뭔 헛것을 이렇게 제대로……. 어우, 씨! 저건 또 뭐야. 또라인가?"

차창 밖으로 비친 광경에 태을은 입을 벌렸다. 다행히 이번에는 섬뜩하지는 않다. 기가 막힐 뿐. 어떠한 차도 움직이지 못하고 있는 도로 위를 유유히 걸어가는 건 분명히…… 말이다. 태을은 헛웃음을 지으며 차와 연결된 무전기를 집어 들었다.

"아아, 거기 말 타신 분! 정차, 아니지, 뭐라 해야 되냐. 아, 마주분 우측 갓길로 정마하세요!"

태을의 무전 소리가 도로를 웅웅거리며 울렸다. 거리의 사람들은 눈이 휘둥그레진 채 말을 타고 걷고 있는 남자를 보고 있었다.

보통 커다란 말이 아니었다. 백마는 마치 만화 속에서 튀어나온 듯 기품이 넘쳤고, 그 위에 탄 채 도로를 내려다보는 주인 또한 범상치 않아 보였다. 하긴, 그러니 퇴근길 광화문 사거리를 말을 타고 걷고 있는 것이겠지만.

"거기, 속히 정마하세요!"

태을은 제 앞을 지나는 말을 향해 여러 번 경고했으나 말을 탄 이는 들리지 않는지 태을을 지나쳐 점점 멀어졌다. 차가 막혀 뒤를 쫓을 수도 없었다. 안 그래도 피곤한데, 한숨을 크게 한 번 내쉰 태을은 어쩔 수 없다는 듯 익숙하게 경광등을 꺼내 차 위에 매달았다.

버스 전용 차선을 달려 태을이 말을 쫓아왔을 때 말은 광장 한가운데 세워져 있었다. 사람들이 둥그렇게 말과 남자를 둘러싼 채 수군댔다. 독특한 풍경인 것만은 확실했다. 불법인 것도 확실했고. 태을은 어이가 없다는 표정으로 남자를 향해 갔다. 무엇을 살피는 듯 계속해서 주변을 두리번거리는 남자. 잠시 흐릿하던 남자의 눈은 빠르게 움직이며 많은 것을 담아 내고 있었다.

남자가 알고 있던 서울과는 비슷한 듯하면서도 전혀 다른 풍경이었으므로. 남자는 예리한 눈으로 많은 것을 유추했다. 부산 본궁 뒤를 지키고 서 있어야 할 충무공의 동상이 광화문에 있었고, 커다란 전광판에는 '퀸 연아, 또 다른 전설을 쓰다'라는 광고 문구가 떠올라 있었다. 대한제국 전광판에는 언제나 자신이 있었다.

곤은 눈을 천천히 깜박였다. 다른 세계로 넘어온 것만 같은 느낌이었는데, 그것은 느낌만이 아니었을지도 모르겠다.

"거기 선생님, 말 타신 분!"

생각하던 중, 들려온 낭랑한 목소리에 곤이 고개를 돌렸다. 그리고 곤은 알 수 없는 세계에 떨어졌다는 사실보다도 더 당혹스러운 기분과 맞닥뜨렸다. 수만 번 보았고, 그렸던 여인이 그곳에 있었다. 당혹스러운 것보다는 반가웠고. 단지 반가울 줄 알았는데, 자신의 생각보다도 기다림은 오래되었고, 궁금증은 깊었다는 것을 깨달았다.

"이렇게 도로 통행을 방해하시면 어떡합니까."

태을이 무슨 말을 하는지 곤은 정확히 이해하지 못했다. 곤은 그저 태을이 실재한다는 것에 놀라는 중이었다.

"내리세요. 대체 민간인이 이런 백마는 어디서 구한 거야. 도로교통법 위반하셨고요, 혹시라도 이 말이 변이라도 보면 죄가 더 추가되십니다."

"……."

"왜 그렇게 보십니까? 아, 예. 경찰입니다. 빨리 내리세요. 신분증 제시해주시구요."

주머니에서 신분증을 꺼내 목에 건 태을이 말 위의 곤을 재촉했다. 단지 말 때문에 사람들이 몰려 있었던 건 아닌 것 같다. 곤은 지나치게 시선을 끌 만한 외모를 가지고 있었다. 그래, 잘생겼다. 지금 그게 태을에게 중요한 사실은 아니었지만.

태을에게서 시선을 떼지 못하던 곤이 순식간에 말에서 내려 태을의 앞으로 다가갔다. 곤은 태을의 목에 걸린 신분증을 잡아채 확인했다. 신분증에는 이름 세 글자가 분명히 적혀 있었다. 정태을.

그 바람에 태을의 몸이 휘청거리며 곤 쪽으로 쏠렸다. 두 사람의 간격이 닿을 듯 가까웠다. 곤의 돌발 행동에 놀란 태을이 놀란 채 곤을 보았다. 곤은 신분증 속 사진과 태을을 번갈아 응시했다. 뒤늦게 정신을 차린 태을이 짜증스럽게 물었다.

"지금 뭐 하시는 겁니까?"

"드디어 자넬 보는군. 정태을 경위."

자신이 살아남은 밤, 그 밤에 남겨진 유일한 흔적을 기다리고, 궁금해하다가 끝내는 그리워했었다는 것을 곤은 뒤늦게 깨달았다. 태을을 마주한 기분은 감격에 가까웠다. 곤은 주체할 수 없는 감정으로 불쑥 눈앞의 태을을 끌어안았다. 다시는 사라지지 못하게 붙잡고 싶은 사람처럼.

"당신 뭐야, 미쳤어?"

곤은 영원 같기를 바랐으나 찰나였다. 태을은 빠르게 곤의 틈 밖으로 빠져나왔다. 생각보다 순순히 곤은 태을을 놓아주었다. 처음 자신을 본 순간부터, 마주한 곤의 눈빛이 너무나도 절절해서, 끌어안던 손길은 또 너무 간절해서. 태을은 도리어 자신이 미친 것은 아닐까 싶었다. 더 화가 나야 정상이었는데, 당장에 주먹을 날려도 이상하지 않았는데, 생각처럼 화도 내기 힘들었다. 태을은 놀란 가슴을 진정시키며 따져 물었다.

"신분증 안 보여? 당신 방금 경찰한테 뭐 한 거냐고."

"인사."

"뭐?"

"반가워서. 자넨 이렇게 우주 너머에 있었군. 정말 존재하고 있었어. 이십오 년 동안 여전히 경위고."

태을은 자신의 신분증을 확인했다. 곤이 확인한 앞면에는 이름뿐이고, 직급은 뒷면에 써 있었다. 태을의 인상이 확연하게 구겨졌다.

"내 직급은 어떻게 알아."

"오랫동안 봐왔으니까. 자넨 안 믿을 거 같지만."

"안 믿을 거 알면서 헛소린 왜 해. 2차, 고지합니다. 선생님, 신분증 제시해주십시오."

태을이 따져 묻는데도 곤은 어쩐지 웃음이 새어 나왔다. 공무원증 속 사진으로만 존재하던 이가 눈앞에 있었다. 언제나 혼자 그날 밤 나를 살린 이유가 무엇이냐 물었던 이가 이제 도리어 제게 묻고 있었다.

태을은 아무것도 모르는 것 같고, 아는 것은 자신 혼자뿐인

듯하니, 태을로서는 당연히 당황스러울 수밖에 없을 텐데. 그 당황을 풀어줄 생각보다는 반가운 마음에 웃음부터 흘리고 있으니 곤 자신은 자신의 생각보다 형편없는 남자일 수도 있었다.

"어쩐다. 난 신분증이 없는데."

"신분증이 왜 없는데."

"나는 나여서 나인 사람이라. 이 또한 안 믿을 것 같지만."

태을이 기가 차 말을 잇지 못했다. 곤은 빠르게 설명했다.

"내 반가움은 표현된 듯하고 자넨 혼란스러운 듯하니 현 상황만 간단히 설명하겠네. 나는 대한제국의 황제이고 수상한 자를 쫓다가 천둥과 번개가 치는 차원의 공간을 넘어 이곳에 왔네. 잠시 당황스러웠으나……. 찬찬히 생각해보니 아마도 이곳은 평행세계인 것 같네."

"아……. 여기가 평행세계야?"

"그렇네, 미세하게 다른 건 차치하지. 이미 저것으로 확연히 다르니까. 이 세계엔 황제가 아니라 여왕이 통치하는군."

곤이 가리킨 건 전광판이었다. 태을의 표정이 한층 뜨악해졌다.

"사랑받는 모양이고."

"……사랑하지. 퀸 연아, 전 국민이 다 사랑하지."

"그건 나랑 같군. 그럼 일단 자네의 군주에게 나를 안내하고

정7품인 나의 맥시무스에게 잘 마른 건초와 물을 내어주게."

"내가 뭔 수로 너를 안내하니…… 퀸 연아한테. 티켓팅 해!"

미치고 팔짝 뛸 노릇이었다. 곤은 나름대로 설명했으나 태을에게 이 대화는 육하원칙 중 아무것도 설명되지 않는 대화였다.

"우리의 대화가 뭔가 잘못되고 있군. 그렇지?"

"이럴 땐 또 멀쩡하네? 열 받게!"

태을은 지나치게 멀쩡한 얼굴을 하고 선 곤을 노려보며 애써 정리했다.

"그러니까 선생님께선 지금 평행세계에서 오는 길인데 거기 대한제국 황제신데 오는 길에 번개가 쳤는데 이 말은 정7품이다. 그 말씀이신 거죠, 지금?"

정리해봐야 정리되지 않을 뿐이지만. 태을은 결국 욕지기를 뱉어냈다.

"아, 뭐지? 이 반만 미친 새끼는?"

"자네 이런 성격이었어?"

이번에 당황한 쪽은 곤이었다. 커다란 목소리로 자신을 부를 때부터 생각하긴 했지만, 태을은 곤의 예상보다 더 당찼다. 당차다 못해 과격한 듯도 했고. 열이 오르는지 태을은 손목에 있던 머리끈을 빼 제 뒷머리카락을 모아쥐었다. 머리끈으로 두어 번 머리카락을 동여맨 태을이 말을 이었다.

"어, 약 삼십 년째 이런 성격이야."

"생각지도 못했어. 난 너무 아련한 쪽으로만……. 신선한데?"

"하, 자기소개 충분했고 이제 내 소개할게. 신분증 제시 안하셨고 도로교통법 위반하셨고 공무 집행 중인 경찰관 몸에 손대셨습니다. 그죠? 변호사 선임할 수 있고 묵비권 행사할수 있고 움직이면 더 아픕니다."

무엇을 하려는지 몰라 곤이 주춤할 때였다. 태을이 잽싸게 곤의 팔을 확 잡아 꺾었다. 제국에서는 어떤 이에게도 허락되지 않는 갑작스러운 손놀림이었고, 심지어 아프기도 해서 곤은 찌푸리며 신음했다.

"아아, 팔……! 나는 대한제국의, 아아, 내 팔……."

곤이 팔을 움직일수록 태을의 손에 힘이 들어갔다. 우악스러운 태을의 힘에 곤은 쉽게도 굴복했다. 이 세계의 법도를 따르는 수밖에 없을 것이다. 심지어 태을이 원하는 일이라면. 그렇게 이십오 년을 기다려온 만남은 체포로 마무리되었다.

∞

온갖 사건 사고를 일으킨 범죄자들이 드나드는 곳이다 보니 경찰서 문 앞은 조용할 날이 없다지만, 오늘은 조금 더 특별했다. 의경들과 형사 몇은 아예 대놓고 주차장 한편에 세워진 백마를 구경 중이었다. 도대체 무슨 연유로 차가 아닌 말이 세워져 있는지 맥시무스 주변이 시끌시끌했다.

그리고 환하게 불이 켜진 강력 3팀에 그 이유가 앉아 있었다.

"다시 묻겠습니다. 성함이 뭐 어떻게 되신다구요?"

퇴근길에 다시 경찰서로 오게 된 태을은 어처구니없는 기분으로 곤을 조사 중이었다. 조사를 받는 입장이면서도 곤은 지나치게 여유롭고 당당한 태도였다. 허리를 꼿꼿이 세우고 바른 자세로 앉아 있는 남자 때문에 상대적으로 형사인 태을이 도리어 불량해 보였다.

"뭐, 어떻게 되는지 말해도 자넨 부를 수 없다고. 나도 다시 말해주지. 부르지 말라고 지은 이름이야."

게다가 곤은 따라오긴 순순히 따라왔으나 조사에 협조적이라고는 할 수 없었다. 태을은 한쪽 눈썹을 올렸다.

"그럼 편의상 김개똥이라 하고."

"개똥이라니, 홍길동도 있고 아무개도 있는데! 뭣보다 나는 김가도 아닐뿐더러!"

"김개똥 씨, 소지하고 있는 물건들 다 꺼내 여기 놓으십시오. 불응하시면 직접 뒤집니다."

작정한 듯 목소리를 낮추는 태을에 곤은 별수 없이 쥐고 있던 채찍과 품에 있는 지갑을 꺼냈다. 맥시무스에게 먹이를 주려 나서던 길이었다. 겉옷 하나 걸치고 걷던 길이었으니 다른 게 더 있을 리 만무했다. 태을은 라텍스 장갑을 끼며 곤이 책상 위에 올린 소지품을 확인하기 시작했다.

채찍이야 그저 채찍일 테고, 태을은 지갑부터 재빠르게 열었다. 그런데 당연히 있어야 할 신분증은 없고 온갖 잡다한 것들뿐이다. 오얏꽃 문양이 그려진 마스터 카드는 태을은 모르겠지만, 궁을 출입하는 마스터 카드였다. 대단해 보이기는 하나 대한민국에서는 도저히 알 수 없는 이들의 명함, 그리고 부적까지.

"그게 거기도 들어 있었군. 종묘와 사직을 걱정하는 제조상궁의 염려 정도로 이해하면 되네."

잘생긴 얼굴로 뻔뻔한 말을 잘도 늘어놓는다. 태을은 잠시 곤을 노려보고 지갑을 벌렸다. 지폐가 들어 있긴 했는데, 처음 보는 지폐였다.

"십만 원?"

"왜, 여긴 십만 원권이 없나?"

없기도 없거니와 생김새가 기가 막혔다. 그려진 얼굴은 대한민국 역사에선 본 적 없는 위인이었다. 눈앞의 남자를 닮은 것 같기도 해서 태을은 더 기막힌 심정으로 십만 원권 지폐를 손에 쥐고 흔들었다.

"어제 부루마블 했니? 땅 많이 샀어?"

"말은 놓기로 하는 건가?"

"김개똥이는 아까 광화문부터 놓던데?"

"내가 세 살 오빠던데."

"나 외동이야. 이거 얼핏 보면 진짜 같다? 사기 내지 범죄에 연루될 가능성이 있으므로 압수합니다."

그렇게 말하며 태을은 지폐를 봉투에 담았다. 마침 태을에게 연락을 받고 온 과학 수사팀 경란이 지문 키트를 건넸다. 태을에게 키트를 건네면서도 경란의 시선이 자연스레 곤으로 향했다. 범죄자라 하기에는 너무 황홀한 생김새이지 않은가.

"그건 뭔가."

"신분증 없으시고 신분 증명 못하시고 계속 수사에 협조 안 하셨어요. 인정하시죠? 지문 조회할 거니까 협조 바랍니다."

"아무리 자네라도 내 몸에 손대는 건 허락 못한, 아, 아 아…… 내 팔!"

결국에는 또 한 번 태을에게 팔을 붙잡힌 채 곤은 태을이 원하는 대로 지문을 찍어야만 했다.

"내가 쉽게 제압당했다는 생각은 말게. 난 각종 운동으로 단련된 몸이야. 안 믿는 눈친데 증명할 수 있는 기회가 오면 좋겠군."

잘생긴 만큼 목소리도 좋았다. 그 좋은 목소리로 헛소리만 내뱉는다는 게 문제여서 그렇지, 태을은 생각하며 지문 키트를 경란에게 넘겼다. 두 시간 뒤면 평행세계에서 왔다는 잘생긴 또라이의 신분을 밝혀낼 수 있을 터였다.

그리고 곧장 태을은 곤을 유치장으로 보내버렸다. 쓸데없는 말을 더 귀에 담기에는 태을이 너무 바빴다.

"방석을 내어주게. 아니면 의자라도. 내가 맨바닥에 앉아본 적이 없어!"

끝까지 일관된 콘셉트라 생각하며 태을은 귀마개를 끼고 서류를 펼쳐 들었다.

오늘 잡은 김복만 관련 서류였다. 불법 도박 사이트 운영 및 전자 금융 거래법 위반에 살인 혐의가 추가되어 있었다. 김복만의 차 트렁크에서 시체가 발견되었기 때문이다. 김복만은 전혀 모르는 눈치였지만, 모르는 척일 가능성이 높았다. 과학 수사대 수사 결과 시체는 이상도라는 인물로 밝혀졌고, 막 이상도의 부인에게 연락을 취해놓은 상태였다.

서류를 짚어나가는 태을의 미간 주름이 깊어졌다. 그러는 동안에도 곤의 요구는 줄어들 줄 몰랐다. 유치장에 들어간 지 이제 곧 두 시간 째였다. 정말 황제라도 하다가 온 사람처럼 까다롭게 굴었다. 그 요구에는 태을의 관심도 포함인 것 같아서 태을은 부러 더 눈길조차 주지 않았다.

"자네 다 들리는 거 알아!"

정말 반쯤만 미쳤는지 눈치는 있는 것 같았고.

"저 사람입니까? 그 백마 탄 왕자?"

강력 3팀 사무실 안으로 불쑥 들어오며 물은 건 사회복무요원인 은섭이었다. 은섭의 목소리에 태을과 곤의 시선이 일제히 은섭에게로 향했다. 은섭을 발견한 곤이 자리에서 벌떡 일어나며 유치장 창살을 붙들었다. 은섭이 빤히 그런 곤을 보았다. 멀쩡하게 생긴 사람이 딱하게 됐다는 딱 그 표정으로.

그러나 은섭을 바라보는 곤의 표정은 감격에 가까웠다. 똑같았다. 자신과 함께 자라온 근위대장, 영과 완전히 똑같았다. 비록 언제나 검은 슈트를 차려 입고 흐트러짐 없는 자세로 선 영과는 차이가 상당한 차림새와 걸음걸이였으나 같은 사람인 것만은 확실했다. 영이 곤을 잘 아는 만큼 곤도 영에 대해서라면 잘 알았다. 헷갈리지 않을 자신이 있었다.

"영아……!"

순간적으로 영의 이름을 내뱉은 곤을 은섭이 곧장 지나쳤다.

"뭐고, 와 저라노."

"왕자가 아니라 황제시란다. 맨바닥에 못 앉는대."

태을이 귀마개를 빼며 답했다. 곤이 분한 마음으로 태을을 보았다.

"저거 봐! 저 봐! 다 들리면서!"

"아, 그럼 아더왕과네. 이거 경무과장님이 3팀 갖다주라 하대요."

서류철을 태을에게 건네며 은섭이 장난스럽게 엉덩이를 씰룩거렸다. 곤은 당황하여 그런 은섭을 보았다. 확실히 같은 사람이지만, 또 확실히 다른 사람이었다. 사투리는 그렇다고 쳐도, 저런 경망스러운 몸놀림은 자신의 근위대장이 어린 시절에도 하지 않던 것이므로.

"……아니구나. 저렇게까지 영이가 아니야……."

이곳은 다른 세계인 것이다. 또 한 번의 확인이었다. 새삼스러운 깨달음에 충격을 받은 채 중얼거리는 곤을 본 은섭이 고개를 갸웃했다. 부슬부슬한 연한 갈색의 곱슬머리가 흔들렸다.

"영이요? 영이가 누굽니까? 내는 조은섭인데요."

"넌 무슨 꼬박꼬박 대답을 해. 말 걸지 마."

"사람이 가는 말이 있으면 오는 말이 있든데, 밖에 말이 딱! 죽이든데."

오히려 시끄러운 사람이 하나 더 는 기분이라 태을이 머리를 짚으며 은섭을 말렸다. 마침 지문 조회를 맡긴 경란으로부터 전화가 왔다.

그런데 경란이 전해온 조회 결과는 태을의 머리를 더욱 아프게 만들었다. 지문 조회가 안 된다니. 서른 넘은 성인이 지

59

문 등록도 되지 않았을 가능성은 거의 없었다. 그렇기에 당연히 그의 신원을 조금 후면 알 수 있으리라 생각했던 것이고. 이제 다음 가능성이라고 하면 지문 등록 전에 실종된 아동일 가능성뿐이었다.

DNA 검사까지 하게 될 줄 몰랐던 태을은 막막한 기분으로 DNA 키트를 꺼내 들었다. 유치장 너머 곤을 바라보는 태을의 눈에 곤혹감이 어렸다. 잘못 걸린 기분이었다.

결국 유치장 밖으로 곤을 다시 불러낸 태을이다. 맞은편에 앉은 곤을 향한 당황을 숨기며 태을은 침착하게 면봉을 곤의 입가에 가져다 댔다.

"아, 하세요."

"지문 조회 결과 내 신원이 아무것도 안 나왔군. 그런가?"

태을의 손이 멈칫했다. 확실히, 눈치가 빠르다.

"그 얘긴즉, 나는 이쪽 세계에는 없는 사람이란 뜻이겠고. 두 세계가 완벽히 똑같진 않다는 얘기겠고."

DNA 검사까지 해봐야 알겠지만, 지문 조회가 안 되는 삼십 대 남자를 눈앞에 두고 보니 태을도 어딘가 홀릴 것 같은 기분이다. 휘말려서는 안 된다. 태을은 정신을 가다듬으며 곤을 나무랐다.

"……계속 아무 말 하실 겁니까? 아, 하시라구요."

"내가 여기 없듯 자네도 내 세계에는 없었어. 꽤 오래 찾고 어렵게 확인했지. 자네의 소속은 의아했고 사진과 생년월일이 유일한 단서였어서."

"사진? 당신이 내 사진을 가지고 있단 소리야?"

사진이라는 말에 태을의 반응이 날카로워졌다. 혼자서 평행세계를 넘어왔다는 건 뭐, 미친 소리지 아무래도 태을의 상관이 아니었다. 그런데 마치 자신을 알고 있었다는 것처럼 말하면, 굉장히 상관이 있게 됐다.

"왜, 당신이 왜 내 사진을 가지고 있는데. 너 진짜 뭐야. 너 아까 나 보자마자 그랬지. 드디어 자넬 보는군. 왜 드디어 날 보는데."

"자네 목은 남아나지 않겠어. 내게 이놈, 저놈, 너, 당신이라고 하면 참수야."

"당신 혹시 간첩이야? 우리 경찰서 폭파해라 뭐 그런 임무야? 그래서 나 조사했어?"

"자네가 그렇게 중요한 사람으론, 전혀."

"나 아냐고!"

이상한 예감과 기분에 태을이 버럭 소리쳤다. 막힘없이 답하던 곤의 검은 눈동자가 깊어졌다. 태을을 안다고, 할 수 있을까? 태을의 이름, 생년월일, 사진, 소속은 잘 알았다. 닳도록 알았다. 나머지는 모르겠다. 하지만.

"궁금했고, 자주 생각했고, 실물이 낫고."

"……!"

"아까 그 청년, 내 세계에선 황실 근위대장이야. 나와 자네처럼 없는 경우도 있고."

"곧 죽어도 평행세계다? 증거 대봐."

"자네 앞에 있잖아, 증거. 내가 다른 세계에서 와버렸는데."

휘말리면 안 되는데 곤이 너무 진지했다. 그냥 진지하게 미친 사람인가 싶은데 눈을 마주치면 떼기가 힘들었다. 상대방이 도무지 놓아주지 않으니 도망칠 수조차 없었다. 그 눈 속에서. 태을은 가만히 곤의 눈동자를, 눈동자 속에 고요하게 비친 자신을 보았다. 태을은 이 어처구니없는 상황 속에 놓인 자신이 이다지도 흔들리고 있다는 것에 더 어처구니가 없어졌다. '하', 작게 탄식한 태을이 짜증스럽게 물었다.

"눈을 왜 그렇게 뜨지?"

"……달리 어떻게 뜨지?"

"오해의 소지가 없게 떠지. 지금 딱 범의 눈이신데, 잡범. 다른 증거 없지?"

믿기 힘든 일이지만, 조금은 자신을 믿어줄 줄 알았는데 태을은 자신에게서 아무것도 느끼지 못하는 모양이었다. 이십오 년간의 기다림이 혼자만의 것이었다는, 그 사실이 곤은 실망스러웠지만 유연히 대응했다. 적어도 태을은 알기를 원했다. 자신이 정확히 누구인지.

"……정태을 경위. 자네의 이해를 돕기 위해 간단히 설명할 테니 잘 듣게. 아인슈타인 박사가 발견한 양자역학이 평행……. 아니, 내가 딴 건 몰라도 눈은 진짜 자신 있거든. 원래 깊어, 눈이."

잠시 억울함을 피력하던 곤이 이어 설명했다. 곤은 황제이기 이전에 타고난 수학자였다. 증명할 수 없는 것들을 증명하고, 근본을 탐구하는 일들이 곤에게는 즐거움이었다. 태어날 때부터 흥미가 있었고, 어느 날부터는 자신의 존재 이유를 파헤치는 것과 비슷한 일이 되었다.

"양자역학이 평행우주론으로 이어졌네. 빛이 파동인 동시에 입자인 것처럼 물질을 이루는 입자들도 동시에 파동일 수 있다면, 우리의 우주는 입자로 구성되어 있고 모든 입자가 파동이기도 하다면……. 파동은 고정 위치를 갖지 않으니 한 입자는 동시에……."

설명이 길어질수록 또렷하게 곤을 노려보던 태을의 시선이 흐릿해졌다. 어느새 켜진 화면 보호기 속에서 빙글거리며 돌아가는 어느 우주의 행성처럼. 태을의 머릿속도 점점 더 어지러워졌다.

"한 입자는 두 장소에도 있을 수 있다는 가능성. 고로 평행 세계도 존재할 수 있다는 가설."

결국 태을은 머리로 이해하는 대신 몸으로 행동하기를 택했다. 어떻게든 태을을 이해시키려 열정적으로 설명하던 곤의 입안으로 기다란 면봉이 쑥 들어왔다.

∞

얼마 후, 태을은 곤과 함께 경찰서 건물을 나섰다.

"좋은 경찰 만나서 내보내주는 거야. 운 좋은 줄 알아."

채찍과 지폐를 뺀 지갑을 넘기며 태을이 선심 쓰듯 말했다. 곤은 피식 웃으며 내저었다.

"어차피 48시간 후면 구속 사유가 없어서 내보내야 할 텐데."

"좀 빨리 나왔잖아! DNA 결과 나오면 어디로 연락하면 돼?"

"아, 그건 여기로 연락하게. 자네 집 근처라고 하던데."

곤의 주머니 속에서 나온 건 고급 호텔의 주소가 적힌 쪽지였다. 태을은 눈살을 찌푸렸다.

"우리 집 근처라고 누가 그래."

"아까 그 청년이, 이름이 은섭이던가. 자네 고등학교 후배라던데. 자네 부친께선 태권도장을 운영 중이시라고?"

어느 사이에 은섭과 접촉해 알아낸 일인지 모르겠다. 말 섞지 말랬더니 은섭은 왜 또 이런 사기꾼에게 홀랑 넘어간 것인지도 모르겠고. 하기사 태을 자신조차 곤의 궤변을 계속 듣게되긴 했었다. 묘하게 호소력 짙은 눈과 목소리 때문이라 생각하며 태을은 날을 세웠다.

"여기가 얼마짜리 호텔인진 알아? 여기 5성급이야. 당신 돈 있어?"

태을의 질문에 곤은 우습지도 않다는 듯 제 겉옷에 달린 단추를 하나 툭 떼어냈다.

"이거 다이아몬드거든."

"아, 그게 다이아몬드야? 그게 다이아면 나는 다이애나 비다."

태을은 마음껏 곤을 비웃었다. 이번 거짓말만은 오래 기다리지 않아 밝혀낼 수 있을 테니 말이다. 그러나 태을은 이내 맥이 빠졌다. 곧바로 금은방에 가서 감정한 곤의 단추는 다이아몬드가 맞았으니까. 심지어는 금은방 아저씨가 손을 떨었다. 사십 년 감정사 경력에 이렇게 정교한 다이아몬드 커팅은 처음이라며 구입처조차 의심스럽다고 했다. 태을이 경찰이 아니었다면, 쉽사리 현금으로 교환하는 일조차 불가할 뻔했다.

금은방을 나와 태을은 곤과 잠시 한 방향으로 걸었다. 제 말에 틀린 것이 하나 없다는 듯, 빙긋거리며 웃고 있는 곤을 태을은 힐긋대며 올려다보았다. 곤의 겉옷 가득 달린 단추도. 도대체 정체를 알 수 없는 남자였다.

"눈빛이 시끄럽군."

태을의 시선을 기민하게 알아차린 곤이 웃었다.

"진짜 그 다이아 뭐야, 훔친 거야?"

"훔친 다이아를 팔러 가면서 경찰을 대동하는 사람 봤어?"

"그 제조인가 제조하는 상궁인가 하는 사람이 훔쳤을 수도 있잖아."

"물어보겠네. 그 사람이 그럴 사람은 아닌데. 근데 저건 뭔가, 다이애나 비."

곤이 손을 들어 밤거리를 빛내고 있는 빌딩을 가리켰다. 곤이 가리킨 빌딩을 확인한 태을의 입이 조금 벌어졌다. 빈틈없이 충실한 콘셉트가 아닐 수 없었다.

"63빌딩이잖아. 왜 니가 온 세계엔 저런 게 없니?"

"저런 게 63개 있지, 해운대에. 여긴 한 개야?"

"어, 한 개야. 호텔은 건너가서 택시 타."

피로가 몰려드는 기분이다. 태을은 더 미궁에 빠지기 전에 서둘러 곤으로부터 멀어지기로 결심했다. 걸음을 떼는 태을의 앞을 곤이 막아섰다.

"가려고? 왜."

조금 전까지도 63빌딩을 보며 호기심 어린 눈을 반짝이던 곤은 순식간에 얼굴을 달리하고 있었다. 서운해하는 것 같았다. 곤에게서 서운한 기색을 읽어버려서, 태을은 더 당혹스러웠다.

"가지 말게. 이십오 년이 걸렸어. 자네를 보기까지. 내 옆에 있게."

곤이 정말로 아주 오래전부터 자신을 알고 있었던 사람처럼 보여서. 도심의 화려한 불빛이 번진 습한 눈동자가 진심 같아서…….

"난 오늘이 아주 길었으면 좋겠어."

"비키지? 난 김개똥이 하나로 오늘 하루가 이미 긴데?"

그러나 태을은 애써 곤을 외면했다. 꿈을 꾸기에는 한여름 밤도 아니었다. 서늘한 가을이었고, 태을은 지나치게 맨정신이었다. 태을은 휙 곤을 지나쳐 갔다. 곤은 그 앞을 막아서지 않았다. 막아서면 정말 제대로 스토커 취급을 하려고 했던 태을은 곁눈질로 뒤에 남은 곤을 보다가 걸음을 빨리했다.

빛나는 어둠 속으로 사라지는 태을을 곤은 가만히 바라보았다. 놓아주고 싶지 않은 것은 자신만의 감정이었다. 그리고 이 세계에 있는 한 언제고 태을을 볼 수 있다는 확신이 들었다. 정태을은 이곳에 분명하게 존재하고 있으니까. 이렇게 헤어진다고 해도 다시 이십오 년을 기다릴 필요는 없었다. 곤은 태을이 사는 곳을 알고 있었고, 태을이 곤을 알아갈 시간도 아직 있었다.

태을이 사라진 자리 위로 익숙한 듯 생경한 서울의 밤이 눈에 들어왔다. 자신을 구한 그 남자도 이 세계에 있을까. 곤은 막연한 기분으로 떠올렸다. 태을이 있는 세계, 어쩌면 그 남자가 있을지 모르는 세계. 제국의 서울보다는 조금 더 화려한 이곳이 알고 싶어졌다. 곤은 손에 쥔 채찍을 내려다보았다. 그 속에 식적이 있었다. 확인해봐야 할 것도 많았다. 그날 밤 역모를 꾸민 이림이 원했던 것이 어쩌면 잡힐 듯도 했고.

지금쯤 사라진 황제 때문에 제국은 난리가 나 있겠지만, 당분간은 괜찮을 것이다. 이따금 벌인 기행이 이렇게 도움이 될 줄은 몰랐는데.

∞

황제가 사라졌으나 대한제국은 아직 평화로웠다. 황제가 사라진 사실이 알려지지 않도록 황실의 주요 인사들이 애를 쓰고 있기 때문이었다. 영은 새어 나오는 한숨을 아랫입술을 깨물어 막았다. 가장 가까운 곳에서 안위를 책임지는 일은 황제가 이리 사라질 때마다 한없이 무거워졌다. 그러나 감히 황제를 탓할 수도 없었다. 황제와 함께 자라왔다는 것은, 누구보다 황제를 곁에서 오래 지켜봐왔다는 것은 그런 것이다. 함부로 탓할 수도 없었다.

여덟 살의 어린 곤이 제국민에게는 황제였으나 자신에게는 친부를 잃고 바닥에 엎드려 곡소리를 내던 모습이 처음 본 곤이었으니까. 철없던 영은 곤에게 울지 말라고 말하며 함께 울어버렸고, 곤은 그런 영에게 몇 안 되는 곁을 내어주었다.

언제부터 결심했는지도 모른다. 아버지의 뜻을 따라 궁에 입궐한 순간부터 그리하기로 되어 있었지만, 확실한 건 영도 결심했다는 것이다. 곤을 지키기로, 곤의 검과 방패가 되기로.

그러니 곤이 이따금 자신만의 세계에 빠져버리는 것을 차마 탓하지는 못하리라. 그게 곤이 모든 슬픔과 책임의 무게를 버티는 방법이라고 하면 말이다.

"난 계속 외근일 거니까 보고는 전화로 하고, 폐하께서 정확히 시계인지 토끼인지 확인하러 가신다고 했다고?"

영은 반듯하게 올려 넘긴 머리처럼 딱딱한 얼굴로 물었다. 곤과 마지막으로 대화를 한 게 호필이었다. 호필은 어쩔 줄 몰라 하는 표정으로 "예" 하고 답했다. 어디 사라질 길도 없는 황제가 사라진 지 벌써 며칠째였다.

마지막으로 호필의 대답을 확인한 영이 도착한 곳은 구치소였다. 컴컴한 특별 면회실에는 얼마 전 조정 경기에서 소란을 일으킨 사내들이 죄수복을 입고 앉아 있었다. 꽤나 억울한 얼굴들이다. 영은 차게 그들을 훑고는 자리에 앉았다.

"진짜 억울하다니까요."

"우린 진짜 폐하가 거기 계신 거 몰랐어요. 우리 형님 돈 갖고 튄 년 잡으려고 뛰다 보니까 거기였다니까요. 그년이 집도 없고 절도 없고 심지어 신분도 없는 년이라 눈에 띄었을 때 잡아야지 안 그럼 못 잡거든요. 선처 부탁드립니다."

조폭 노릇이나 하는 이들의 말을 순순히 믿어줄 수야 없었다. 곤이 시계토끼를 확인하러 갔다면, 그날 맨발로 쫓던 여인을 찾으러 간 게 분명했고. 눈앞의 두 사람은 현재까지로서는 그 여인과 관련된 유일한 인물들이었다.

"조사해봤는데, 당시 정황이 얘들 진술과 일치합니다."

함께 자리한 형사가 덧붙였다. 영의 미간이 찌푸려졌다.

"쫓기던 여자는 잡았습니까?"

"아직요. 걔가 우리 관할에서도 절도, 폭행 뭐 여러 가지 걸려 있는 앤데 얼굴도, 이름도 아는 게 없어서 외려 얘네한테 정보를 얻은 꼴이라. 뭐라고 부른다고?"

"루나요! 선처 부탁드립니다."

"예, 루나요. 넌 닥치고. 검거되는 대로 연락드리겠습니다."

형사가 영 쪽을 보며 난처하다는 듯 말했다. 난처하기로는 영만큼 난처할까. 외부로 나오지 않는 황제의 거처에 관해서는 노상궁의 기지대로 일 년 전, 이맘때 썼던 방법으로 수습 중이었다. 수학 병이 도져 수학 문제 풀이를 하느라 서재에 틀어박혀 나오지 않고 있다는 변명이었다. 곤의 수학적 재능이나 열정에 관해서는 그가 써낸 논문이 증명하고 있었기에 아직까지 의심하는 이는 많지 않았다.

그러나 황제의 자리는 언제까지 외부 활동 없이 있을 수 있는 자리가 아니었다. 괜한 말이 나돌기 전에 돌아와야 할 텐데. 아니, 그보다도 무사히 돌아와야 할 텐데. 영의 근심이 깊어졌다. 그러나 표정 변화 없이 영은 자리에서 일어서며 형사에게 부탁했다.

"그 여자 CCTV도 확보 부탁드립니다."

형사가 일어서며 그에게 고개를 숙였다.

∞

늦은 밤, 종일 휘몰아치던 업무를 마치고 관저로 돌아온 서령은 신고 있던 구두를 멋대로 벗어놓고는 소파에 털썩 소리 나게 몸을 파묻었다. 흐트러진 모습이 일과 시간 동안 틈 없이 완벽하던 그녀의 모습과는 사뭇 달랐다. 따라 들어온 김비서는 익숙하다는 듯 늘어진 서령을 보았다. 잠시 피곤한 눈을 감았다 뜬 서령의 눈빛은 여전히 날카로웠다.

"국정 보고 일정 기사는 나갔어?"

"네, 여기."

김비서는 빠릿한 동작으로 서령에게 태블릿을 건넸다. 굳이 평가하자면 서령은 웃는 낯으로 독을 쏘는 이였다. 눈부신 미소에 잠시라도 넋을 놓으면 순식간에 서령에게 당하고 만다. 서령을 보좌한 지 일 년이 넘어가니 김비서는 이제 그 미소가 도리어 무서웠다.

"아, 그리고 내일부터 일주일간 폐하의 스케줄이 공란입니다. 그래서 체크해봤더니 역시나 부영군 마마의 경호 단계가 올라갔습니다."

"황제 또 튀었네?"

부영군 이종인. 그는 현재 대한제국 황실 서열 2순위의 큰 어른이었다. 이호 전 황제의 사촌이자 곤에게는 당숙인 이로 황위에 오르지 못한 다른 황족과 마찬가지로 어떠한 정치적 참여에서도 배제된 채 의학교수로 일하는 중이었다. 그런 이의 경호 단계가 올라갔다는 건 황제가 황실에 없어 그 안전을 장담할 수 없다는 뜻이다.

서령은 테이블에 놓인 위스키 병을 들어 잔에 따르며 혼잣말처럼 중얼거렸다.

"지켜본다더니, 집을 나가?"

분명 그리 대화했었다. 서령이 의원들과 싸우는 모습을 지켜봐달라 했더니, 곤은 저를 늘 지켜보고 있다고 했다. 잘도 그런 말로 사람을 홀렸다. 서령의 입가에 비릿한 웃음이 떠올랐다.

"어디 여자가 있는 거 아닐까요?"

"그 여자, 여기 있잖아. 황제에게 여자가 있으면 그건 나여야지. 온 국민이 다 그렇게 알게 하는 중인데 어디 여자가 있으면……."

안 될 말이다. 서령은 짜증스럽게 김비서를 물렸다. 김비서가 재빨리 몸을 피하듯 나가자 서령은 그가 건넸던 태블릿을 확인했다. 국정 보고 기사는 다행스럽게도 서령이 의도한 대로 나왔다.

승마장에서 곤과 서령이 서로 귓속말을 나누는 기사 사진에 '구서령 총리, 곤 황제와 밀착 소통', '다정한 귓속말', '승마 데이트 했나?' 등의 헤드라인이 붙어 있는 것이 퍽 마음에 들었다. 기사에 대한 반응도 마찬가지였다. 가난한 생선 가게 딸로 태어나 총리가 된 기적의 여인과 기품 넘치는 황제의 러브 스토리는 두고두고 제국민의 심금을 울릴 이야기였다. 그를 위해 서령은 고군분투 중이었고.

위스키를 한 모금 마시며, 서령은 왼쪽으로 서라던 곤의 말을 떠올렸다.

"진짜네. 왼쪽이 더 예쁘네, 난."

황제는 서령이 숱하게 이루어왔던 또 다른 야망 중 하나에 불과했다. 그러나 그저 야망으로 남기에는 서령의 마음을 흔드는 구석이 있었다. 서령은 사진 속 너무 붉게 나온 입술이 신경 쓰여 눈살을 찌푸리며 손등으로 제 입술 위 립스틱을 지워냈다.

날이 밝기 무섭게 태을은 강력 3팀 동료 형사인 신재와 함께 수사를 나섰다. 살해된 이상도의 부인과 연락이 닿았기 때문이다.

"근데 김복만은 지가 살해한 사체를 왜 지 차에 유기했을까? 초범들은 보통 어디 야산이나 강에 유기하는 게 일반적인데."

이상도가 부인과 함께 운영했다던 철물점으로 향하는 차안, 태을이 혼잣말처럼 중얼거렸다. 옆에서 함께 걷던 신재가 답했다.

"우발적인 살인이면 계획이 없었을 거고, 도박 사이트 건으로 수배 중이었으니 움직이기 쉽지 않았을 거고."

정답과도 같은 말이었다. 그러나 태을은 무언가 석연치 않은 표정으로 창가에 팔을 기댔다. 이미 범죄 사이트 운영으로 범죄자 노릇을 제대로 한 김복만을 믿는 게 아니었다. 그를 붙잡으러 갔다가 트렁크에서 시체가 발견되었다는, 이상한 우연이 거슬렸다. 이상도의 부인에게서 사건을 해결할 만한 단서가 나오길 바라며 태을은 작게 끄덕였다.

"근데, 너네 집에 말 있냐?"

운전하던 신재가 문득 물었다. 신재는 태을보다 세 살 많은 동료 형사이자 태을의 제자이기도 했다. 스무 살이 되기 전부터 이어진 오래된 인연이라는 뜻이고, 제자라 함은 태을이 태권도장에서 사범으로 일할 당시 태을이 신입인 신재를 가르친 적 있어서다.

말 얘기가 나오자 태을의 미간이 대번에 구겨졌다.

"어떻게 알았어?"

"은섭이가."

"걘 내가 구속을 시켜야겠다. 걘 민간인이 못 되겠어, 아주."

이번에도 은섭이 떠들고 다닌 모양이다. 태을이 이를 갈았다. 곤에게 태을의 집 주소를 알려준 것은 물론이거니와 곤이 어떻게 꾀어냈는지 하룻밤 만에 아예 하수인이 됐다. 심증으로나 물증으로나 겉옷에 잔뜩 달린 다이아몬드로 포섭한 것이겠지만.

생각하니 어이가 없었다. 정말 그 옷가지에 붙은 게 다 다이아몬드라는 게. 지문 조회도 안 되는 성인 남자. 그게 자기가 평행세계에서 넘어왔다는 증거라는 딱 반 미친놈. 그걸 사실로 믿고 싶어질 만큼 진지한 눈을 한 미친놈. 혈통 좋아 보이는 말의 주인. 늘어놓다 보면 태을도 감당이 안 됐다.

"뭔 말인데."

"누가 좀 맡겼어. 근데 나리가 말 좀 탔잖아. 걔가 딱 보더니 엄청 비싼 거라더라?"

"걔는 가게 장사 좀 되냐?"

"걔가 뭐 돈 벌자고 장사하겠어? 주차할 데 없어서 하는 거지."

태을의 집이기도 한 태권도장 바로 앞에 카페를 차린 나리가 말하길, 진짜 마주면 엄청난 부자일 거라고 했다. 나리는 태을이 아는 한 가장 부자이기도 하니 흘려듣기 힘들었다. 다이아몬드를 옷에 달고 다니는 걸 보면 부자일 수도 있긴 할 것 같다. 부자도 미치려면 미칠 수 있을 테니까.

어쨌든 카페 주인인 나리가 말을 보게 되고, 신재까지 '너네 집'에 말이 있냐고 묻게 된 건 곤이 정7품이라는 맥시무스를 태을의 집 마당에 두고 갔기 때문이었다. 먹이도, 빗질도 자신이 시킬 테니 당분간만 맡기겠다는 걸 내버려둔 이유는 사람은 죄가 있어도 동물은 죄가 없어서였다. DNA 결과가 나올 때까지만, 그때까지만이었다.

길 가다 괜한 걸 잡아들여서는 줄줄이 피곤한 일이었다. 형사가 된 일을 후회한 적이 없는데, 이번만큼은 투철한 직업정신이 후회가 될 것도 같았다.

"아, 좀 들어봐. 그래서 마사회에 공문 넣었어. 도난마 있나 하고."

"갑오개혁 이후로 말 도둑 잡은 경찰은 네가 처음이겠다. 정태을 승진하겠는데?"

신재가 어이없다는 듯 피식거리며 말했다. 신재의 놀림에 잠시 울컥한 태을이었으나, 승진 얘기에 다시 정신이 돌아왔다. 승진은 말을 찾아서가 아니라 김복만 사건을 해결해서 할 생각이었다.

"김복만이 건 해결해서 승진할 거야. 흉기, 내가 딱 찾는다."

그리 말하며 태을이 창가를 가볍게 두드렸다. 이상도를 살해한 흉기, 그것만 찾으면 복잡할 것 없이 김복만을 잡아 넘길 수 있었다.

열의에 찬 태을을 힐끗 바라보다가 신재는 보이지 않게 웃음을 터뜨렸다. 신재가 태을을 처음 만난 날은 봄이었다. 태을은 새하얀 태권도복을 입고 있었고, 봄바람에 태을의 머리카락이 조금 휘날렸던 것 같다. 그래서일까. 태을이 고개를 숙여 머리카락이 흘러내리면 종종 그날의 깨끗하고 맑은 낯을 하고 있던 어린 태을이 떠올랐다. 그다음 만남에서는 바로 엎어치기에 당한 것도 잊고.

∞

퇴근길, 태을은 근처 마트에 들러 당근을 두어 개 샀다. 마당이라고 해봐야 손바닥만 한 작은 마당에, 집 앞에 말이 있다는 게 여간 신경 쓰이는 일이 아니다. 게다가 먹이도, 빗질도 손수 하겠다던 마주가 며칠째 두문불출했다. 이십오 년이나 기다려온 만남이라기에 시도 때도 없이 연락해 귀찮게 굴 줄 알았는데 의외였다.

태을은 마당 앞에 얌전히도 묶여 있는 맥시무스에게 다가가 사 온 당근을 내밀었다.

"아, 해. 신분이 좀 되는 것 같아서 큰맘 먹고 유기농으로 샀어."

태을은 수입산인지 국내산인지 가리지도 않고 먹으니 말 그대로 큰맘 먹고 산 제주산 유기농 당근이었다. 태을의 정성이 무색하게도 맥시무스는 눈길도 주지 않고 있었다. 태을이 눈썹 한쪽을 올렸다.

"왜 안 먹어? 왜, 정7품은 이런 거 안 먹니? 방금 캔 것만 먹는 거야? 어…… 나 왜 니가 방금 정색한 거 같지?"

태을은 자신을 노려보는 듯한 맥시무스에 허, 하고 혀를 차며 휴대폰을 꺼내 들었다. 주인한테 이 버릇없는 말에 대해서 물어야겠다. 며칠 안 보이는 게 불안하기도 했다. 어디서 또 해괴한 일장연설을 늘어놓으며 범법 행위를 하고 있을지, 어떻게 안단 말인가. 그러니까 이건 걱정 같은 것과는 거리가 먼 불안이었다.

"어, 조은섭. 너 현재 위치 어디야."

곤의 위치를 물을 곳은 뻔했다. 은섭에게 전화를 걸자 은섭이 속삭이듯 전화를 받았다. 목소리가 잘 들리지 않아 휴대폰을 귀에 더 가까이 대자 도서관이라는 목소리가 들려온다.

"네가 이 시간에 도서관에서 뭐 하냐? ……네가 서울대생이었어?"

은섭의 어리바리함을 떠올리면 도무지 믿기지 않는 일이었다. 그래도 평행세계보다는 믿을 만했지만. 아무튼 은섭은 도서관이었고, 곤이 함께라고 했다. 곧 통화를 마친 태을은 집으로 들어가던 발걸음을 돌렸다.

그렇게 도착한 도서관 열람실에서 태을은 또 한 번 생각지 못한 모습의 곤을 맞이했다. 태을을 데리러 나온 은섭이 곤 쪽을 가리키며 설명했다.

"삼 일째 저러고 있거든요. 방석도 깔아줬고, 내가 퇴근하면서 밥은 멕였는데."

열람실 가운데 책상에 앉은 곤의 양옆에는 수십 권의 책이 쌓여 있었다. 상고 시대에서부터 시작해 오늘날의 정치 상황까지 해설해놓은 역사서들이었다. 곤은 제대로 집중했는지 눈 한번 들지 않고 그 책들을 읽어나가고 있었다. 다른 세계에 온 콘셉트에 충실해도 너무 충실했다.

"오늘은 내가 먹일게."

태을은 작게 한숨을 내쉬며 은섭을 물렀다. 그리고 곤에게로 가 맞은편에 털썩 앉았다. 그제야 책에서 시선을 뗀 곤이 태을을 발견하고는 잠시 놀랐다가 이내 반가워 웃었다. 집중해 있던 진중한 얼굴과는 다른 소년 같은 미소가 곤의 입가에 진하게도 번졌다. 미소를 마주한 태을은 묘한 위화감에 주변을 두리번거렸다.

어쩐지 곤의 주변만 휑하게 비어 있더라니. 곤을 둘러싼 것처럼 앉은 여자들이 곤을 황홀하게 쳐다보면서도, 갑자기 나타난 태을에게는 적대적인 시선을 던지고 있었다. 태을은 뒤늦게 책들 사이에 놓인 캔 음료들을 발견했다. 마트 진열대라고 해도 좋을 만큼 다양한 음료가 도열해 있었다.

'역사를 잊은 민족에게 미래는 없다. 드시고 힘내세요!'

'혹시 고향이 루브르세요? 조각인 줄.'

캔에 붙은 쪽지의 내용이 가관이었다. 태을이 쪽지를 읽고 있자니 곤이 어깨를 으쓱거렸다.

"여기 사람들은 대체로 친절하더군. 자꾸 나한테 이런 걸 주던데."

"……."

"그리고 내가 중요한 걸 알아냈네. 이 세계는 대통령제더군."

곤이 대통령의 사진이 나온 잡지의 표지를 들어보였다. 태을은 잠시 곤을 차분히 보았다. 어디서 또 이상한 짓을 시끄럽게 벌이고 있진 않을까 생각했는데, 이런 도서관에 박혀 조용히 이상했다고 생각하니 다행이라면 다행이었다. 여러 번 물었지만, 곤의 눈은 흔들림 없이 언제나 진실만을 말하고 있어서. 태을은 문득 또 한 번 입 밖으로 소리 내 묻고 싶었다.

당신 생각에는 여기가 정말 다른 세계냐고. 평행하는 다른 세계에서 온 거냐고. 그곳에서부터 날 알았냐고.

"장하네."

태을은 빠르게 생각을 치워내며 자리에서 일어났다. 세상이 남자로부터 무사하다는 것을 확인했으니 됐다. 갑작스레 일어나 자리를 박차고 나가는 태을을 곤이 서둘러 뒤쫓았다.

∞

아무튼 은섭에게 자신이 저녁을 먹인다고 했으니, 태을은 곤의 저녁 한 끼 정도는 책임지게 되었다. 한 입으로 두말하는 성격도 아니었고. 도서관 근처의 치킨집에서 두 사람은 마주 앉았다. 너무 일상적인 장소에서 평범한 음식을 앞에 두고 남자와 앉은 게, 태을은 가장 어색하게 느껴졌다.

"왜 안 먹어?"

뻔뻔한 성격을 보면 이제 와 태을과 같이 어색함을 느끼는 것도 아닐 텐데. 후라이드 반, 양념 반, 야무지게도 시켜놓은 치킨에 곤은 손도 대지 않고 있었다. 양념 치킨을 한 조각 집어든 태을이 의아해서 물었다.

"난 기미하지 않은 음식은 먹지 않아. 독살로 죽어도 이상하지 않은 위치거든."

곧바로 괜한 걸 물었다는 생각이 들었지만.

"아, 그래. 그럼 여기 와서 지금까진 어떻게 먹었을까?"

"은섭 군이."

"애한테 기미를 시켰단 말이야?"

"기미해라 마라 할 새도 없이 항상 먼저 먹던데."

"그래서 지금 나보고 기미를 하란 말이야?"

"아니. 만약 여기 독이 들어서 이게 내 마지막이면 자네에게 하는 이 말이 내 마지막 말일 수도 있어서."

"해봐."

헛소리를 듣는 것도 이제는 귀에 익어가는 것 같았다. 동네 치킨집에서 치킨을 먹고 독살당할 일은 없겠지만, 곤이 하겠다는 마지막 말은 조금 궁금하기도 했다. 태을은 들고 있던 치킨 조각마저 내려놓았다.

"고마웠어. 자네가 어딘가에 있어줘서 덜 외로웠어. 이십오 년 동안."

어수선한 치킨집 분위기와는 어울리지도 않게 곤의 표정은 어느 때보다 진지했다. 그리 말하는 곤이 너무 진심 같아서 누군가 태을의 심장을 꽉 잡은 기분이었다. 덜 외로웠다는 말은, 지독히 외로웠다는 말이었다. 그 외로운 사람 곁에 태을은 있었던 적도 없는데, 고맙다고 한다. 태을은 알 수 없는 눈빛으로 곤을 바라보았다.

곤은 언제 진지했냐는 듯 웃으며 치킨 한 조각을 맛있게도 입에 넣었다. 기미를 안 하면 먹지 않는다더니. 태을은 헛웃음을 내뱉으며 물었다.

"도서관에선 뭐 했는데."

"자네 세계의 역사를 봤지. 내 세계와 어떻게 다른지 알고 싶어서."

"그래서 어떻게 다른데."

"두 대한의 역사는 소현세자부터 달라졌더군. 자네의 세계에선 일찍이 돌아가셨고, 내 세계에선 영종으로 역사에 남으셨어. 호란을 막아냈거든. 그 이후부터 두 세계의 역사가 조금씩 다르게 흘러서 여기까지 온 거야. 자네 세계는 전쟁과 분단 이후 압축적 산업화로 초고속 성장을 했더군. 놀라웠네."

"……인터넷에 웹소설 연재하니? 거기까지 쓴 거야?"

태을의 눈빛에 스치는 순간적인 흔들림을 곤도 눈치채고 있었다. 곤이 진심을 담아 말할수록 태을은 기가 막히게도 그 진심을 알아차렸다. 본능적인 감각이 뛰어난 것 같았다. 그래서 이제는 태을이 제 말을 믿어주지 않을까, 곤은 조금 기대한 모양이었다. 그런데 태을은 눈 깜박하면 다시 철옹성처럼 버티고 서서는 곤의 말 한마디도 받아들이지 않았다.

아무것도 몰랐던 태을이 무언가를 받아들이기엔 짧은 시간이라는 걸 안다. 그러니 너무 조급해서는 안 된다는 걸 알면서도 곤은 태을에게 조금 서운했다. 이십오 년의 시간이 자신만의 시간이었던 것. 살아남은 이유가 되어주어 고맙기만 해야 할 사람한테 서운한 게 또 서운해지고.

"……자넨 왜 한번도, 한마디도, 내 말을 안 믿는 거지?"

"믿음이 그런 거야? 그렇게 터무니없는 걸 턱 믿어야 하는 거야?"

태을이 날카롭게 되물었다. 믿을 수 없는데 자꾸 믿고 싶어져서 더 날을 세우게 되는지도 몰랐다.

"난 아직 지구가 둥글다는 것도 안 믿기는 사람이야. 근데 평행세계? DNA 결과 나올 때까지 하나만 하자고. 얌전히 있는 거."

"……날 믿지도 않으면서 왜 돕는 건데? 사명감 같은 건가?"

"그런 건 나라 구할 때나 필요한 거고."

"그럼 왜."

"왜가 어딨어. 그냥 하는 거지. 나 대한민국 경찰이야."

돕는다고 할 것도 없었다. 최소한의 도리만 다할 뿐이다. 원래도 오지랖이 없는 성격도 아니었고, 어쨌든 자신이 잡아온 범법자였고.

"더 없어? 다른 이유는 더 없나?"

계속해 묻는 곤을 모른 척하려 고개를 숙였던 태을은 문득, 절박하게까지 들리는 목소리에 다시금 시선을 들었다. 마치 그 이유가 자신 때문이어서는 안 되겠냐는 듯한 물음이었다.

태을은 옆에 놓여 있던 탄산음료를 집어 들었다. 속이 답답해졌다. 망상에 빠진 게 분명한 남자에게 붙잡히지 않으려 손을 쳐내고, 말을 쳐내도 눈빛 한번이면 금세 주저앉고 만다. 태을은 확실히 도망치는 것보단 쫓아가는 데 능숙한 사람이었다. 누군가 이렇게 쫓아오면, 어떻게 해야 할지 모르겠다. 그래서 또 뿌리쳐보는데, 곤은 능숙하리만치 태을을 붙잡아 놓았다.

"자네 세계에 내가 발이 묶일 이유 같은 거…… 없을까?"

남자에게는 이미 그 이유가 마치 태을이라는 것 같아서. 태

을이 되어주기를 바라고 있어서. 태을은 곤의 끈질긴 시선을
지우려 천천히 눈을 감았다가 떴다.

그러나 아무리 눈을 감았다가 떠도 자신을 바라보고 있는
곤은 그대로였고, 도대체 왜 하필…… 자신인지. 곤을 만난
이후 태을의 머릿속을 떠나지 않는 질문도 그대로였다.

　곤이 대한민국에 온 지 일주일이 되어가고 있었다. 하지만
평행세계가 존재한다는 것, 그 세계에 자신이 찾던 사진 속
주인공인 태을이 있다는 것. 그 두 가지 사실 외에 정의 내릴
수 있는 사실이 별로 없었다. 곤은 자신이 처음 발을 디딘 광
화문 사거리에서부터 천천히 걸었다.

　대한민국이 세워진 이 세계에 대해서는 며칠간의 공부로
충분히 알게 됐다. 확실히 곤의 세계와 같으면서도 달랐다.
사람들도 그랬다.

　영과 똑 닮은 은섭에게서 받아본 가족사진에서, 곤은 영의
가족과 같은 얼굴을 한 은섭의 가족들을 보았다. 다만, 은섭

에게는 영에게는 없는 나이 어린 동생들이 존재했다. 그렇게 같은 듯 약간씩 다른 세계.

그렇다면 대한제국에도 태을의 얼굴을 한 이가 있다는 것일까. 그렇다면 또, 자신의 아버지나 자신의 얼굴을 한 이가 이곳 세계 어딘가에 있다는 것일까.

알아내지 못한 게 많았다. 어서 돌아가야 한다는 걸 알면서도 곤은 잠시간은 머물기를 원했다. 역모의 밤, 태을의 사진이 곤에게 남은 이유, 곤이 살아남은 이유. 이 세계에 태을이 있듯, 그 이유들 또한 이 세계에 있으리라는 믿음이었다.

한때는 제게 남은 태을의 사진 자체가 삶의 위안이자 이유였던 때도 있다. 자신을 구한 남자를 기다리는 것 자체가 삶처럼 느껴질 때도 있었다. 황제의 의무와 책임과는 다른, 한 인간으로서 아주 근본적인 이야기였다. 지금도 마찬가지이기에 곤은 이곳 세계에서 진짜 이유를 찾으려 했다.

다만 믿음이 때때로 흔들리는 건 태을은 곤을 전혀 몰랐고, 그래서 곤은 홀로 찾아내야만 하기 때문이었다. 그것만으로도 괜히 서운한데. 지난 이십오 년간 자신을 덜 외롭게 해주던 여인의 얼굴이 자신을 차게도 거절하고 불신하면, 아무래도 상처였다. 태을의 입장을 이해해야 한다는 마음과는 다른 문제였다.

곤의 발길이 창덕궁 부근에 다다랐다. 은은하게 불을 밝혀

놓은 궁의 모습이 아름다웠다. 친구나 연인, 가족과 하나둘 모여든 관람객들이 궁의 출입문을 자유로이 드나들었다. 곤은 찬찬한 눈으로 그 광경을 지켜보았다.

'대한제국 마지막 황제, 순종의 거처 ─ 희정당 공개'

커다랗게 걸린 현수막 문구 속에서 대한제국은 이미 끝나 있었다. 그것이 못내 쓸쓸하게 느껴졌다.

이곳 세계에 자신은 존재하지 않으리라는 예감이, 곤의 머릿속을 스쳐 지났다.

∞

예전의 쓰임을 다한 궁을 지나 한참을 걸어 곤이 도착한 곳은 맥시무스가 머무르고 있는 태을의 집 마당 앞이었다. 맥시무스에게로 다가간 곤은 자신을 보고 반기는 맥시무스의 갈퀴를 부드럽게 쓰다듬어주었다. 제대로 보살핌을 받을 수 없는 외딴곳에 와 맥시무스가 고생이 많았다. 자신과 함께 자란 맥시무스가 조금만 더 사정을 봐주길 바라며, 곤은 맥시무스를 따스하게 쓰다듬었다. 그 모습을 발견한 건 태을과 통화하며 집 앞으로 향하던 신재였다.

"어, 나 지금 마당이야. 내려와."

신재는 눈으로는 곤과 맥시무스를 번갈아 보며 태을에게

자신의 도착을 알렸다. 은섭과 함께 간단히 맥주를 마시러 가기로 한 참이었다. 곧 태을의 집 2층 창문이 벌컥 열리며, 태을이 빼꼼 고개를 내밀었다. 태을은 손바닥을 펼쳐 보이며 "5분!" 하고 외쳤다. 5분만 기다려달라는 뜻이다. 전화로 말하면 될 걸 저렇게 항상 더 큰 소리를 내는 쪽이다. 신재는 피식 웃으며 끄덕였다.

"자네, 집에 있었어?"

맥시무스를 쓰다듬던 곤의 획 등을 돌려 창문에 대고 물었다. 태을은 답도 없이 다시 창문 안쪽으로 사라졌지만, 곤은 창문에서 시선을 떼지 못한 채였다. 신재는 눈앞의 남자가 누구인지 유추하려 애썼다.

은섭이 말하길 '광화문 사거리에 말을 타고 딱! 나타난 정신이 나갔지만 잘생긴' 남자가 있다고 했고, 경란이 '지문 조회했는데 신분이 없는 이'가 '근데 잘생겼다'고 했다. 박팀장은 뭐라더라, '정태을이가 똥을 밟았는데 잘생긴 똥을 밟았다'고 표현했었다. 신재는 머리에서부터 발끝까지 곤을 훑었다. 기분 나쁘게도 마주하니 바로 알 것 같았다. 모두가 수상하다고 하면서도 입을 모아 잘생겼다고 하는 남자가 눈앞의 남자라는 걸.

신재가 곤을 관찰하다 못해 쏘아볼 때였다. 태을이 창문 밖으로 다시금 고개를 내밀었다.

"형님, 은섭이 기다린대. 먼저 가 있어. 나 빨래만 널고 금방 갈게!"

그렇게 제 할 말만 하고 사라지는 태을을 다시 한 번 곤이 불렀으나 소용없는 일이었다. 곤은 태을을 더 부르는 대신, 태을이 '형님'이라고 부른 신재를 보았다. 신재도 애타게 창문을 올려다보던 곤을 마침 보던 차였다. 자신을 훑는 불손하기 짝이 없는 시선에 곤의 눈썹이 미묘하게 올라갔다.

"초면에 실례이긴 하나, 정태을 경위와는 무슨 사인가. 정확히."

"눈 깜짝할 사이? 한 두 시에서 세 시 사이, 뭐, 홍대에서 건대 사이?"

"그게 무슨 뜻인가."

"초면에 실례인 줄 알면서 이건 뭔 개소리야, 라는 뜻이야. 잠깐 서봐."

거친 말투로 대꾸한 신재가 휴대폰 카메라를 들어 곤의 얼굴을 찍었다. 곤이 막을 새도 없었다. 신재로서는 곤이 신분도 불명확한 주제에 태을의 집 근처에 머무르는 게 찜찜했다.

"이건 머그샷. 혹시 몰라서. 신분을 모른다며."

"난 아네, 내 신분. 자네들이 모르지. 서보게."

이번에는 곤이 신재를 세웠다. 그리고는 빠르게 신재가 입고 있던 검은 후드티 뒤에 달린 모자를 뒤집어씌웠다. 역시나 신재가 막을 새 없는 빠른 손놀림이었다. 신재가 짜증스럽게 모자를 벗었다.

"돌았나. 뭐 하는 거야."

일순 가라앉았던 곤의 눈가에 다시금 생기가 어렸다. 곤은 그날 밤의 남자를 찾고 있었고, 그가 태을의 신분증을 가지고 있었던 것을 보면 태을과 관련된 인물일 가능성이 높았다. 눈 앞의 남자일 수도 있었다. 그러나 아니었다.

"혹시 내 은인일까 하고. 아니었으면 했는데, 아니네. 내 은인은 어깨가 더 크고, 키도 더 크고, 얼굴도 더…… 많이. 아니야, 자넨."

"이 미친놈은 뭐지?"

"여기 와서 자주 들은 말이야. 그렇다고 자네가 해도 된단 얘긴 아니고."

"한마디, 한마디가 상식적이진 않네?"

"말을 가려 하는 게 좋을 거야. 나는 참수부터 시작해."

곤의 말에 신재가 커다랗게 웃음을 터뜨렸다. 웃음이 지나가자 인상이 거칠게 변했다. 정체를 알 수 없는 인간이 태을의 주변을 기웃거리는 것부터가 짜증스러웠는데, 마주하니 더 거슬렸다.

"난 뭐부터 시작할 거 같은데. 난 초면일 때 가장 친절해. 여기서 한번만 더 눈에 띄면 그땐 말로 안 한단 소리야."

쏘아붙인 신재가 몸을 돌려 곤으로부터 멀어졌다.

"정태을과 무슨 사인지는 끝끝내 미궁이군."

화난 뒷모습을 보며 곤은 중얼거렸다. 곤은 눈치도 감도 좋은 편이라 자부했다. 자신을 향한 신재의 경계는 그저 미친 소리를 하는 사람에 대한 경계가 아니었다. 태을에게 끄덕이며 살짝 올라가던 입꼬리. 제게 화를 내던 험악한 얼굴보다 그게 마음에 걸렸다.

가을이라 꽃이 다 진 앙상한 벚꽃 나뭇가지들이 바람에 흔들리며 곤의 마음을 어지럽혔다. 마당에 선 채로 조금 더 기다리자 곧 계단을 내려오는 태을이 보였다. 곤이 태을을 반갑게 맞았다. 태을은 퉁명스러웠다.

"왜 안 가고 여기 있어."

"나도 같이 가겠네."

은섭도 있는 자리라니, 못 갈 것도 없다 싶어 한 말이었는데 곤의 말을 태을은 무시로 일관했다.

"어딜 같이 가. 정7품이랑 행복한 시간 보내."

형사인 태을은 바빴고, 곤은 한참이나 태을을 기다렸다. 그런데도 얼굴 한번 내비치지 않다가 이제는 쌩하니 가버리는 태을이 야속했다. 곤은 붙잡지도 못하고 그저 떠나는 태을을 바라보았다. 시간은 자꾸 가는데 태을도 자꾸 가버린다.

신재가 가던 길과 같은 방향으로 바쁘게도 걸음을 내딛던 태을이 얼마 안 가 몸을 돌렸다. 한숨이 저절로 나왔다. 왜 돌아가고 있는지 태을도 모를 일이지만, 돌아가야만 할 것 같았다. 등을 돌리기 직전 보았던 곤의 표정이 무척이나 서러워 보였다. 외로워 보이고.

이래서야 곤의 말을 믿는 셈이었다. 평행세계는 못 믿어도, 적어도 곤이 태을 때문에 덜 외로웠다는 그 이십오 년은 믿는 게 되는 것 같아서 태을은 못마땅한 얼굴로 다시금 제 집 앞마당으로 돌아왔다.

역시나 곤은 제자리에 서 있었다.

"왜 여기 있는데. 계속 있을 거야?"

"자넨 정말 날 이렇게 대하면 안 돼."

"왜 안 되는데."

"내가 너무 섭섭하니까."

다 큰 어른이, 아이 같은 얼굴을 한다. 그건 곤 스스로도 모르는 얼굴이었다. 태자로 태어나 여덟 살 때에도 어른스러웠던 곤이었다. 역모의 밤 이후에는 곧바로 어른이 된 것이나 마찬가지였고. 그런데 태을 앞에서는 잘도 제 여린 표정을 드러내고 있었다.

"왜 날 두고 가. 난 이 세계에서 아는 사람이 자네밖에 없는데."

"미치겠네. 좋아, 말 나온 김에 짚자. 왜 이 세계에 아는 사람이 나밖에 없는데? 당신은 나를 마치 아는 사람처럼 구는데 난 당신 몰라. 당신은 날 왜 아는데?"

"이십오 년 전에 난 자네 신분증을 얻었으니까. 정확히는 누군가 흘리고 간 거야."

"……아, 이십오 년 전에. 누가 흘리고 갔는데."

태을은 거 보라는 듯 황당한 표정을 지었다. 믿어보려 해도 믿을 수 없는 얘기뿐이다.

"찾는 중이야. 자네와 관련 있는 듯하고."

"그렇겠지. 내 신분증을 가지고 있었으면 나랑 관련이 있겠지. 그래 그렇다 치자, 근데 이 사람아. 이십오 년 전이면 나 5세야. 물론 내가 다섯 살 때부터 형사가 될 자질이 충분했어. 충분했어도 그렇지 이 사람아! 이십오 년 전에 내 신분증을 어떻게 주워!"

"이유는 모르지만 내가 가진 신분증은 발급일이 2019년 11월 11일이야. 난 그날을 오래 기다렸고."

그게 곤에게는 오래된 진실이었다. 곤의 말에 태을이 씩씩 거렸다.

"이봐, 김개똥 씨. 당신 이거 망상이야. 아직 오지도 않은 미래를 봤고, 그래서 내가 반가워? 진심으로 하는 말인데 여기서 이러지 말고 다이아 판 돈 남았을 때 얼른 병원 가봐."

태을은 일관되게 미친놈 취급인데, 곤은 이제 서운할 기력도 남지 않았다. 그저 눈앞에서 화를 내고 있는 태을조차 예뻐 보여서 우스웠다. 너무 오래 이 얼굴을 그려온 탓일까. 이 상황에서조차 그립게 느껴지고 예쁘게 느껴져서 곤은 차라리 장난스럽게 웃었다.

"다이아 판 돈이 안 남았어."

"그래 그게 안 남……. 그냥 하는 소리 아니고, 당신도 가족이 있을 거고, 그 가족들이 당신을 걱정하고 있을 거라고!"

조금 달라진 게 있다면, 이제 태을은 곤을 미친놈 취급만 하는 게 아니라 방향이 어찌 됐든 걱정하고 있었다. 그 사실이 곤의 기분을 나아지게 했는지도 모르겠다. 곤은 습관처럼 뒷짐을 지며 물었다.

"가족? 자네가 궁금한 게 그거였어?"

"그래, 그거야."

"그럼 좋아. 답을 하지. 나 아직 미혼이야."

"이건 또 무슨 전개야?"

"직계 가족이 없단 뜻이지. 해서 방금 아주 중요한 결정을 했어. 자네에게 내가 누구인지 도저히 모를 수 없는 자리를 줄까 해."

"그래, 줘봐. 뭔데, 나도 너 좀 이해해보자."

곤의 설명은 하나도 이해하지 못하면서도, 태을은 곤을 이해하고 싶어 했다. 그러면 됐다. 태을은 곤의 존재조차 몰랐고, 곤은 태을을 잘 몰랐지만. 이제 서로의 존재에 대해 자세히 알아나가면 될 일이었다. 그러고 싶었다. 운명에 이끌리는 것처럼.

"정태을 경위. 내가 자넬 내 황후로 맞이하겠다."

두 사람 사이에 한차례 침묵이 일었다. 뒤늦게 뜻을 이해한 태을의 얼굴이 단번에 구겨졌다.

"뭐?"

"방금 자네가 그 이유가 됐어. 이 세계에 내가 발이 묶일 이유."

"아 뭐지? 반만 미친 줄 알았더니 이제 다 미친 이 새끼는? 황후? 왜 며칠 겪어보니까 내가 좀 멋있디? 이제 하다하다 360도 다 돌았네?"

"360도가 회전각을 얘기하는 거라면, 360도면 제자리야."

태을이 당장에 뒤로 넘어갈 만한 말을 뱉어놓고 곤은 차분하게 답했다. 태을은 더 기가 막힐 수도 없을 것 같았다.

"아, 내가 180도만 돌렸어야 했네. 그래서 진심이란 소리야?"

"난 방금 자네에게 한 세상을 맡겼어. 그보다 더 큰 진심은 알지 못해."

곤은 언제나와 같이 진지했다.

"나는 실수 중에 0을 가장 좋아해. 자넨 그 0의 성질을 가졌어."

"아, 내가 그런 성질을 가졌어?"

"보통 0은 아무것도 없다는 의미로 쓰지만 사실 절대적인 권력을 가진 수야. 어떤 수든 엮이면 전부를 잃게 하거나 무력화시키니까. 화폐에서 힘을 발휘하는 건 앞의 숫자가 아니라 뒤에 붙는 0의 개수고, 아무리 큰 수도 0을 곱하면 0이 되고 0승을 붙이면 1로 돌아가."

빈정거리다 못해 멍해진 태을을 바라보며 곤은 설명을 이었다. 낮은 목소리는 부드러우면서도 단단했다.

"루트 안에 갇힌 수가 루트를 벗어날 수 있는 방법은 딱 두 가지야. 제곱근을 갖거나, 절대 권력을 가진 수인 0을 만나거나."

"……."

"이십오 년 동안 나한테 자넨 허수虛數(실수가 아닌 수)였어. 존재하지 않지만 존재하는 수. 상상의 수지만 우주를 설명하는 수. 그런데 자넬 이렇게 발견해버린 거야. 자넨 허수가 아니라 실수實數(유리수와 무리수의 총칭) 0이었던 거지."

정확하게 곤의 머릿속에 자리 잡은 태을의 존재는 그랬다. 곤은 담담히 다음 말을 이었다. 그저 실존하기만 해도, 실수이기만 해도 좋다고 생각했는데, 곤은 깨달았다. 태을은 실수 중에서도 0이었다.

"자넨 늘 바쁘고 나는 안중에도 없어. 덕분에 난 이곳에서 무력하였으나 다 괜찮았어. 자넨 내가 상상했던 것보다 훨씬 멋지고 내가 갇힌 루트 앞에 이렇게 서 있으니까."

루트에 갇힌 수를 루트 밖으로 꺼내어줄 수 있는 0.

태을 외에는, 곤의 앞에 이렇게 어엿하고 아름답게 서 있는 태을 외에는, 더는 단서가 없었다. 이십오 년 전의 밤에 갇힌 곤을 구해줄 단서 말이다. 그러니 태을에게 모든 것을 거는 게 곤에게는 합당하게 여겨졌다. 언제까지고 머무를 수 없는 세계에서, 자신이 머물러야만 하는 세계로 태을을 데려가기 위해서는 태을에게도 자리가 필요했고 그렇다면 황후가 좋을 것 같았다.

곤은 정답을 푸는 데 일가견이 있었고 어떤 때에는 풀기도 전에 정답이 보일 때가 있었다.

"진심이냐는 질문의 답이었어. 증명이 됐나."

태을은 수학 같은 건 예전에 포기한 편이었고, 간단한 답 하나를 증명하기 위해 칠판 하나를 빼곡하게 채우는 수학보다는 그저 눈으로 보고, 몸으로 느끼는 게 좋았다. 며칠 내내 곤에게 들었던 설명보다도 언제나 늘 태을의 마음을 흔들어놓은 건 곤의 눈빛이었던 것처럼.

한숨을 삼킨 태을이 곤을 노려보았다.

"뭐가 증명돼."

한번 어깃장을 놓은 태을은 이내 결심한 듯 말했다. 역시 듣는 것보다는 부딪치는 게 나을 것 같았다.

"어, 그래. 가자, 걸어 빨리. 니네 평행세계로 한번 가보자. 가서 내가 이 나라의 국모다 한번 해보지 뭐. 어디로 가면 돼. 앞장서."

태을은 휴대폰을 들어 은섭에게 오늘 술자리는 둘이 즐기라는 문자를 남기며 턱짓했다. 태을의 결정에 곤의 입가가 환하게 피어났다. 역시, 태을은 곤에게 0이 되어줄 이가 맞았다.

∞

그러나 실로 낭패가 아닐 수 없었다. 앞장서라고 하기에 앞장섰으나 대숲에 다다라 곤은 생각했다. 위치는 맞았다. 곤이 생각한 위치에 세계를 넘어오기 직전 보았던 것과 일치하는 모양새의 대나무 숲이 존재했다. 서늘한 밤바람이 지나가자 빼곡히 뻗은 대나무들이 일제히 흔들리며 풀피리를 불듯 잎사귀 부딪치는 소리를 냈다.

태을은 휴대폰 플래시를 켠 채 주변을 둘러보았다. 서울 도심에 이런 장소가 있다는 게, 확실히 색다르긴 했다. 주인이라도 되는 양 뒷짐을 진 채 주변을 살피며 걷는 곤을 보다 태을이 뾰족하게 물었다.

"왜, 니네 세계로 가는 주소가 여기가 아니니? 주문 같은 거 외워야 하는 거면 외워. 창피해하지 말고."

"문을 찾는 중이야. 근데 역시 빈손으로 오니까 안 열린다."

채찍을 들고 오지 않았다. 곤은 조금 찌푸리며 말했다. 아마 식적이 열쇠가 맞는 모양이었다.

"믿기 어렵겠지만 원래는 저만치 당간지주가 서 있어야 해."

"설정이 자꾸 는다? 절에 있는 돌 그거 말하는 거야?"

"맞아. 신과 인간 세계의 경계에 세우는 기둥."

곤은 육중한 두 개의 돌을 마주한 순간의 위압감을 떠올렸다. 지금 떠올리면 가히 세계와 세계를 잇는 문이라고 할 만한 위압감이 당간지주에 감돌고 있었다.

"피리 소리가 들리고 천둥과 번개가 일고 거대한 당간지주가 나타났었어. 근데 오늘은 그 문이 허락되지 않나 봐."

"한가해? 심심하니? 허락되지 않는데 왜 와!"

"한 번은 확인이 필요했는데 마침 자네가 앞장서라 해서 난 좋았지."

이곳까지 함께 왔다는 건 어쨌든 태을도 믿어보고자 했다는 뜻이다. 곤의 웃음에 태을은 가슴을 두드렸다. 여기까지 따라오다니, 괜한 숫자 얘기에 정신이 나간 게 분명했다.

"와…… 내가 전생에 무슨 죄를 지어서 추워 죽겠는데 이런 또라이 같은 대화를 하지, 지금? 김개똥 씨, 지금부터 내

말 잘 들어. 내일 정도면 국과수에서 DNA 결과 나올 거야. 다행히 연고자가 나오면 좋겠지만 만약 못 찾아도 내가 도와줄 수 있는 건 여기까지란 얘기야. 은섭이도 더 이상 불러내지 마. 이해했지?"

이쯤 되면 태을도 더 이상은 휘둘리지 말고 곤을 확실하게 끊어내야 했다. 며칠 사이 곤과 얽힌 인연들도 태을은 나서서 정리했다. 그러나 곤은 가만히 떠올리다가 혼잣말처럼 물었다.

"은섭 군과 영이는 정말 DNA가 같을까? 쌍둥이조차 세포 수준에선 다른 법인데. 혹여 연고자를 찾는다 해도 내 가족은 아니란 뜻이야."

곤이되 곤이 아닐 것이다. 그 가족 또한. 영에게는 없는 동생들이 은섭에게는 있듯이. 두 세계는 같지만 달랐다. 곤은 잠시 생각에 빠졌다.

"연고자를 찾았는데 왜 네 가족이 아니야."

"내 아바마마와 어마마마께선 일찍이 돌아가셨거든. 황제의 첫 집무는 아이러니하게도 선황제의 국장이야. 여덟 살 때였고."

사실이라면 지독히 불행하고 슬픈 얘기였다. 태을이 잠시 멈칫하자 곤이 부드럽게 물었다.

"오래된 일이야. 그만 갈까."

태을은 답 없이 앞서 걸었다. 끊어내려면 경찰서 앞에서, 거기에서 이미 끊어냈어야 했다. 시도는 번번이 실패했고, 곤과 함께 있으면 늘 태을의 마음만 복잡해지곤 했다. 안 그래도 무거운 마음 위로, 어깨 위로 턱하니 외투가 걸쳐졌다. 곤이 다이아몬드 단추를 돈으로 바꿔 산 코트 중 하나였다. 값나가는 코트라 그런지 가벼우면서도 따듯하다. 대나무 숲 사이를 가르는 찬바람을 막아주기에는 더없었다. 태을은 잠시 곤을 보다 다시 걸었다.

"그자는 이름이 뭐야? 외동인 자네의 형님이라는 자."

"넌 이름이 뭔데. 지 이름도 모르면서 남의 이름은 왜 물어."

"모른다고 안 했어. 말해줘도 부를 수 없다고 했지."

"네가 무슨 김소월이야?"

"김소월이 누군데."

대한민국에서 정규 교육 과정을 밟았다면, 모를 수 없는 시인이었다. 소현세자 때부터 역사가 달라졌다는 대한제국에서 오지 않은 이상.

"설정에 구멍이 없네. '심중에 남아 있는 말 한마디는 끝끝내 마저 하지 않을 테니까' 김개똥이도 내 인생에 관심 갖지 마."

"그 형님이란 자가 자네의 인생씩이나 되는 거야?"

곤이 물었으나 태을은 쓸데없는 질문이라 생각해 답하지 않았다. 그런 태을을 뒤쫓으며 곤은 또 다른 질문을 퍼부었다.

태을에 대해 궁금한 게 많은 미친놈이었다. 태을은 그렇게 생각하면서도 궁금해졌다. 그가 미친놈이 아니라면, 여덟 살에 고아가 되었다는 그의 삶은 어떠했을지. 미친놈이겠지만.

대나무 숲 밖으로 걸어 나가는 두 사람의 발소리가 점점 느려졌다.

믿
고
싶
은
미
소

편의점에서 하드를 하나 사 문 신재는 밤거리를 휘적휘적 걸었다. 혀에 닿는 달콤함은 잠시고, 어디에서 나는지도 모를 쓴맛만 오래갔다. 찬바람이 세게 볼을 할퀴고 지났지만 짧게 다듬은 머리는 휘날릴 것도 없었다.

되도록 머리를 비우고 사는 신재지만, 오늘 같은 날은 신재도 별수 없이 감상에 젖고 만다. 룸살롱에서 술이나 파는 사장놈과 시비가 붙은 날. 실은 근본적으로는 저 새끼나 나나 다를 바 없는 쓰레기겠구나, 싶은 날.

괜히 머리를 비우고 사는 게 아니었다. 머리를 비우지 않으면, 끝없이 가라앉기 때문이다.

아직도 유년의 기억과 상처에서 헤어 나오지 못한 자신이 우스웠다. 그러나 유년에서 벗어나기엔 현재 진행 중인 구질구질함이 너무 많았다. 얼마 되지 않는 형사 월급으로 먹고살기도 빠듯한데 갚을 빚은 산더미였고, 엄마는 도박에 빠져 그나마 있는 돈을 하우스에 퍼나르기 바빴다.

신재의 엄마도 부잣집 사모님 소리 들을 때가 있었다. 그걸 생각하면, 도박에 미친 엄마가 안쓰러웠다가도 제 손으로 엄마를 신고하거나 붙잡는 날이면 기가 막혔다.

신재가 중3이던 때, 집안이 망했다. 평창동에서 남부러울 것 없이 살다가 갑자기 단칸방 살이를 해야 했다. 하필 한창 예민한 나이였기에 비뚤어지는 건 당연한 수순이었고, 고등학교 1, 2학년 때는 누군가에게 주먹을 휘두르는 것으로 세상에 대한 화를 풀었다. 그러니 그대로 살았다면, 지금쯤 자신이 잡아들이고 있는 범죄자 수십 중 한 명이나 되었을 법한 인생이었다.

그런 인생을 바꾼 건 태을의 아버지가 운영하는 태권도장에 다니면서부터다.

'네놈 눈깔을 보니 딱 장래가 그려져. 넌 깡패 아니면 형사야. 어떻게, 불량 청소년 개과천선 할인 있는데 한번 다녀보겠나? 적어도 최소 고졸에 깡패는 안 만들라니까.'

태을 아버지의 호기로우면서도 따뜻했던 한마디가 신재의

인생을 점차 변화하게 만들었다.

신재의 발걸음이 어느덧 태을의 집 앞마당에 닿았다. 한때는 제집처럼 드나들며 태권도를 배웠던 태권도장 앞이기도 했다.

역시 이곳에 오니 마음이 조금 편하다. 짊어지고 있는 삶의 무게들이 실제로 가벼워지는 것은 아닐 텐데, 마음만은 가벼워지는 기분이다. 티 없이 맑게 웃는 태을을 보고 갈 수 있으면 더 좋을 것 같다.

문득 생각하던 신재는 고개를 저으며 다 먹은 아이스크림 막대기를 쓰레기통에 던져 넣었다. 그러다 마당 한편에 선 맥시무스를 발견했다. 신재가 다가서자 얌전히 밤을 지키고 있던 맥시무스가 경계하듯 앞발을 굴렀다.

"워, 워, 너 그거 선입견이야. 나 생긴 것만 이래. 나쁜놈 아니야."

말을 알아들었을 리 없는데 신기하게도 맥시무스가 구르던 발을 멈췄다. 신재는 맥시무스의 외양을 찬찬히 뜯어보았다. 당연하게도 맥시무스를 돌보고 있던 남자도 떠올랐다.

웬 미친놈이라고 생각했는데, 너무 멀쩡하게 생겼던 미친놈. 거슬리는 건, 태을이 고개를 내밀던 2층 창문을 바라보던 눈빛이 너무 깊어서리라.

"그래, 네 얘기였네. 너 잘생겼다 야. 너 신분 없지."

맥시무스를 향해 장난처럼 중얼거리며 웃던 신재가 멈춰 섰다. 맥시무스의 옆에 가지런히 놓인 안장에서 익숙한 문양을 보았기 때문이다. 흰 안장 가운데 새겨진 오얏꽃 문양. 신재는 여러 번 눈을 감았다가 떴다. 몸을 숙여 자세히 살펴보아도 분명했다.

아주 오래 전 신재의 기억 속에 각인되어 있는 그, 문양이었다. 신재는 빠르게 뒷주머니에서 수첩을 꺼냈다. 분신처럼 가지고 다니는 형사 수첩이었다. 수첩의 페이지마다 신재가 그려넣은 오얏꽃 문양의 낙서가 있었다. 손버릇처럼 그려넣는 문양이었다. 정확했다.

머릿속에서만 보았던 문양을 실제로 보는 것은 처음이었다. 신재는 그대로 굳은 채 한참이나 대한제국을 상징하는 문양을 내려다보았다.

∞

곤을 만난 이후, 매일이 혼란의 연속이었지만 태을은 오늘에야말로 갈피를 잃은 채 멍하니 앉아 있었다.

경찰서에 있는 동안 몇 통의 전화를 받았다. 한 통은 호텔 스위트룸에서 걸려온 전화였다. 발신자는 당연하게도 곤이었고, 태을은 제 직통 번호를 알려준 은섭을 죽여 놓아야겠다고 생각했다.

그리고 전해 들은 곤의 DNA 검사 결과, 대한민국에서 곤과 일치하는 DNA를 가진 이는 단 한 명도 없었다. 마지막으로 태을에게 걸려온 전화는 마사회에서 온 것이었다. 곤이 정7품이라 추켜세우는 말에게 따로 주인이 있을까 의뢰했던 결과가 나온 것이다. 마사회 측은 맥시무스가 도난 사실이 없는 스페인 계열의 혈통 좋은 말이라고 전했다. 확인 사살이었다.

태을은 테이블 위에 놓인 맥주부터 잔에 따랐다. 빠르게 맥주를 들이켜는 태을의 모습에 맞은편에 앉은 곤은 조금 놀란 표정을 지었다. 한 잔을 모두 비운 태을이 탁, 소리 나게 잔을 내려놓으며 곤을 노려보았다.

"진짜 다른 세상에서 왔어?"

DNA 결과가 나오면 다 해결될 줄 알았는데 오히려 미궁이었다. 이제 와서는 다른 세계에서 왔다는 게 오히려 신빙성 있을 정도다. 태을의 물음에 곤은 피식 웃었다.

"누누이 말해도 안 믿으면서."

"그 문은 누구누구가 넘을 수 있는데?"

곤은 가만히 태을을 보았다. 태을과 대나무 숲에 다녀왔던 날, 한 가지 더 새롭게 세워진 가설이 있었다. 당간지주가 서로 다른 두 세계를 넘나드는 문이라면, 그 문을 여는 열쇠는 만파식적이라는 가설.

그런데 그 열쇠를 가지고 있던 게 곤만이 아니었다. 이십오
년 전 밤에 두 동강이 난 만파식적 중 나머지 하나를 이림이
들고 갔었다.

물론 이림은 죽었다. 황실의 큰어른이라 할 수 있는 부영군
이 사체의 부검까지 마쳤다. 지문도, DNA도 모두 이림과 일
치했다. 그러나 곤은 예전부터 이림의 죽음을 실감하지 못하
곤 했다. 증오가 크기 때문일까, 그리 허망하게 죽어서는 안
된다는 생각 때문일까.

아니, 그런 감정적인 문제가 아니었다. 식적의 반이 되돌아
오지 않은 문제도 있었지만, 근본적인 의문은 사체 검안서에
서부터 있었다. 이림의 사체 검안서를 보고 있노라면 해당 사
체는 이림이면서 이림이 아닌 알 수 없는 기호같이 느껴졌다.
더하기는 그 자체로 의미를 가지지 않는다. 대상 중 일부를
보탠다는 개념을 기호화한 것에 불과하다. 그러한 경우처럼,
이림의 사체와 검안서는 마치 이림이 '죽었다'는 것을 나타내
기 위해 사용된 하나의 기호처럼 느껴졌다.

적어도 곤에게는 그랬다. 곤은 자신이 느꼈던 위화감이 더
는 느낌에 의한 것만이 아니라 실질적인 경우의 수일 수도 있
겠다는 생각을 했다.

"……아직까진 가설이지만 나 말고 한 사람이 더 넘었을 가

능성이 있어."

"그게 누군데."

"그건 내 황실 일원이 되어야만 말해주는 거야."

"지어내지 마."

"자네 그거 알아야 돼. 내가 지어내잖아? 그럼 그게 곧 법이 돼."

"너 그거 알아야 돼. 내가 한 대 치잖아? 그럼 그게 곧 멍이 돼."

태을의 즉답에 표정을 굳히고 있던 곤이 파안대소했다. 늘 자신의 존재를 태을에게 설명하기 위해 애써온 곤이었지만, 오늘만큼은 태을이 더 다급한 쪽이었다. 태을은 이어서 캐물었다.

"평행세계라며, 근데 수도가 왜 부산이야."

"부산은 문화수도, 중앙정부는 서울에. 서울이 정치수도, 평양은 경제수도. 여긴 남한, 북한이던데 우린 남부, 북부라고 불러. 참고로 황제와 황후는 부산 본궁에서 지내. 궁금할까봐."

"그건 말이 되냐? 황제가 왜 서울이 아니라 부산에 있어? 안 궁금해."

"일본과 우린 임진년 이래 오늘 이 시간까지도 정세가 첨예해. 늘 전시 직전이지. 그래서 조부이신 해종황제께서 1945년에 입헌군주제를 선포하면서 의회는 서울에 두고 황실은 부산으로 궁을 옮겼어. 황실이 국토의 맨 앞에서 가장 먼저 적을 상대한다는 결의가 담긴 천도야. 해서 내 세계에선 충무공의 동상이 부산에 있어."

그 누구도 대한의 바다를 넘어 대한을 침범하지 못한다는 상징성을 가진 동상이었다. 자부심에 가득 찬 표정으로 설명을 잇는 곤을 보다가 태을은 작게 한숨을 내쉬었다. 아슬아슬했다. 완벽히 설득되기에는 너무 허무맹랑했다.

"그새 꽤 많이 썼다?"

"내 DNA 결과가 아무것도 안 나왔구나."

곤은 쉽게도 태을의 조바심을 유추했다. 태을은 말을 멈춘 채 눈을 깜박였다. 술집에 흘러나오던 시끄러운 노랫소리가 잠깐 멈춘 것처럼 느껴지기도 했다.

"그렇다고 내 말을 믿을 수도 없고. 그런 상태지?"

정확했다.

"그래서 자넨 내가 뭔 거 같은데? 이곳엔 나에 대한 정보가 아무것도 없는데?"

"……."

"난 자네의 지구가 얼른 둥글어졌으면 좋겠어."

뚫어질 듯 바라보다가 곤이 이내 미소 지었다. 정말로 다 믿어버리고 싶어질 만큼 천진한 미소였다.

술집을 나와 두 사람은 함께 걸었다. 곤이 일방적으로 뒤쫓은 것이지만, 어쨌든 나란히 걷게 됐다.

"왜 따라와."

"자네 따라가는 거 아니야. 맥시무스에게 굿나잇 인사하러 가는 거야."

태을은 곤의 대답에 기가 막힌 웃음을 한번 짓고는 말았다. 말은 참 잘한다고 생각했다. 그러니까 태을도 발이 묶여서 계속 곤과 지지부진한 대화를 이어가고 있는지도 몰랐다. 이 세계에 묶일 이유가 되라더니, 도리어 곤이 태을의 발을 묶어놓고 있었다.

마당에 다다라 곤은 정말로 맥시무스를 보려고 왔다는 듯 맥시무스의 빗질에 열중했다. 태을은 그 모습을 보다가 물었다.

"근데 걔 왜 내가 주는 당근 안 먹어? 정7품은 뭐, 유기농만 먹는 거야?"

"기미하고 줬어?"

너무 당연하게 묻는데 그게 태을로서는 기가 막혔다. 괜한 걸 물었다는 생각에 고개를 내저으며 태을은 제 집으로 들어가버렸다.

곤은 사라지는 태을의 뒷모습을 지켜보았다. 그리고 맥시무스의 갈퀴를 빗질하며 부드럽게 말했다.

"너 왜 정형사가 준 당근 안 먹었어. 앞으론 꼭 먹어. 싫어도 입에 물고 있어. 황명이야."

웃음이 나오는 건 운명이 이끄는 것처럼 태을 또한 자신을 받아들이려 하고 있음이 느껴져서일 것이다.

아름다운 것

이른 아침, 태을은 복잡한 심경으로 출근 중이었다. 흐릿하기만 한 태을의 머릿속과 달리 날은 푸르르기만 했다. 다른 때였다면 크게 음악을 틀고, 휘파람이라도 불며 출근했을 날씨였다. 출근하면 또 인상 험악한 범죄자들과의 지긋지긋한 하루가 시작되겠지만, 적어도 출근길 정도는 즐길 만한 날씨란 소리였다. 그러나 머릿속은 온통 곤이었다.

'난 자네의 지구가 얼른 둥글어졌으면 좋겠어.'

어젯밤 미소 지으며 말하던 곤이 떠올랐다. 지구는 원래 둥글다. 태을도 그걸 모르지는 않았다. 그저 바닥이 평평하니 둥근 지구가 잘 실감 나지 않을 뿐.

"어? 왜 이래⋯⋯."

잘나가던 차가 덜컹거리기 시작한 건 그때였다. 태을은 짜증스럽게 중얼거리며 얼른 비상등을 켜고 갓길에 차를 세웠다. 한번 꺼진 시동은 아무리 열쇠를 돌려봐도 켜지지 않았다. 완전히 퍼져버린 차의 핸들에 이마를 갖다댔다가 이내 일어나 밖으로 나왔다. 밖으로 나와봐야 사실 태을이 할 수 있는 일은 없었다. 점검도 주기적으로 했고, 엔진오일도 얼마 전에 갈았다. 본네트를 두어 번 두드리다가 결국 태을은 휴대폰으로 전화를 걸었다. 아직 집에서 멀지 않은 곳이니 아버지를 부를 생각이었다.

─영웅호걸 태권도장일세.

"여보세요?"

태을은 자신의 귀를 의심했다.

─자넨가? 맞아, 날세.

"왜 김개똥이 이 전활 받아?"

─내가 이 세계에 온 이후로 나는 내내 여기 있었어. 자네가 몰랐던 거지.

"우리 아버지 바꿔."

─부친께선 상담 중이야. 맥시무스 덕분에 아동들이 다수 방문한다는군. 자네 부친께서 커피도 내주시고 기미도 해주셔서 한잔하는 중이네. 용건이 뭔가, 전해주지.

바쁜 출근길이었다. 일단 다른 방법이 없었다.

"여기 빅마트 앞인데 차가 퍼져가지고. 서비스센터 올 때까지 이 차 좀 봐달라고. 난 택시 타고 가면 되니까."

—차 상태가 어떤데.

어떤지 말하면 네가 아니고 따져 물으려다가 관뒀다. 수학이나 과학에 밝은 것 같으니 간단한 자동차 문제 정도는 해결할 수도 있겠다는 생각이 든 탓이다.

—지금 뭐뭐 있어.

태을은 차 안에 있는 물건들을 확인했다. 생수 하나, 물티슈, 립밤, 육포, 머리끈. 전부 고장 난 차를 굴러가게 만들기에는 턱없어 보이는 물건뿐이다. 그런데 의외로 곤은 침착하게 물건들의 쓰임에 대해 설명하기 시작했다.

—일단 머리끈이랑 생수 가지고 나와서.

"어어."

—머리끈으로 머리를 묶고, 본네트를 열어. 그리고 물을 마시면서 기다려. 내가 갈게.

"죽을래?"

완전히 속았다. 그런데 이건 곤의 잘못만도 아니었다. 잠깐이라도 곤에게 도움을 받으려고 한 제 탓이다. 스스로가 한심해서 참을 수 없어지려던 때에 곤은 빠르게도 태을이 있는 곳까지 도착했다. 아침 햇볕을 받아 새삼 잘생긴 얼굴을 하고서.

태을은 곤을 보기 무섭게 떠날 준비를 했다. 밖에서 기다렸더니 열도 조금 나는 것 같아 마침 손목에 걸려 있던 머리끈을 들어 머리카락을 묶으며 말했다.

"서비스센터 십 분 걸린다니까 잘 지키고 있어. 아무것도 손대지 마."

"……."

"어우, 물가에……."

곤은 머리카락을 묶는 태을을 빤히 보고 있었다. 투덜거리는 듯 찌푸리고 있으면서도 싱그러운 기운이 느껴지는 태을의 옆얼굴. 그런 태을의 머리 위로 방금 떨어진 노란색 단풍잎이 영화처럼 흩날리고 있었다. 그러다가 한 폭의 그림처럼 멈췄다. 그림 같다고 생각했을 뿐인데, 정말로 그림이 된 것처럼 시간이 정지했다.

정지한 시간 속에서 곤만이 흘러가고 있었다. 곤은 빠르게 사방을 살폈다. 떨어지던 나뭇잎은 허공에 멈춰 있었고, 지나던 차도, 사람도 모두 멈춰 있었다. 다시 보면 정면을 보며 머리칼을 묶고 있는 태을이 그림처럼 서 있다. 조금 내리깐 눈, 벌어진 입술, 드러난 목덜미. 눈에 담아내기 예쁘지 않은 것이 없었다.

처음 태을을 마주한 순간에는 보이지 않던 것들이었다. 그저 그리웠던 사람을 만난 게 반가워서 태을을 끌어안기 바빴다. 그때에는.

깜박, 곤이 한 번 더 눈을 깜박였을 즈음. 툭, 태을의 어깨로 미처 떨어지지 못했던 은행나무 잎이 떨어졌다.

"……애 내놓은 거 같아가지고. 정7품이 챙기듯, 애 챙겨. 앤 나한테 정5품이야. 알았어?"

태을의 말도 이어졌다. 멍하니 곤이 물었다.

"방금, 시간이 멈췄었어. 자넨 못 느꼈어?"

"시간이 왜 멈춰. 더 이상해지기로 한 거야?"

"나만 빼고 다 멈췄었어."

"넌 왜 빼는데."

글쎄, 왜 이런 현상이 벌어졌을까. 곤은 빠르게 상황을 정리했다.

"가설이지만 아마도 문을 넘은 부작용의 일종인 것 같아. 근데 덕분에, 아름다운 것을 보았지."

그리 말하며 곤은 작게 미소 지었다. 곤의 주변으로도 노란색 단풍잎이 우수수 떨어지고 있었다. 태을은 그 사이에 선 곤을 보다가 이내 고개를 저었다.

"그래, 뭐 많이 보고. 틈틈이 내 차도 잘 보고. 간다."

사라지는 태을을 바라보다가 곤은 남겨진 차를 두고 웃었다. 마침 확인할 게 있었는데 의도치 않게 차가 생겼다.

∞

두 세계의 시간이 정지한 순간, 시간의 흐름 속에 있었던 것은 이곤만이 아니었다. 터벅, 터벅, 구둣발로 거대한 염전 한가운데를 가로지르는 장신의 사내는 이십오 년 전으로부터 변한 것 하나 없는 모습의 이림이었다.

대한민국에서 대한제국으로 이림이 문을 열고 세계를 이동한 시간, 열려 있던 모든 세계의 시간은 정지하고 두 문의 열쇠를 쥔 이들만 시간의 흐름을 느낄 수 있었다.

바람이 불며 바다의 짠내가 코끝에 스미었다. 이림은 검은색 장우산으로 바닥을 짚으며 눅진한 둑 위를 천천히 걸었다. 이림의 뒤를 경무가 따랐다.

"저쪽에서 지내시는 건 괜찮으십니까. 이쪽과는 상황이 달라 누구 하나 부리기도 불편하실 텐데요."

이림은 힐끔 제 뒤를 쫓아오는 경무를 보았다. 역모의 밤으로부터 이십오 년이 흘렀다. 젊었던 경무도 나이가 제법 들었다. 대한민국에서도 이림은 경무와 똑 닮은 이를 수하로 부리고 있었다. 그곳에서나 이곳에서나 이림에게 경무만큼 충성하는 이도 드물었다. 피도, 눈물도 없어 혈육을 제 손으로 죽인 이림이었지만, 제게 충성하는 경무에 대한 평가만큼은 후한 편이었다.

심지어 경무는 몇 년이나 도망자 생활을 하며 이림을 기다렸다. 황실에서 이림이 죽었다고 발표했음에도, 이림의 사체가 발견됐음에도 이림을 믿고 기다렸다. 그것은 광기에 가까운 신의였으나 그 신의가 어디에서 오는지는 중요하지 않았다. 세상을 넘나들며, 두 세계를 모두 발아래 놓으려 하는 이림의 욕망 또한 광기에 가까운 것이었으니까.

이림은 평온한 표정을 지으며 답했다.

"미천한 것들이야 돈이면 움직여주니 수월히 지낸다."

경무가 다행이라는 듯 조아렸다.

황실 근위대가 사살했다고 밝힌 이림은 이림이되 이림이 아니었다. 병에 걸려 거동도 제대로 하지 못하던 대한민국의 이림이었다.

반쪽짜리 만파식적으로 이림은 다른 세계로 가는 문을 열었다. 만파식적을 가지면, 세상을 가질 수 있으리라 생각했는데 틀리지 않았다. 이림은 자신이 틀리지 않았음에 기뻐했고, 곧바로 다른 세계에 사는 자신을 맞닥뜨렸다.

대한제국의 이림은 서자였으나 적어도 황실의 사람이었다. 대한민국의 이림은 더 보잘것없었다. 이림은 어렵지 않게, 고민할 것도 없이 대한민국의 자신을 죽여 대한제국에 시체로 가져다 놓았다.

대한제국에서 자신이 죽인 동생, 이호는 대한민국에서 별

볼일 없는 술주정뱅이였다. 그 또한 어렵지 않게 죽었다. 그 아들까지도. 남겨둔 건, 대한제국에서는 오래 전 죽은 이곤의 어미, 그와 같은 얼굴을 한 여자 하나다. 그날 이후로 이림은 빠르게 두 세계의 평화를 깨뜨렸다.

사람들의 욕망을 들쑤셔 두 세계의 인간을 바꿔치기했다. 어느 쪽에서는 죽고, 어느 쪽에서는 살았다. 그렇게 수십, 수백의 인간이 이림의 손아귀에 들어왔다. 또 다른 세상을 여는 문, 그 문의 열쇠를 가졌다는 건 모두를 가질 수 있다는 뜻이었다.

이림은 경무와 함께 드넓게 펼쳐진 염전의 끝에 섰다.

"잘들 지냈느냐."

그리고 온화해 보여서 더 잔인한 미소로 제 앞에 무릎을 꿇고 앉은 사내들을 내려다보았다.

"예, 전하!"

수십의 목소리가 하나의 목소리처럼 크게 울려 퍼졌다. 붉은 노을이 핏빛처럼 그들의 몸 위로 내려앉았다.

닫히다 만 셔터와 깨진 유리창, 덜렁거리며 열려 있는 문. 며칠 사이 주인을 잃고 허름하다 못해 무너져가고 있는 철물점을 보며 태을은 작게 한숨을 쉬었다.

김만복의 차에서 시체로 발견된 이상도의 철물점이었다. 이상도는 김만복이 운영하던 불법 도박 사이트의 회원으로 밝혀졌다. 빚도 상당했다. 김만복이 이상도를 죽일 살해 동기는 충분하다는 이야기였다. 그뿐인가. 결과적으로 태을은 신재와 함께 이상도가 살해된 흉기인 빠루를 쓰레기장에서 발견했다. 거기에서 김만복과 이상도, 두 사람의 혈흔이 모두 나왔고, 때문에 수사는 생각보다 쉽게 종결될 예정이었다.

수사를 끝내려는 박팀장을 만류한 건 태을이었다. 석연치 않은 기분 때문이었다. 사건마다 난도가 다르다지만, 이번 사건은 이상할 정도로 술술 풀렸다. 범인을 잡다가 발견된 사체부터 혈흔이 묻은 흉기. 피의자인 김복만은 절대로 아니라는데도, 모든 증거가 김복만을 정확하게 가리켰다. 꼭 누가 김복만을 범인으로 만들려고 판을 짠 것 같았다.

물론 결국 중요한 건 감보다는 증거다. 그렇지만 돌다리를 한 번 더 두들겨 본다고 나쁠 건 없었다. 좀 귀찮긴 해도.

신재가 철물점 안으로 들어가 물건들을 뒤지는 사이, 태을은 휴대폰으로 전화를 걸었다. 지난번 만나 이상도에 관한 정보를 얻었던 이상도의 아내였다. 그러나 역시 전화는 받지 않는다.

"피해자 와이프 전화, 꺼져 있어."

바깥으로 나오는 신재를 보며 태을이 설명했다. 신재는 그럴 줄 알았다는 반응이다.

"빚쟁이들 피해 튄 거지. 이 사건 계속 갈 거야? 김복만이 어차피 쓰레기야. 불법 도박에 살인이면 빵에 더 오래 둘 수 있는데 굳이 왜."

"그게 형사가 할 소리냐! 결국 형님도 같이 왔잖아. 김복만이 억울하지 않게."

"난 너한테 온 거야. 너 억울하지 않게."

"……."

"계속 갈 거면 지금 나온 증거부터 믿어. 니 말대로 누가 짠판이면 그 증거가 증거하는 게 반드시 있어."

하여튼 든든했다. 태을은 가만히 신재를 보다 픽 웃었다. 신재는 철물점 안 서랍에서 찾은 2G 휴대폰을 태을에게 건넸다. 혹여 다른 지문이 묻을까 라텍스 장갑 안에 넣어둔 채였다.

"뭐 있을까 싶다만 뭐라도 있을까 해서. 확인해보던가."

"오, 강신재."

"2학년 3반 5번 강신재!"

갑자기 들려오는 쩌렁쩌렁한 목소리에 신재와 태을이 휙 고개를 돌렸다. 대번에 상대를 알아본 신재가 인상을 구겼다.

"무슨 날이냐. 과거에서 날 너무 찾는다, 오늘."

신재를 부른 건 한 명이지만, 그 뒤로 줄줄이 사탕처럼 떡대들이 횡단보도를 건너 신재와 태을이 있는 골목으로 들어섰다. 이 동네 깡패들이었다.

"이게 얼마만이야. 고등학교 졸업하고, 지난번에 보고선 이제 삼 년 됐나? 이 동네 험한데 어쩐 일이야."

건들거리며 묻는 우두머리를 본 태을은 속삭이듯 신재에게 물었다.

"담임이셔?"

그렇지 않고서야 같은 고등학교를 졸업했다고 할 수는 없는 외모였다. 벗겨진 머리하며 주름진 피부가 딱 신재보다 스무 살은 더 많아 보였다.

"아니. 동창, 달구. 먼저 가. 쟤 나 죽일지도 몰라. 내가 빵에 보냈거든, 삼 년 전에."

"아……. 동창분이 출소 후 크게 성공하셨나 보다. 쪽수가 제법이다."

"그러게, 난 너밖에 없는데. 저 길 쭉 갈 걸 그랬나 가끔 후회한다."

"나만 믿어. 형님은 이제 강력 3반이야."

귀신같이 신재의 말을 알아들은 태을이 씨익 웃으며 머리끈으로 머리를 묶었다. 신재는 그런 태을을 인상 깊은 눈으로 보았다. 머리를 묶고 전의를 다진 태을이 신재보다 앞으로 나서며 깡패들에게 삿대질을 했다.

"이보세요, 선생님들. 그렇게 무단횡단을 하면 어떡합니까."

"애인이야? 아, 형님이시구나. 어유, 요즘 내가 여형사님들 무서워서 직업을 바꿀까 싶어. 전업주부나 할까봐."

달구의 말에 뒤에 서 있던 이들이 낄낄댔다. 여유롭던 태을의 얼굴이 짜증으로 구겨졌다. 태을이 얼마나 짜증이 났는지도 모르고, 달구가 더욱 장난스럽게 물었다.

"겁도 없이 둘이 왔어?"

"셋이 왔어."

의외로 대답은 낯선 이에게서 나왔다. 대치 중이던 무리가 일순 고개를 돌렸다. 고개를 돌린 곳에는 코트를 입은 곤이 선글라스까지 낀 채 서 있었다.

"여기 어떻게 왔어!"

"차 타고. 자네의 정5품, 잘 나가더군."

"뭘 타? 됐고, 이따 얘기해. 이따가!"

태을은 이마를 한 번 짚고는 곤을 물렸다. 그러나 곤은 어느새 선글라스를 벗어 코트 주머니 속에 가지런히 챙겨 넣으며 몸을 움직일 준비를 하고 있었다. 신재는 그런 곤을 못마땅하게 노려보았다. 알 수 없는 관계에 달구가 당황하며 물었다.

"얘들은 편이 어떻게 되는 거야? 셋이 덤빌 거야?"

"난 그냥 지켜보겠네. 공권력만 상대하게."

"이것들이 헷갈리게! 야, 2학년 3반 5번 강신재는 확실히 조져. 내가 빚이 많다!"

달구의 외침에 뒤에 서 있던 부하들이 일제히 달려들었다. 곤은 한 발짝 물러선 채 신재와 태을의 싸움을 지켜보았다. 근위대에 당장 들어오라고 해도 될 만큼 좋은 몸놀림이다. 태권도장집 딸, 역시 그냥 형사가 된 건 아닌 것 같아서 곤은 괜히 제가 다 뿌듯해진다. 물론 신재의 몸놀림도 예사는 아니었다. 곤의 시선이 닿자 신재는 상대의 명치에 거칠게 주먹을 날리면서도 곤을 보는 것을 잊지 않았다.

아무것도 한 일 없는 곤으로서는 신재의 적대감이 이해가 되지 않으면서도 이해가 됐다. 이해가 돼서 조금 성가시기도 했다. 쓸데없이 눈치 좋은 자신이 귀찮은 곤이다. 곤이 어깨를 으쓱하자 신재가 곤에게서 시선을 떼고는 태을을 보았다. 태을은 막 멋들어지게 날라차기로 부하 중 하나를 바닥에 쓰러 눕혔다. 그때, 부하 중 하나가 흉기를 든 채 신재의 뒷머리를 노렸다.

"윽!"

쓰러진 건 흉기를 든 쪽이다. 신재가 놀라 돌아보자 곤이 어느새 다른 이의 어깨를 잡아 주먹을 날리고 있다.

"뭐야, 이 새끼는! 야, 이 새끼 잡아!"

"그러지들 말지? 난 내 몸에 손대는 거 아주 싫어해."

조금 전까지 웃고 있던 이라고는 생각할 수 없는 서늘한 말투였다.

그렇게 곤까지 끼어들어 골목은 완전히 난장판이 되었다. 처음에는 수적인 열세 때문에 밀리는 듯했으나 실력의 차이가 워낙 컸다. 세 사람은 빠르게 달구와 부하들을 제압해나갔다. 대부분의 부하들이 나자빠졌을 때, 결국 달구가 항복을 선언했다.

싸움이 끝나기 무섭게 태을은 곤의 팔을 붙잡고 사람 없는 곳으로 향했다.

"미쳤어? 운전을 해? 너 면허는 있어?"

"황제는 원래 면허가 없어. 면허증을 발급해주는 게 나거든."

싸움을 도와준 칭찬을 받을 줄 알았던 곤은 태을의 나무람을 뻔뻔하게 되받아쳤다.

"야, 이 미친! 대체 여긴 어떻게 알고 온 거야!"

"자네 보러 경찰서에 갔더니 외근 중이라고 해서 내비게이션을 보니 여기가 여러 번 찍혀 있어서 와봤네. 여기서 만나 다행이군. 국과수까지 갈 뻔했는데. 어, 여길세."

설명하던 곤이 태을의 어깨 너머를 향해 손을 들었다. 그사이 골목을 정리한 신재가 부지런하게도 슈퍼에서 밴드까지 사 왔다. 신재가 태을에게 봉지를 내밀었다.

"대충 샀어. 밥 먹으면서 밴드 붙여."

"이렇게 또 보는군. 몸은 괜찮은가, 아까 많이 맞은 것 같던데."

태을이 봉지를 확인하는 사이, 곤이 신재에게 장난스러운 인사를 건넸다. 신재가 곤을 째려보며 툭 답했다.

"왜 여기 와 있어. 아까 보니까 저쪽 편인 것 같던데."

"둘은 또 왜 이래. 밥 먹고 해, 밥 먹고."

신재와 곤 사이를 가른 태을이 앞장서기 시작했다.

"아 근데 왜 이렇게 대충 샀어. 요즘 방수되는 거 있는데. 이 건 왜 한 개만 샀어. 더 큰 쪽 내 거다."

"애초에 잘 자를 생각을 해. 큰 거 먹을 생각하지 말고."

밴드와 함께 신재가 샀다는 건 하나를 둘로 갈라 먹는 아이스크림이었다. 태을의 옆을 신재가 서고, 좁은 골목인지라 곤은 어중간한 채로 두 사람을 따라 걸었다. 아이스크림을 보고 반색하면서도 태을이 투덜댔다.

"애초에 두 개 샀으면 되잖아. 사람이 둘인데."

어설프게 두 사람을 따라 걷던 곤이 자리에 잠시 멈췄다. 아까 전 두 사람을 처음 마주했을 때부터 느낀 게 있었다. 신재와 태을은 함께 오래 보낸 시간만큼이나 친해 보이고, 편해 보였다. 곤에게 영이 삶의 일부처럼 보이듯이, 신재와 태을도 그런 느낌이 있었다. 그 편안함이 곤을 불편하게 했다. 곤은 찰랑이는 태을의 머리카락을 멍하니 보았다.

둘이 아니라 셋이라는 걸, 태을은 정말 전혀 모르는 게 분명했다.

"자네 오늘도 늦어?"

곤은 밥을 먹고 식당을 나서는 태을에게 물었다. 태을이 뒤를 돌아보며 대수롭지 않게 왜 묻느냐고 했다. 곤의 입가가 쓸쓸해졌다.

"인사하고 가려고. 내가 자넬 기다릴까봐."

"어디 가는데?"

곤은 몇 발짝 떨어져 있는 신재를 힐끔 보다가 태을의 의문에 답했다.

"나의 세계로. 난 내 나라의 황제야. 궁을 너무 오래 비웠어. 그 당간지주처럼 생긴 아이스크림도 둘만 먹고."

"집이 평행세계라며. 뭐 한남동에서 이태원 가냐?"

"가는 방법을 몰랐던 게 아니라 안 가고 싶어서 버텼던 거야."

"……그래 그럼 잘 가. 난 늦어."

별다른 미련도 없이 태을은 다시 뒤를 돌아 신재에게로 갔다. 처음부터 곤을 서운하게 하던 여인이었다. 그러나 그때에는 괜찮았다. 태을이 허수가 아니라 실수라는 사실만으로 만족스러웠고, 이십오 년간의 그리움이 혼자만의 것이라는 걸 머리로나마 이해했으므로.

그렇지만 한 달의 짧다면 짧지만, 길다고도 할 수 있는 시간 동안 태을이 제게 아무런 정도 쌓지 않았다는 사실이 곤을 더욱 서운하게 만들고 있었다. 같은 세계에 서 있는데도 다른 세계에 사는 기분이다. 태을의 세계에 곤이 처음부터 없었던 것처럼.

∞

해질녘. 오랜만에 맥시무스의 등허리에 올라탄 곤은 빠르게 말을 달려 대나무 숲에 도착했다. 늦는다는 태을을 만나는 대신 서점에 들렀다 오는 길이었다. 제국에는 존재하지 않는 시인이 쓴 시를 읽고 오는 길이었다.

산산이 부서진 이름이여.
허공중에 헤어진 이름이여.
불러도 주인 없는 이름이여.
부르다가 내가 죽을 이름이여.
심중에 남아 있는 말 한마디는
끝끝내 마저 하지 못하였구나.

숲에 다다르자 눈이 아플 만큼 붉은 노을이 대나무 숲을 적시고 있었다. 절절한 상실의 시가 문득 이 숲과 어울린다는 생각을 했다. 아침만 해도 그런 분위기는 아니었는데.

이곤은 아침에도 이곳을 다녀갔다. 그때는 정7품인 맥시무스가 아니라 태을의 정5품을 타고서. 그때에는 잊지 않고 채찍을 들고 왔다. 제가 가진 만파식적이 세계의 문을 여는 열쇠가 맞는지 확실히 해두고 싶어서였다.

그리고, 맞았다. 식적과 함께 숲으로 들어서기 무섭게 하늘 아래로 천둥과 번개가 치며, 처음 이곳으로 넘어오던 때처럼 거대한 당간지주가 곤의 앞을 막아섰다.

지금처럼.

곤은 생각했다. 식적이 열쇠가 분명하다면, 이 세계에 와 자신이 세운 가설은 진실에 가깝지 않을까. 역모의 밤 이후로 이림의 사체가 발견되기까지는 반년의 시간이 존재했다. 반년 동안, 과연 이림은 대한제국 안에서 도망다니고 있었던 것일까.

처음부터 그가 노렸던 게 식적이라면, 그는 곤보다도 훨씬 먼저 세계를 넘는 문이 있다는 것을, 그 문의 열쇠가 식적이었다는 것을 알고 있었을 것이다. 그리고 그렇게 식적을 가진 그가 세계를 넘었다면…….

이곳 대한민국으로 온 이림이 다시 대한제국으로 와 죽음을 맞이할 필요가 있었을까. 곤은 아랫입술을 지그시 깨물었다. 불길한 예감은 틀리지 않을 것이다. 이림이 세계를 넘나들 가능성, 살아 있을 가능성.

그 가능성과 함께 온몸을 꿰뚫을 듯 거칠게 내려치는 천둥 소리에 곤의 심장 박동이 빨라졌다. 이 사이로 들어가면, 다시 대한제국일 테다. 곤은 미련스럽게도 뒤를 돌아보았다. 돌아보면 태을이 있기라도 한 것처럼.

아름다운 것을, 보기 전에 깨달았다면 좋았을 것이다. 이리 가는 길이 곤란하지 않으려면. 곤의 눈빛이 아득해졌다. 그러나 가야 했다. 답이 먼저 나왔어도 풀이는 필요했다. 곤은 맥시무스의 고삐를 세게 쥐었다.

∞

철물점에서 발견한 2G 폰을 감식반에 맡긴 후, 태을은 늦은 밤 퇴근했다. 퇴근 후에는 태권도장 옆 카페 주인인 나리와 만나 마트에서 장을 보기로 했다. 평소와 같이 카트를 끌며 장을 보다가 태을은 나리의 이야기에 어이가 없어 발을 멈췄다.

"뭐? 얼마를 빌려줘?"

맥시무스가 마당에 지내는 동안, 맥시무스를 돌보러 온 곤과 그 앞 카페에 있던 나리가 종종 얘기를 나누는 것쯤은 태을도 알고 있었다.

나리가 맥시무스에게, 아니 맥시무스 같은 말을 키우는 남자에게 관심이 지대하기도 했고. 그 관심은 태을이 아무리 곤이 제정신이 아니라고 설명해도 쉬이 사그라들지 않는 종류의 호기심이었다. 아무것도 안 하고 숨만 쉬고 살아도 되는데도 작은 동네에 들어와 카페를 열 만큼 나리가 원래 좀 엉뚱

한 성격이라 태을도 내버려두었다.

그렇지만 돈을 빌려줬다면 얘기가 달라진다. 태을이 황당하게 나리를 보았다.

"이백만 칠천오백육십 원. 체크아웃 해야 하는데 호텔비가 딱 그만큼 모자랐대."

"금고가 안 잠기니? 수중에 칠천오백육십 원도 없어서 끝 자리까지 다 빌리는 놈한테 그 큰돈을 빌려줘?"

아무리 부자여도 그렇지. 태을은 답답하다는 듯 가슴을 두 드렸다. 나리는 어깨를 으쓱하며 진열대에 놓인 음료를 카트 에 넣었다.

"평행세계에서 온 황제라던데?"

"넌 그 말을 믿어?"

"나 천체 관측 동아리였잖아. 걸음 보폭 정확하지. 발음 정 확하지. 대화 능숙하지. 이게 웬만한 교육으론 안 되는 거거 든. 좀 살아 그 남자. 딱 봐라, 두 배로 돌아온다."

나리가 태을과 사람 보는 관점이 아예 다르다는 건 잘 알겠 다. 그래도 대한민국 경찰로서 돈 떼인, 아니 돈 떼일 예정인 지인을 두고 볼 수만은 없었다.

"김개똥이 지금 어딨어."

"갔겠지, 자기 세계로. 아까 집에 간다던데?"

"뭐……?"

태을은 그제야 뒤늦게 오후의 대화를 떠올렸다. 자신의 세계로 돌아간다고, 인사를 하려고 왔다고 했던가. 그때는 너무 정신이 없고, 또 헛소리를 하나 싶어서 가볍게 흘려들었다. 그런데 나리한테까지 같은 얘기를 했다니 느낌이 좋지 못했다.

속을 시끄럽게만 만들던 곤이 집에 간다고 하면, 다행이라고 안심해야 하는데 왜 도리어 속이 답답해지는지 모르겠다. 나리가 카트를 밀며 설명했다.

"자긴 자기 나라의 황제래. 궁을 너무 오래 비웠대."

"……."

어떻게 마트에서 나왔는지 모르겠다. 집으로 간다는 나리와 헤어져 태을은 마트 봉지를 양손에 잔뜩 쥐고 마당 앞으로 왔다.

어린 시절부터 지금까지 매일같이 마주한 익숙한 마당이었다. 그런데 낯설게 느껴졌다. 맥시무스와 곤이 이곳에 있은지는 얼마 되지도 않았는데.

좁은 마당을 다 차지하고 있던 맥시무스가 보이지 않았다. 자신을 기다리고 있을 것만 같던 이곤도, 없었다.

진짜였나 보다. 진짜로 '집'에 간 모양이었다. 그 집이라는 곳이 태을은 혼자 찾아갈 수도 없는 아주 먼 곳일지도 몰라서 아무 생각도 할 수 없었다. 그렇게 생각하면, 그 말도 안 되는 평행세계 얘기를 믿게 된다는 것도 태을은 눈치채지 못했다.
곤이 했던 말이 태을에게 남아 있었다.

'가는 방법을 몰랐던 게 아니라 안 가고 싶어서 버텼던 거야.'

버티겠다던 사람은 사라지고, 태을과 곤의 목소리만 덩그러니 마당에 남아 맴돌고 있었다.

네
가
없
는
이
곳

삐— 검색대의 기계음이 귓가를 어지럽혔다. 궁으로 들어가기 위해서는 누구든 검색대를 통과해야 했고, 서령은 항상이 검색대에서 경고음을 듣는 인물 중 하나였다. 서령은 아랑곳 않고 매번 검색대에 걸리는 속옷을 착용했다. 이제는 알아서 팔을 벌리고 선 서령의 몸을 궁인이 수색했다.

"서둘러 주세요. 위에서 시간 벌랬더라도 서두릅시다."

검색대에서 서령의 발을 붙잡아두라는 명령이 내려온 것도 사실인지라 궁인은 더욱 난처한 기색으로 서령의 몸을 살폈다. 역시나 다른 문제는 없고, 속옷 때문이었다. 서령이 조용히 웃으며 검색대를 나섰다. 먼저 들어와 대기하고 있던 김비서가 서령의 옆을 바짝 따라붙었다.

"이렇게 무작정 밀고 들어와도 괜찮을까요? 서면 보고 받겠다고 두 번 확인하고 세 번 강조하고 엄청 유난이었다니까요."

"그러니까 각이 딱 서잖아. 황제 지금 궁에 없어."

"그럼 더더욱 오면 안 될 거 같은데요. 만약 진짜 궁에 안 계시면 문제 삼으시게요?"

"문제를 삼아야 내가 황제의 문젯거리가 되지."

"굳이요? 왜요?"

"황제가 문제 푸는 걸 좋아하니까? 여기서 기다려."

서령의 욕심은 끝이 없다고 김비서는 생각하다 멈춰 섰다. 황제의 집무실까지 드나들 수 있는 이는 대한제국 내에서 다섯 손가락 안에 꼽혔다. 서령은 도도한 걸음걸이로 집무실로 향하는 복도를 걸었다.

"이 물건이 진짜 궁을 무슨 길 가다 들리는 동네 구멍가게로 아는 게야?"

"보안 검색대에서 시간을 벌어보려고 했는데 실패했답니다."

"방문 목적은 뭐라 적었다더냐."

곤의 최측근인 노상궁과 모비서가 헐레벌떡 걸어오며 나누는 말소리였다. 어떻게든 서령이 황제의 집무실에 가는 걸 막으려는 움직임이 분주했다. 저렇게 서둘러서야 오히려 황제가 없다는 사실을 입증할 뿐이다. 서령은 복도를 돌며 자신 있게 답했다.

"폐하께 국정 보고를 드리러 왔다고 적었습니다."

마주한 노상궁의 얼굴엔 서슬이 퍼랬다. 노상궁이 분노를 숨기지 않으며 서령에게 호통쳤다.

"국가 비상사태가 아니고서야, 서면 보고 주십사 공문도 했고 실무자들끼리 확답도 오갔는데 무슨 이런 불한당 같은 입궁을! 황실 문턱을 높여야 할까요, 한 나라의 총리께 법도를 일러드려야 할까요!"

"한 걸음 물러서시는 건 어떨까요?"

부드러운 협박이었다. 노상궁의 입술이 고집스럽게 다물렸다.

"폐하, 사라지신 거 맞죠? 이게 바로 국가 비상사탭니다. 상궁 마마, 이렇게 얼렁뚱땅은 못 넘깁니다. 계속 이렇게 숨기시는 것도 곤란하구요. 아무리 노상궁 마마님이라도."

"폐하께서는 내내 서재에 계시다 일찍 침수 드셨습니다."

"제가 침전으로 바로 갈 걸 그랬죠?"

"선을 넘으시네, 이 양반이! 임기 오 년짜리 선출직 공무원이 감히."

노상궁의 눈에 서릿발 같은 분노가 어렸다. 서령의 야망이 황제를 해칠까, 노상궁은 언제나 전전긍긍이었다. 그리고 제

야망을 눈엣가시로 여기는 노상궁이 서령도 싫었다. 제가 일 궈온 것들을 함부로 낮잡는 것도.

"앞서가지 마세요, 마마님. 선은 이제부터 넘을 거거든요. 모비서, 폐하께 전해요. 내가 집무실에서 기다린다고."

차게 말한 서령이 노상궁을 향해 눈을 내리깔았다.

"비키시죠."

"가만있게. 이 궁 안에서 내가 비켜서는 일은 없을 테니까."

"그럼 서로 곤란하게 됐네요. 대한제국에서 내 앞을 막아설 수 있는 사람은 오직 황제 폐하뿐이시고 힘은 제가 더 좋아 요, 마마님."

서령을 거칠 것 없이 노상궁을 밀어냈다. 권력이나 완력이 나 늙은 상궁보다 서령이 더 셀 것은 누구나 다 알았다. 그럼 에도 누구도 서령이 정말로 노상궁을 밀어낼 줄은 몰랐다. 노 상궁 본인이 가장 몰랐을 것이다. 밀침을 당한 노상궁이 놀라 몸을 떨었다. 그러나 여상한 표정으로 서령은 집무실 문까지 도 벌컥 열었다.

"……!"

텅 비어 있어야 할 집무실이었다. 그것을 예상하고 이런 무 리수까지 두었다. 한 달을 외부에 모습을 드러내지 않았다. 이렇게 긴 외출은 처음이었고, 궁에서도 이를 수습하려 SNS 를 통해 황제의 온갖 사진을 올려대며 제국민의 관심을 돌렸다.

그런데 집무실 책상 앞에 곤이 떡하니 서 있었다.

"이번 주는 서면 보고 받겠다고 전달한 줄 알았는데."

어두운 색 나이트가운을 걸친 편안한 차림으로 이곤이 서령을 보며 물었다. 한편에 서 있던 영도 무슨 영문이냐는 듯한 눈빛으로 서령을 보고 있었다. 당황하기로는 서령과 마찬가지였던 노상궁이 입술을 한 번 깨물었다가 놓으며 뾰족하게 말했다.

"예. 그리 전달했는데 이리 들이닥치셨네요, 총리께서. 기침하신 김에 얼렁뚱땅 보고 받으시지요, 폐하."

"그럼 그럴까요? 노상궁은 일 보세요."

노상궁이 집무실 문을 닫으며 물러났다.

야심한 시각, 불을 밝힌 집무실에서 서령은 황망히 서 있었다. 이곤은 책상 앞으로 나오며 서령을 향해 너스레 아닌 너스레를 떨었다. 서령의 눈이 성큼 다가온 곤의 위아래를 빠르게 훑었다.

"오랫동안 풀리지 않던 문제를 붙잡고 있었어요. 걱정 끼쳐 미안합니다. 이 시간까지 퇴근도 못하게."

"나랏일이 다 그렇죠. 답은 내셨나요? 전 수학은 꽝이라 답을 모를 땐 늘 0 아니면 −1 중에 하나 찍었거든요."

"신기하네요. 내 답도, 0이었어요."

아무리 황제라고 한들 한 달이나 수학 문제를 풀고 있었을 리 없었다. 그런데 정말 0이 답인 문제가 있었던 것처럼 답해서 서령의 눈썹 한쪽이 미묘하게 올라갔다.

"부럽네요. 제가 잡고 있던 문제는 오답이었는데. 근데 좀 타셨네요? 내내 서재에 계신 줄 알았는데."

"그런가요? 서재가 있는 광영전은 낮엔 볕이 쏟아지고 밤엔 별이 손에 잡힐 듯합니다. 할바마마께서 광영전을 지으실 때 돈을 좀 쓰신 모양입니다."

곤의 넉살에 서령이 하하, 소리 내어 웃었다. 그러다가 이내 정색하며 비식 웃었다.

"국정 보고는 핑계였고 폐하의 부재를 확인하려던 거였는데, 역시 오길 잘했습니다. 폐하께선 오늘, 제게 빚을 지셨거든요."

그럴 리가, 곤이 서령에게 진 빚 같은 건 없었다. 서령이 들이닥친 이 밤, 곤은 집무실에 있었고 서령은 곤이 자리를 비웠다는 어떠한 증거도 찾지 못했다. 내내 여유롭던 곤의 표정도 차츰 굳었다. 서령은 끝까지 자신만만했다.

"이 문제도 잘 풀어보세요. 그럼 다음 주에 뵙죠."

"구총리."

뒤돌아 나가려는 서령을 곤이 붙잡았다.

"미리 일러둡니다. 마음을 상하게 하고 싶진 않았는데, 내 말이 퍽 독할 겁니다."

"……."

"나는 나의 모든 순간이 대한제국의 역사이고 그 역사가 불멸로 남길 바랍니다. 나는 이 나라의 황제니까요. 그런데 그게, 어진 성정만으로 가능할까요? 하여 나는 총리에게 빚질 수 없어요."

그러니까 서령이 그저 눈치채고, 짐작한다 한들 감히 그것을 빚으로 남겨둘 수는 없다는 뜻이다. 대체로 서령의 어떤 도발에도 부드럽게 대꾸하던 곤이었지만, 오늘만은 냉랭하고 단호했다.

"내가 부재했던 시간이 훗날 어떻게 기록될지는 더 지켜봅시다. 이해했습니까?"

"……!"

"그럼 다음 주에 봅시다."

서령은 굳은 채 이곤을 보다가 어쩔 수 없다는 듯 정중히 인사하고는 집무실을 떠났다. 서령이 완전히 떠난 후에야 곤은 책상에 손을 짚으며 안도의 숨을 내쉬었다. 그리고 그와 함께 제가 입고 있는 바지가 외출복이었음을 깨달았다.

"아."

제대로 낭패였다. 서령의 자신만만함이 단번에 이해가 됐다. 충격에 빠져 있을 새도 없었다. 다시금 집무실의 문이 벌컥 열리며 노상궁이 들이닥쳤기 때문이었다.

"조대장은 잠시 나가 있으시게!"

"여기 있어. 종묘와 사직이 네 손에 달렸다, 영아."

집무실을 나서려던 영은 멈칫하며 굳었다. 어쨌든 제 주인은 곤이었으니 영은 멈춰 서 있었다. 그러든 말든 노상궁은 곤에게로 가 등짝이라도 크게 때릴 듯 손을 올렸으나, 그보다 먼저 곤이 제 어미와도 같은 노상궁을 안았다. 노상궁이 얼마나 걱정했을지, 다 헤아릴 순 없어도 모르는 것은 아니었다.

"잘못했어. 또 잘못할 테지만 다음엔 걱정하지 않게 노력해 볼게."

"심장이 하루에도 수십 번 붙었다 떨어졌다, 이 늙은이가 장례라도 치러야 보러 오시려나, 어디 바다 건너가신 거면 삼일장을 해야 하나 오일장을 해야 하나."

"내 장담하는데 자네 장수해."

"아이고 심이야, 아이고 두야. 구총리는 첩자라도 심었는지 저렇게 귀신같이 알고 들이닥치지, 궁인들 눈치는 빠르지, 인터넷에 행여 이상한 글이라도 올릴까……."

끝날 것 같지 않은 한탄을 늘어놓던 노상궁의 목소리가 뚝 멈췄다. 노상궁이 곤의 품에서 벗어나 곤이 급히 책상 아래 벗어둔 겉옷을 집어 들었다.

"이게 뭡니까? 단추가 다 어디 갔습니까?"

"아, 그게, 급히 좀 썼어. 그쪽이랑 화폐가 좀 달라지고.
참…… 사는 게 한 치 앞도 알 수가 없어. 그치?"

"이 비싼 걸, 이 많은 걸, 이걸 이렇게 홀라당……."

"밀린 일이 산더미지? 말만 해. 내가 다 할게."

곤이 노상궁을 달래며 살살 그녀의 등을 집무실 밖으로 밀
었다. 그러면서 힐끔 노상궁처럼 잔소리를 늘어놓지도 않고,
가만히 서 있기만 하는 영의 눈치를 보았다.

"쟨 왜 한마디도 안 한대. 불안하게."

그 말에도 묵묵부답이었다. 한 달을 못 봤으니 반가워 자신
을 끌어안아도 모자랄 판이데, 어째 보는 눈이 불손하기까지
하다. 영은 곤의 눈을 피하며 무전기를 들었다.

"부영군의 현무 하나를 해제하고 경호 등급을 평시로 유지
한다."

—네!

드디어 황제의 환궁이었다.

∞

차에서 내려 차문을 잠근 후 건물을 향해 걷던 태을은 문득
걸음을 멈췄다. 처음 광화문에서 곤을 만나 경찰서에 데려왔
던 때, 곤이 조사를 받는 동안 맥시무스는 경찰서 앞에 서 있

었다. 사람들이 한데 모여 맥시무스를 구경하던 자리는 텅 비어 있었다.

든 자리는 몰라도 난 자리는 안다는 게 이런 것인 모양이었다. 마당에서나, 경찰서에서나 종종 맥시무스와 그 주인이 떠올랐다. 확실히 맥시무스나 곤이나 지우기 힘든 강렬한 기억이기는 했다. 신재는 곤이 떠나며 집에 없어진 것은 없냐고 물었지만, 그런 건 전혀 없었다. 괜히 허전해진 태을의 마음 정도가 문제라면 문제일 것이다.

곤이 남기고 간 말들이 보통 이상했던 것도 아니라서.

'드디어 자넬 보는군. 정태을 경위.'

언제 보았다고, 드디어 날 본다고 했다가.

'고마웠어. 자네가 어딘가에 있어줘서 덜 외로웠어. 이십오 년 동안.'

아무것도 한 게 없는데 고마웠다고도 했었다.

태을은 헛웃음을 흘렸다. 헛소리에 제대로 물들어버린 게 분명했다. 차라리 지금이라도 곤이 사라져서 다행이었다. '조금만 더 시간을 보냈다면……' 생각하며 건물을 향해 걷던 태을은 주머니 속을 만지작거리다 문득 멈춰 섰다.

차 열쇠를 꺼내 보니 그곳에 사자 인형이 매달려 있었다. 여태까지 모른 게 어이없을 정도로 존재감이 남다른 사자 인형이었다. 언제, 누가 매달아 놨는지도 모르겠다. 자연스럽게 곤이 떠오른 건 본능적인 눈치였다.

태을은 빠른 걸음으로 강력 3팀 사무실의 제 자리에 앉았다. 사무실 가운데 놓인 커다란 보드에는 김복만 사건에 관련한 자료가 정신없이, 하지만 나름의 규칙을 가지고 붙어 있었다. 태을은 김복만과 이상도의 얼굴과 연결고리가 되는 이들의 사진을 뚫어지게 살폈다. 곤의 생각으로 시간을 보낼 때가 아니었다. 하루라도 빨리 진범을 찾아내고 싶었다.

"증거가 증거하는 거, 증거가 증거하는 거, 증거가 증거하는 거……"

태을의 고민이 깊어졌다.

∞

상의원으로 들어서며 곤은 노상궁에게 물었다.

"그 단추 없는 외투 주머니에 든 것들 자네가 보관하고 있어? 양쪽 주머니에 있던 건 서재로, 안주머니의 책은 침실에 두면 되는데."

왼쪽 주머니에는 사자 인형이, 오른쪽에서는 식당 쿠폰이 나왔다. 안주머니에서 나온 건 김소월 시집이었다. 노상궁은 한참 그 시집을 들여다보았다. 그것들을 모두 확인했으면서도 노상궁은 괜한 마음에 곤에게 답해주지 않고, 규봉을 재촉했다.

"준비하게. 시간이 없네."

규봉이 준비해둔 검은색 슈트를 들고 곤에게로 다가왔다. 장례식용 슈트였다. 그것을 알아차린 곤이 놀란 눈으로 노상 궁을 보았다.

"지난밤에 폐하의 군 상관이셨던 최기택 함장 부친께서 작고하셨습니다."

"편찮으시단 얘긴 들었었는데."

"폐하의 군 동기분들도 참석하신다고 하니 항간의 소문도 일축하고 폐하의 강녕하심을 보이기에 맞춤한 자립니다."

곤은 쓸쓸한 표정으로 슈트를 보며 중얼거렸다.

"……다행이네. 내가 안 늦어서."

"그러니 제발 어딜 가면 가신다……."

잔소리를 하려던 노상궁은 옷걸이에 슈트와 함께 걸려 있던 검은색 넥타이를 집어 들며 멈칫했다. 넥타이를 건네는 손짓에 안타까움이 묻어났다.

"들어가실 때 매시고, 잠시만 참으십시오."

어쩔 수 없는 일이었다. 곤은 넥타이를 받아들며 끄덕였다.

장례식장은 성당이었다. 곤은 성당에 들어서기 직전에서야 손에 쥐고 있던 넥타이를 억지로 목에 걸었다. 느슨하게 맨다고 맸는데도 목이 죄이는 느낌이었다. 곤의 낯빛이 대번에 어두워졌으나, 티는 나지 않았다.

성당에는 이미 해군 제복을 입은 수많은 장교들이 와 조문 중이었다. 곤과 조정 경기를 함께했던 동기들도 있었다. 조문 행렬이 긴 것을 보니 확실히 최기택 함장은 해군 내에서도 황제의 상관이 될 만큼 모범적인 인물이었다. 곤은 영정 앞에 고개 숙여 애도를 전했다. 상주이자 스승인 최함장이 곤에게 인사했다.

"와주셔서 감사합니다, 폐하."

"이런 일로 뵈어 매우 유감입니다. 저는 함장님을 강직한 군인으로 따랐고 본받을 어른으로 존경했습니다. 아버님께서도 무척 자랑스러우셨을 겁니다."

곤은 이미 여덟 살의 나이에 아버지를 잃은 사람이었다. 그의 진심이 먹먹하게 다가왔다. 최함장은 깊이 고개를 숙였다.

"폐하의 성심에 감사드립니다."

희미한 미소로 곤은 안타까운 위로의 마음을 전했다. 최함장은 황제가 부드러운 만큼 더 강하다고 느꼈다.

"광영전에만 계신다고 해서 걱정했는데 괜한 기우였던 것 같습니다. 한번 오십쇼. 함교 위로. 제대한 해군 대위로 오셔도 좋고 대한제국 군 통수권자로 오셔도 좋습니다. 폐하."

그의 초대에 흔쾌히 끄덕이며 곤은 성당을 나섰다.

성당을 나서자 성당 앞에 모여 있던 기자들이 오랜만에 외출한 곤을 찍느라 분주해졌다. 가는 길을 너무 떠들썩하게 만들고 싶지는 않았다. 곤은 무표정한 얼굴로 빠르게 걸어 곧장 대기하고 있던 차에 올랐다.

뒷문을 닫은 영이 조수석에 오르기 무섭게 황실 기동대의 오토바이를 선두로 황제의 차량이 출발했다. 곤은 허리를 꼿꼿하게 세운 채 뒷좌석에 앉아 차가 기자들로부터 멀어지길 기다렸다.

그리고 더는 기자들이 모습이 보이지 않았을 때. 곤은 곧바로 넥타이를 풀어헤쳤다. 애써 참고 있던 거친 호흡이 곧바로 터져 나왔다. 곤은 넥타이를 쥔 채 손등으로 이마에 밴 식은 땀을 닦아냈다.

"하아……."

오래된 트라우마로 곤의 숨이 가빠왔다. 큰아버지의 무자비했던 커다란 손, 아버지를 벤 손, 그 손에 의해 목이 졸리던 순간이 순식간에 곤의 의식을 파고들었다. 힘겨워 하는 곤을 선글라스 너머로 살피며 영은 애써 표정을 다잡았다. 곤은 강한 사람이었고, 이러한 순간들을 언제나 잘 이겨냈다. 옆에서 도와줄 수 있는 것은 없었다. 운전기사가 룸미러를 통해 곤을 힐끔거리는 게 보였다.

"운전에만 신경 씁니다. 그게 폐하의 안전입니다."

"예, 대장님."

평소와 같이 딱딱한 영의 목소리가 곤에게는 위안이 되었다. 곤은 겨우 숨을 고르며 안정을 되찾아가고 있었다. 곤은 천천히 목 끝까지 올라 온 흰색 셔츠의 단추를 풀고 상의를 편안한 옷으로 갈아입었다. 차림이 느슨해지자 곤의 표정도 한결 편안해졌다.

"영이 너, 나한테 계속 말 안 걸 거야?"

제국으로 돌아온 이후로 영은 근위대장으로서 필요한 말 외에는 곤에게 일절 말을 걸지 않고 있었다. 아무 말 없이 궁을 비운 일로 단단히 마음이 상한 모양이었다. 많이 걱정했을 테니 곤도 영의 상한 마음을 어떻게 달래야 하나 싶었다. 은근히 묻는 곤에게 영이 조수석 뒤쪽으로 손을 내밀었다.

"뭐, 손잡아 달라고?"

"핸드폰 주십시오. GPS 추적 어플 깔 겁니다. 폐하께서 그렇게 자꾸 무단으로…… 서재에만 계셔서 저 잘릴 뻔했습니다."

기사가 옆에 있어 말을 편히 할 수 없었다. 영의 무뚝뚝한 대구에 곤은 영이 잘릴 뻔했을 리 없는 걸 알면서도 순순히 휴대폰을 건넸다. 어차피 다른 세계로 가면 GPS 같은 게 소용이 있을 리 없겠지만, 이런 방법으로 영의 마음이 풀린다면 그걸로 된 거지 싶었다.

곤을 태운 차는 유유히 달려 다음 행선지로 향했다.

∞

입구에서부터 복도에 이르기까지 곤은 건물에 있던 학생들의 열렬한 환호와 마주해야 했다. 곤은 자신을 반기는 학생들에게 익숙한 모양새로 손을 흔들어주었다. 제국민의 사랑을 한 몸에 받는 황제. 그러한 타이틀을 유지하는 게 기꺼웠다. 자신의 존재가 누군가에게 반가움이고 위로라면 마다할 이유가 없었다. 그러기 위해서 무거운 책임과 의무를 다하고 있는 것이기도 했기에.

곤은 교수실 앞에 다다라 문을 두드렸다. 들어오라고 전하는 목소리는 어쩐지 평소보다 근심에 차 있었다. 곤이 문을 열고 들어서자 책상 앞에 앉아 있던 종인이 놀라 일어섰다.

"폐하!"

놀라며 자신을 맞는 종인에게 곤이 머쓱한 미소를 내보였다.

"저 왔습니다. 야단 맞으러요."

황제인 자신이 궁을 비우면, 황실 계승 서열 1위인 종인의 경호 단계가 올라간다. 이번에는 한 달이나 자리를 비웠으니 종인이 퍽 고단했을 것이다.

"그간 잘 지내셨습니까."

"잘 지냈겠습니까. 집이고 학교고 근위대들 눈 피할 곳이 없으니 편의점도 못 가고 맥주 한 캔도 마음껏 못했습니다. 폐하께서는 재미있으셨습니까? 이번엔 어디였습니까."

그간의 불편을 토로하면서도 종인이 푸근하게 물었다. 종인은 곤이 일 년에 한 번쯤 마음의 병을 앓듯 궁을 훌쩍 떠나는 일을 이해해주는 이였다. 같은 황족이라 궁 생활의 답답함을 이해해서도 있겠고, 지난날 곤의 아픔을 가장 가까운 곳에서 지켜보아 곤을 안쓰럽게 여기는 부분도 있을 것이다. 무엇보다 성품이 어질어 곤의 부족한 점까지도 품어주는 것일 테다.

그런 종인이 곤은 늘 고마웠다. 아버지의 빈자리를 채울 만큼은 아니어도 그래도 잃어버린 혈육의 정을 조금이나마 느낄 수 있는 것 같아서.

"……이번엔 아주 멀리 다녀왔습니다. 태어나서 제일 재미있는 여행이었습니다."

"이리 자꾸 떠도실 거면 어서 혼인하셔서 태자라도 낳아놓으세요. 황실 보존의 의무를 다하셔야지요."

"어우 사극인 줄. 조선 시대 같았습니다. 방금."

곤의 너스레에 종인이 너털웃음을 지었다. 문득 곤의 시선이 종인의 책장 위에 놓인 가족사진에 가닿았다. 현 황제에게 위협이 되지 않기 위해 필연적으로 떨어져 살아야만 하는 종인의 가족들이 한데 모여 있었다. 곤의 시선이 잠시 아득해졌다.

"제가 좋아하는 사진이 있는데 초등학교 봄 소풍 때 찍은 사진입니다. 벚꽃은 가득하고 제가 한 손은 노상궁의 손을 다른 한 손은 당숙의 손을 잡고 있어요. 평생 가족과 생이별하고 살아가시는 당숙의 손을요."

"……폐하."

"당숙께선 그런 제가 밉지 않으십니까?"

"무슨 그런 당치 않은 말씀을……."

"제 아버지의 이복형제는 자신의 형제를 죽이고 조카인 제목을 졸랐습니다. 당숙의 피붙이들은 저로 인해 하나같이 해외로 떠돕니다. 평생을. 해서 궁금합니다. 제 아버지의 사촌형제는 제 편일까요, 아닐까요."

"뭘 물으시는 겁니까, 폐하. 당치도 않습니다. 제가 제 마음을 증명하기 위해 제 자식들의 목을 칠까요? 부모 된 자가 차마 목을 칠 순 없어 오는 길을 막았는데, 평생을 말입니다. 대체 어떤 풍문이 폐하를 여기까지 걸음하시게 하였습니까."

곤은 고개를 저었다. 이림과 종인은 완전히 다른 사람이었다. 곤이 어린 나이에 황제의 자리에 앉게 되며 숱한 이들이 종인에게 접근했고, 종인을 흔들었으나 그는 한번도 흔들린 적 없었다. 도리어 곤이 황제가 되기까지 그 자리를 지켜준 이 중 하나가 종인이었다. 그것을 이제 와 곤이 모른 체하려는 게 아니었다.

"그 어떤 풍문도 저를 흔들지 않습니다. 제가 여쭌 건 그게 아닙니다. 혹시 제게 숨긴 게 있으십니까?"

일흔이 넘은 종인의 주름진 눈이 깊이 흔들렸다. 곤에게 숨긴 것이 있다면, 그것 또한 곤을 위한 일이었다.

"전 당숙을 믿고 좋아합니다. 제게 아무것도 숨기지 말아주세요."

정중히 말한 곤이 주머니에서 오늘 방문의 진짜 목적을 꺼내 들었다. 종인이 직접 작성한 역적 이림의 사체 검안서였다.

"이건 제가 오랫동안 풀어온 문제입니다. 증명하지 못해 두고 갑니다."

떨리는 손으로 종인은 오래된 사체 검안서를 집어 들었다. 유유히 교수실 밖으로 떠난 곤은 언제부터 이것이 가짜라는 것을 알았을까. 종인은 잊고 지낸 과거를 떠올렸다. 이십오 년 전, 끔찍했던 그 밤에 친족을 살해한 이림은 도망쳤다. 황실의 금군과 군경이 그 뒤를 쫓았으나 반년이 넘도록 이림을 찾을 수 없었다. 이림은 찾아진 게 아니라 제 발로 찾아왔다. 시신이 되어서.

어부가 발견한 시신은 파도에 쓸려 온몸의 뼈가 다 부러진 상태였다. 자살로 추정됐으나 근위대의 사살로 꾸미기로 한 것은 종인의 결정이었다. 흔들리는 황실의 위엄을 바로 세우기 위함이었다. 그날의 결정을 후회한 적은 없었다.

다만, 눈앞의 사체 검안서에는 단순히 자살을 사살로 위장하기 위해 꾸며낸 사실보다 더 중요한 거짓이 있었다. 아마 곤이 오랫동안 풀어왔다는 문제는 그 근본적인 거짓에 관한 것일 테다. 종인의 시름이 깊어졌다.

종인의 연구실을 나온 곤은 차에 오르는 대신 캠퍼스 건물을 둘러보았다. 곤의 옆에 바짝 붙은 채로 영이 물었다.

"왜 그러십니까?"

"여기도 도서관이 같은 곳에 있을까?"

"도서관이요?"

영이 되묻는 사이 익숙한 건물이 곤의 눈에 띄었다. 곤은 저곳이 도서관이리라 쉽게도 확신하며 커다란 보폭으로 걷기 시작했다.

기다림과 그리움

태을은 풀린 머리칼을 하나로 묶어 올리며 책 가까이 고개를 숙였다. 도서관에 또 한 번 방문하게 될 줄은 몰랐는데, 어쩌다 보니 오게 됐다. 처음부터 존재한 적 없었던 사람처럼 곤이 사라진 지 그새 며칠이 지났다. 태을은 곤이 앉아 있던 그 자리에 앉아 평행우주에 관한 책을 잔뜩 읽는 중이었다. 모르는 말이 반 이상이라 이해가 되다가도 안 되는 게 곤이 하던 말과 다를 바가 없었다. 책을 읽은 시간이 반이고, 이해하지 못해 멍하니 곤과의 기억을 더듬은 시간이 반쯤 되는 것 같다.

찌뿌둥해진 허리를 펴고 기지개를 켠 태을은 이내 책을 덮고 자리에서 일어났다. 해가 정수리 위에 떠 있을 때 왔는데, 어느 사이 주변이 캄캄해져 있었다.

주차장에 대놓은 차를 향해 걸으며 태을이 차 키를 꺼낼 때였다. 차 키에 줄이 엉켜 신분증까지 달려 나왔다. 줄을 푸는 내내 차 키에 달린 사자 인형이 달랑거리며 태을을 신경 쓰이게 했다. 누가 언제 달아놓았는지 모르는데, 곤이 사라진 후 나타난 인형이라 그런지 이목구비가 뚜렷한 게 꼭 곤을 닮은 것도 같았다. 태을은 신분증과 차 키를 모두 분리한 후에도 물끄러미 사자 인형을 보았다.

그 바람에 뒤에서 자전거를 타고 지나가던 소년이 오는 것도 모르고 있었다.

"……어!"

자전거가 아슬아슬하게 태을을 스치고 지나갔다. 태을은 자전거를 피하다가 제 손에 들고 있던 신분증을 떨구고 말았다. 소년이 끼익거리며 자전거를 급히 세웠다. 태을이 손에서 흘린 신분증은 이미 배수구 아래로 추락한 후였다.

"어, 죄송합니다! 제가 꺼내볼까요?"

"못 꺼내……. 떠내려갔어……. 내 인사고과, 내 승진……."

태을은 허망하게 캄캄한 배수구 아래를 내려다보았다. 소년은 빤히 그런 태을을 쳐다보았다. 태을은 주머니에서 진동하는 휴대폰을 꺼내 보았다. 경란이었다. 어차피 되돌릴 수 없는 일에 시간을 허비하는 건 태을의 스타일이 아니었다. 태을은 휴대폰을 쥔 채 소년을 보냈다.

"괜찮아, 너도 가…….실수잖아."

태을의 말에도 미안한지 잠시간 태을에게서 시선을 떼지 않던 소년은 이내 다시 자전거를 타고 떠났다. 좀 귀찮기야 하겠지만, 신분증은 새로 발급받으면 그만이었다. 문득 곤이 11월 11일자로 발급받은 제 신분증을 가지고 있다고 했던 게 떠올랐다. 그러나 이내 생각을 치워냈다. 오늘은 10월 13일이었다. 아무리 늦게 나와도 11월까지는 걸리지 않을 것이다. 잠시 멍청한 생각을 했다. 한숨을 몰아쉬며 태을은 통화 버튼을 눌렀다.

∞

경찰서에 도착하기 무섭게 태을은 경란을 찾았다. 이전에 곤의 지갑에서 발견했던 십만 원짜리 지폐, 그 지폐에 대한 조사 결과가 이제야 나온 모양이었다. 그런데 결과가 어땠는지 태을을 찾는 경란의 목소리가 다급했었다.

"이거 뭐야."

투명한 비닐팩에 든 십만 원권 지폐를 흔들며 경란이 물었다. 지폐 속에는 곤과 닮은 얼굴이 떡하니 그려져 있었다.

"뭐긴 뭐야, 홍보 전단지잖아."

"그치, 홍보 전단지지. 근데 너 이거 진짜다? 이거 진짜라고. 워터마크까지 완벽해. 근데 워터마크도 잘생겼더라."

"뭔 소리야."

"혹시 그 신원불상자가 한국은행장 아들이거나 조폐공사 손자니? 미친 소린 거 아는데 이거 진짜야. 노일noil 원단 비율, 잉크, 위조 방지 기술까지 다 똑같다고. 은행에서 발급한 진짜 지폐라니까, 이거?"

설명을 하면서도 이해가 안 된다는 듯 경란이 고개를 갸웃거리며 말했다. 태을은 멍하니 눈을 깜박였다. 흘러내린 잔머리가 밤바람에 흔들렸다. 기다리고 있는 건 아니었다. 그런데 경란의 말을 듣고 있으니, 찾아야 할 이유가 생긴 것 같았다. 태을은 주머니 속에 든 사자 인형을 꽉 쥐었다.

다음 날, 날이 밝자마자 태을은 교통과에 가 CCTV를 확인했다. 곤이 자신을 데리고 갔던 대나무 숲, 그곳으로 가는 길이었다. 처음 곤을 만났던 광화문 사거리에서 멀지 않은 곳이었다.

"두 번이나 목격됐거든요? 근데 잡을 수가 없어요. 사라졌다니까요, 어딘가로?"

교통과 직원이 기가 막히다는 듯 설명했다.

"이쪽으로 가면 대숲밖에 없거든요."

"그러니까요……."

새하얀 말을 타고 달리는 남자는 분명히 곤이었다. 어느덧 태을의 눈에 익숙해진 널따란 등이 화면 속에서 어느 순간 사라졌다. 태을은 곤의 말을 한순간도 믿을 수가 없었다. 그런데 터무니없게도 지문을 조회하던 그날 밤부터, 지금까지 모든 증거들은 곤의 말이 사실이라고 말하고 있었다.

교통과를 나와 태을은 곤과 함께 갔던 대나무 숲을 홀로 찾았다. 그날은 자신도 어떻게 됐던 건지, 정말로 가보려고 했었다. 곤이 왔다는 세상에. 정말로 믿어서 가겠다고 한 건 아니었고 차라리 믿고 싶어 자포자기하는 심정이었던 것도 같다.

곤이 이끌었던 대나무 숲 안쪽으로 들어서자 순식간에 곤과의 기억이 떠올랐다. 신재와 어떤 사인지 묻던 곤은 태을에게 왜 형사가 되었냐고 물었었다.

"자넨 왜 형사가 됐어? 난 태어날 때부터 직업이 정해져 있었거든. 황제. 다른 사람들은 어떻게 꿈을 가지는지 궁금해서."

"되게 재수 없는 말인 건 알지?"

"그럴 수도 있지만 그렇기 때문에 다른 사람들이 안 겪는 걸 겪기도 하는데."

그렇게 말하던 곤은 답지 않게 쓸쓸해 보였다. 그의 말이 어디까지 사실인지도 모르면서, 태을은 잘도 곤에게 안쓰러

움을 느꼈다. 높은 콧대 옆에 자리 잡은 깊은 눈매 때문일 것
이다.

"어렸을 때 다른 집 애들은 백설공주, 인어공주 봤다는데,
난 아빠랑 맨날 경찰청 사람들을 봤어. 여덟 살 땐 내가 범인
도 맞혔고. 자꾸 보다 보니까 경찰이 되고 싶어지더라고."

"근데 위험하잖아. 형사."

"그러니까. 세상 모든 사람들이 용감해질 순 없는 일이니
까. 내가 용감해지기로 했지."

"멋있네. 정태을 경위."

아마 그때 곤은 진심으로 태을을 멋지다고 생각했던 것 같
다. 그 진심이 느껴져서 태을은 부끄러웠다.

"난 그렇고 김개똥은 어떤 황젠데? 젊고 잘생기고 돈 많고?"

"조정 선수고 수학자고 고아고 잘 컸고…… 사인검의 주인
이고, 이런 질문은 처음이라 태연한 척하는 중인데 안 들켰길
바라는 황제."

미세하게 떨리던 낮은 목소리가 태을의 귓가에 잔상처럼
아직 남아 있었다. 태을은 우두커니 선 채로 대나무 숲을 흔
들며 불어오는 바람을 맞았다. 바람이 태을까지도 흔들어놓
았다. 혼란스러웠다.

"진짜 여기로 온 거야?"

왜. 한번 떠오른 의문은 사그라들 줄 몰랐다. 태을은 한참

을 그곳에 못 박힌 듯 서 있었다.

∞

궁 가운데 자리한 정원에 곤은 우두커니 선 채로 샛노란 잎을 우수수 떨어뜨리고 있는 은행나무들을 바라보았다. 은행나무가 빼곡하게 심어진 정원은 곤이 종종 찾아와 사색을 즐기곤 하는 장소였다. 은행나무를 바라보는 곤의 손에는 이십오 년 동안 책장 속에 넣어두었던 태을의 신분증이 들려 있었다.

이제, 사진 속 태을에 대한 감정은 막연한 기다림이나 그리움이 아니었다. 태을은 곤이 함께 대화하고, 만지고 스쳤던 실재하는 인물이었다. 그럼에도 여전히 당장에는 가닿을 수 없는 존재. 곤은 쓸쓸한 마음으로 반들반들하게 닳은 신분증의 표면을 매만졌다. 신분증의 발급일자는 아직 도래하지 않았고, 여전히 이 신분증이 어디에서 어떻게 제게 오게 된 것인지는 미지수였다.

"폐하."

생각에 잠겨 있던 곤은 영의 부름에 뒤돌았다.

"노상궁 마마님 또 난리십니다. 폐하 또 무단 출궁하신 줄 알고 궁을 또……."

164

순간, 다가오던 영의 걸음이 멈췄다. 곤은 빠르게 눈을 깜박였다. 영이 멈춘 게 아니라 시간이 멈춘 것이었다. 순간적으로 판단을 마친 곤은 오일러의 수(초월수) e를 외우기 시작했다.

'2.718281828459045235360287471...!'

거기까지 외웠을 때였다. 정지된 시간이 다시금 흐른 것은.

"······발칵 뒤지고 계십니다. 여기 계시면 계신다고."

"잠시만, 몇 초인지만 보고. 2.71828182845904523536028747135······."

곤은 시계를 확인하며 다시 한 번, 똑같은 박자로 오일러의 수를 외웠다.

"뭐 하시는 겁니까?"

"시간이 멈췄어. 두 번째야. 넌 혹시 못 느꼈어?"

"시계가 멈췄단 말씀이십니까?"

"물론 시계도 멈춰."

알 수 없는 말을 하는 곤에게 영은 무뚝뚝한 인상을 깨뜨리며 대놓고 인상을 찌푸렸다. 오랜 출궁 후 돌아온 곤은 확실히 달라져 있었다. 무언가 깨달은 것인지, 무언가 놓고 온 것인지 감도 잡히지 않았다.

"폐하, 대체 이번엔 어딜 다녀오신 겁니까?"

"평행세계에."

"아……, 평행세계요."

"그곳은 수도가 서울이고 충무공의 동상이 광화문에 있어. 국호는 대한민국이야."

"그러니까, 폐하께서는 지금 평행세계에 다녀오셨는데, 수도가 서울인데, 거기 나라 이름은 대한민국인데……."

영 믿지 않고 되물어 오는 것이 태을의 반응과 다를 바가 없었다. 곤은 영의 말을 멈췄다.

"너 지구가 둥글어, 안 둥글어!"

왜 이따금 시간이 멈추는 것일까. 세계를 오간 곤에게만 나타나는 부작용이라면, 이 부작용이 나타나는 조건은 무엇일까. 어떤 조건이 충족되어야 시간이 멈추게 되는 것인가. 곤은 잠시 눈을 감았다. 시간은 계속해 흐르고 있었다.

∞

어느덧 11월이었다. 저녁부터 내린 비는 아마 올해 내리는 마지막 가을비일 가능성이 높았다. 서재에 난 창을 열심히도 두드리는 빗소리를 들으며 곤은 유심히 서류를 들여다보았다. 서류를 가지고 들어온 모비서가 설명했다.

"국회의원 세비 인상안이 의회로 되돌아갔습니다. 총리께서 이기셨어요."

서령이 지켜봐달라고 하던 사안이었다. 반대가 만만치 않았을 텐데 결국에는 해낸 모양이었다. 그렇지만 노상궁이나 모비서나 서령의 편은 아니었을 텐데도, 총리의 승리를 즐거워 하고 있어 곤은 사인을 하면서도 의아하다는 듯 물었다.

"기분이 좋아 보이네요?"

"예, 폐하. 구총리가 연임을 해야 폐하께 덜 집적거릴 테니까요."

모비서의 솔직한 발언에 곤이 작게 웃음을 터뜨렸다.

"내가 구총리한테 넘어갈까봐?"

"솔직히 예쁘긴 하잖습니까."

"걱정 마세요. 더 예쁜 사람 압니다."

"폐하께서요?"

놀란 건 모비서만이 아니었다. 한편에서 자리를 지키고 서 있던 영조차 눈을 크게 뜨며 곤을 바라보았다. 그런 영을 향해 곤이 찡긋, 장난스러운 웃음을 지어 보이려 할 때였다. 창문 밖으로 갑작스럽게 천둥 번개가 들이쳤다. 창문이 깨질 듯한 소리와 함께 빛이 번쩍이는 순간, 곤이 어깨를 붙잡으며 무너졌다. 어깨 뒤편에 새로 생긴 상처가 화끈거렸다.

"왜 그러세요, 폐하. 어디 불편하십니까?"

모비서가 어쩔 줄 몰라 하며 물었다. 곤은 고통을 간신히 참으며 애써 침착하게 답했다.

"어깨를 보여야 해요. 영이만 봤으면 싶은데. 걱정 말고, 노상궁에게 보고도 말고. 조대장 있으니까요."

당황한 모비서가 알겠다고 답하며 빠르게 서재를 빠져 나갔다. 영이 눈가를 찌푸리며 곤에게 다가왔다. 그때 다시금 번개가 내리쳤다. 일순 드러난 곤의 어깨 위에 타는 듯한 낙인이 번쩍거리며 빛났다.

"이거 뭡니까, 폐하! 언제부터 이러신 겁니까."

곤은 아랫입술을 꽉 깨물었다. 이것 또한 평행세계를 넘나든 부작용 중 하나일 터였다. 그때에 생겼으니, 아마도.

"얼마 안 됐어. 아…… 죽겠네. 왜 이러지. 아, 되게 아프네."

"잠시만 참으십시오. 어의를 부르겠습니다."

고통스러워 하는 곤을 차마 제대로 바라보지도 못한 영은 서둘러 서재를 나섰다. 곤은 문이 닫히는 소리가 들리기 무섭게 급히 책상의 서랍을 열었다. 서랍 속에 고스란히 놓인 것은 대한민국에서 가지고 온 동전들이었다. 얼마 되지 않아, 도움이 될까 싶지만 없는 것보다는 낫겠지 싶다. 곤은 서둘러 셔츠 단추를 잠그고 화끈거리는 어깨 위를 덮었다. 그리고 채찍을 집어 든 채로 창문을 넘었다.

　이상도의 철물점에서 발견된 2G 폰의 감식 결과가 이제야
나왔다. 통신사의 협조를 받느라 늦어진 탓이었다. 그러나 결
과는 허무했다. 통화 기록도 문자 내역도 없고, 소리샘에 음
성만 세 건 남아 있었다고 했다. 태을은 음성이 저장된 USB
를 노트북에 연결했다. 이어폰을 켜고 음성을 재생시키자 아
나운서의 목소리가 흘러나왔다.

　—다음 뉴스입니다. 글로벌의학센터는 8월 1일부터 4일까
지 '태국 1차 생활보건 의료인력 역량강화 연수 프로그램
개발'의 성공적인 사업수행 및 연구를 위해 태국 수쿰윗 지역
에……

평범한 뉴스 같았다. 휴대폰 소리샘에 녹음했다는 사실이 의아하기만 했다. 그래도 무언가 건질 게 있을까 싶어 태을은 아나운서의 목소리에 집중했다.

—이 사업의 수장인 이종인 교수는 효과적인 연수 프로그램 개발·연구를 통해…….

거기까지 들었을 때였다. 태을의 책상 위로 무언가가 툭 떨어졌다. 태을은 이어폰을 빼고 고개를 들었다. 신재가 책상 위에 떨어뜨린 건 태을의 새 신분증이었다.

"신분증은 왜 잃어버렸어. 용의자와 격렬한 격투 끝에 잃어버렸던데."

차마 분실 사유에 길 가다가 배수구에 떨어뜨렸다고 쓸 수는 없어 지어냈다. 태을은 괜히 찔려 신재의 눈치를 봤다.

"그때…… 그 형님 동창 그때……인 거 같기도 하고."

"잘한다. 신분증도 없이 얼마나 개긴 거야. 승진하기 싫구나?"

"오래 아니야. 10월 말에 나왔는데 내가 깜빡한 거야."

"뭔 10월 말에 나와. 오늘 나왔던데."

"오늘?"

행정실에서는 분명 새 신분증이 10월 말쯤 나온다고 했었다. 태을이 잊고 찾으러 가지 않았을 뿐. 그런데 오늘 나왔다니 의아했다. 태을은 얼른 책상 위의 신분증을 집어 들었다.

태을은 알 수 없는 기분에 사로잡혀 새로 찍은 사진이 담긴 신분증의 발급일부터 확인했다.

"오늘이…… 11월 11일이야?"

"명단에서 누락됐었대. 미안하다고 전해달래."

사무실 한편에 있던 신입 형사 장미가 두 사람의 대화를 듣다가 나섰다.

"예, 오늘이 11월 11일입니다. 근데요, 선배님들. 그 소식 들으셨습니까?"

"무슨 소식."

험악하게 생긴 게 누가 보면 딱 조직 폭력배인데 이름은 미카엘이고, 성이 장 씨였다. 신재는 강력 3팀 내에서 통칭 장미라고 불리는 이를 향해 무심히 물었다.

"오늘 첫눈 온답니다. 올해는 엄청 이르죠. 뭔가 막 멋진 징조 같지 않습니까?"

장미가 꿈꾸는 듯한 목소리로 중얼거렸다. 신재는 외모와 성격에서 오는 괴리에 어이가 없어 웃었다. 마침 태을 자리의 유선 전화가 울렸다. 2019년 11월 11일. 태을은 신분증에 새겨진 날짜를 멍하니 바라보다 빠르게 전화를 받았다.

"강력 3팀 정태을 경위입니다."

―날세. 아직 퇴근 전이군. 다행이야.

곧장 태을이 수화기를 확 내려놓았다. 방금 자신이 들은 목소리의 주인이 믿기지 않았다. 깜짝 놀란 태을을 신재가 걱정스럽게 쳐다보았다. 다시금 수화기가 울리고 있었다. 신재가 태을을 대신해 전화를 받으려 할 때였다. 태을은 괜찮다고, 자신이 받겠다고 했다.

"여보세요?"

목소리가 조금 떨린 채로 나왔다. 상대는 여유롭기 그지없었는데.

—자네 오늘도 늦어? 내가 자넬 보고 가려고 기다릴까봐.

태을은 그 자리에서 전화를 끊고 일어났다. 겉옷과 신분증을 챙겨 달려 나가는 태을의 뒷모습이 다급했다. 신재와 장미가 멍하니 태을이 사라진 자리를 보았다.

∞

태을의 집 앞마당에 심어진 나무에서 툭, 툭, 물방울이 떨어지고 있었다. 눈이 온다더니 아직은 비였던 모양이었다. 마당 위에 빗물이 고여 웅덩이가 만들어졌다. 그리고 그 웅덩이 위로 물방울을 튀기며 태을의 차가 급정지했다. 벌컥 문을 열고 나온 태을은 거짓말처럼 서 있는 맥시무스와 곤을 마주했다. 한동안은 익숙한 광경이었다가 또 한동안은 흔적도 없었던 광경이었다.

급히 온 것이 무색하게도 태을은 한참을 말없이 곤을 보았다. 멀찍이 선 곤의 눈에 이채가 어렸다. 서로가 서로에게 거짓말 같은 풍경이어서 두 사람은 쉽사리 다가가지 못했다. 주머니 안에서 손을 만지작거리던 태을이 먼저 물었다.

"어디 갔다 왔어?"

곤의 눈가도 비가 왔다 간 것처럼 축축했다. 곤이 막 달려온 세계에도 비가 내리고 있었다.

"나의 세계에."

"구라 치지 말고."

"진짠데."

"지 이름도 모르면서 집에는 갔다 왔다?"

"여러 번 말하지만 모른다고 한 적 없어. 부르지 말라고 했지."

"근데 왜 다시 왔는데."

"돈도 갚아야 하고……."

나리의 말이 맞았다. 태을은 나리가 자신보단 보는 눈이 있었다는 것을 인정했다.

"자네 잘 있는지 궁금하기도 하고."

또 기가 막히게도 이 순간 태을은 인정할 수밖에 없었다. 자신도 눈앞의 곤이 궁금했다는 것을. 아무리 찾아도 찾아지지 않았던 남자를 찾아서 헤맸다는 것을. 자신에게 덕분에 아름다운 것을 보았다고 말했던 남자를 은행나무가 보일 때마다 문득 생각했다는 것을.

"돈은 갚았고 자네 얼굴도 봤으니 난 이만 돌아가야 해. 몰래 나왔거든."

이제야 막 다시 만났는데 돌아간다는 곤의 말에 태을은 어쩐지 조급해졌다. 태을은 곤을 붙잡듯 물었다.

"진짜 집이 있긴 한 거야?"

"있다니까. 진짜 되게 큰 집 있어. 방도 많고 바다도 딱 보이고 정원도 되게 커."

그 모든 말들이 이제는 거짓말 같지 않아서 태을은 주머니 속에 든 신분증을 꽉 쥐었다.

"물어볼 게 있어. 당신이 봤다는 내 신분증 사진. 거기서 나 머리 묶었어, 풀었어?"

"오늘 맞구나. 나 없는 동안 신분증 잃어버렸었어?"

11월 11일, 어떻게든 특별해지기로 정해진 날 같았다. 곤의 말이 틀리지 않아서 태을은 잠시 숨을 멈췄다.

"아, 그래서 오늘이었던 거구나. 오늘 신분증이 나온 거야."

"묻는 말에나 대답해. 그 사진에서 나 머리 묶었어, 풀었어?"

"묶었어. 이렇게."

흘러내린 태을의 머리카락을 커다란 손이 감싸쥐었다. 한 손에 쥔 태을의 머리카락이 부드러워 곤이 엷게 미소 지었다.

태을은 곤의 손을 치울 생각도 못하고 계속해서 물었다.

"옷은 뭐 입었는데. 정복 입었지?"

"아니, 그냥 재킷. 남색."

"말도 안 돼!"

"직접 보면 믿을 건가? 그럼 지금 같이 가도 좋고."

"어딜 같이 가."

그 순간, 두 사람 사이로 나풀나풀 무언가가 날렸다. 비가 그친 뒤 내리기 시작한 흰 눈송이였다. 첫눈이 두 사람의 어깨 위로 내려앉았다.

"같이 가자. 나의 세계로."

세상 모두가 용감할 순 없겠지만, 태을은 용감하기로 한 사람이었다. 곤은 그런 태을을 믿었다. 그런 태을이라 자신에게 '0'이 될 수 있는 사람이었다. 예전에도 이미 한 번, 믿지도 못하면서도 곤의 세계로 가려고 했던 태을이었다.

"지금부터 무슨 일이 있어도 놀라지 마. 그냥 날 믿어."

놀랄 새도 없었다. 맥시무스 위에 올라 곤의 팔에 안긴 채
로 태을은 대나무 숲에 다다랐다. 지난번과 같은 대나무 숲이
었는데, 이번에는 달랐다. 천둥과 번개가 내리치며 거대한 당
간지주가 나타났고 맥시무스가 그 사이를 거침없이 뛰어넘
었다. 그다음엔 완전히 다른 세상이었다.

"폐하!"

태을은 질끈 감았던 눈을 떴다. 어둑한 사위로 불빛이 어지
럽게 일렁였다. 폐하, 하는 다급한 음성이 여럿 섞여 들었다.

"폐하!"

눈을 뜨자 태을의 눈에 보인 건 제 앞에 조아린 여럿의 사내들이었다. 검은 양복을 입은 이들이 심각한 표정으로 폐하를 목놓아 부르며 주변을 에워싸고 있었다. 태을은 비명이 새어 나오는 것을 애써 입을 가려 막았다.

"근위대는 즉시 십 보 밖으로 물러난다. 영이 너도. 이 사람이 너무 놀라서."

곤의 명령에 근위대가 즉시 뒷걸음질치며 물러섰다. 곤이 '영이'라고 부른 사람을 본 태을의 눈이 토끼처럼 커다래졌다.

"방금 저 사람!"

"어, 자네 세계의 은섭 군."

태연하게 답하며 곤이 씨익 웃었다. 이제는 태을이 자신이 은섭을 보고 느꼈던 혼란을 이해해줄까 싶었다. 당황한 채 시선을 떼지 못하는 태을의 귓가에 곤이 나지막히 물었다.

"거봐. 내 말이 다 맞지?"

태을은 멍하니 곤을 향해 고개를 돌렸다. 곤이 뒤에서 태을을 안고 있는 자세였기에 태을이 고개를 돌리자 두 사람의 얼굴이 서로 닿을 듯 가까웠다. 천연덕스럽던 곤의 표정이 일순 멈췄다. 이렇게나 가까이 서로의 얼굴을 마주한 것은 처음이었다. 곤은 놀란 채로 태을의 희고 맑은 얼굴을 내려다보았다. 머리를 묶을 때마다 생각했던 것 같은데, 가까이에서 보니 더 확실했다. 예뻤다. 태을이.

곤은 새로운 세계에 적응하지 못하고 멍한 상태인 태을에게 전했다.

"나는 대한제국의 황제이고, 부르지 말라고 지은 내 이름은 이곤이다."

처음으로 제 이름을 전하며 곤은 태을이 행여 떨어질라 조심스럽게 허리를 끌어안았다. 태을은 이 세계가 신기하겠으나 곤은 태을이 자신의 세계에 온 것이 신기했다.

곤의 입가에 진한 미소가 어렸다. 곤의 명령대로 십 보 밖에 떨어져 있던 근위대의 무표정한 얼굴에 미세한 금이 생겼다. 언제 어디서나, 곤은 제국민이 있는 곳이라면 언제든 환한 웃음을 입가에 띄우는 황제였지만, 도리어 궁 안에서는 그리 웃는 일이 많지 않은 황제였다. 곤을 누구보다 가까이에서 지켜봐온 이들이라 더 놀란 것도 있었다. 곤의 진심 어린 미소와 그 미소를 받고 있는 여인의 모습에.

무뚝뚝한 눈으로 그런 곤을 보던 영이 수습을 위해 나섰다.

"궁으로 모시겠습니다."

"맥시무스 먼저. 노구老軀(늙은 몸)에 또 먼 길을 다녀왔거든. 승마장으로 와."

그리 말한 곤은 영을 남겨두고 다시금 고삐를 쥔 채 승마장 쪽으로 달렸다. 영은 보일 듯 말 듯하게 얼굴을 찌푸리고는 빠르게 명령했다.

"지금 즉시 승마장 근무조 전원 철수시키고, 둘은 관제실로 가서 CCTV 확보하고, 둘은 나 따라와."

"예!"

곧바로 영과 호필이 곤과 태을의 뒤를 따라붙었다. 이제는 조금 익숙해진 말 위에서 태을은 슬며시 뒤를 돌아보았다. 근위대의 딱딱한 얼굴들은 무시무시했고, 뒤편으로 보이는 대나무 숲의 잔상이 어둑했다. 밤이 완전히 내려앉은 대나무 숲은 아무리 보아도 자신이 지나온 길과는 달라 보였다. 대나무 숲에서 다시 대나무 숲으로 지나왔을 뿐인데 그사이에 있던 길은 하늘도 땅도 아닌, 알 수 없는 무無도 유有도 아닌 시공간이었다. 그곳에는 빛도, 바람도, 공기도 없었다. 허무해서 아름다운 지경이었다.

두 세계를 잇는 1과 0 사이의 길에서는 시간도 다르게 흘렀다. 그곳에서의 일 분이 바깥에서의 한 시간이라고, 곤이 말해주었다.

태을은 다시금 앞을 보았다. 사물이 분간될 정도만큼 불을 켜둔 너른 승마장과 그 뒤로 보이는 궁궐. 신비하고 아름다웠다. 시간은 이제 제대로 흐르고 있을 텐데, 태을은 시간이 멈춘 듯한 기분에 휩싸였다. 믿을 수 없는 꿈속에 있는 기분이었다. 태을은 자신의 등 뒤에서 말을 달리는 곤의 심장 박동 소리를 들었다. 현실이라는 것이 그제야 실감이 났다.

어디선가 파도 소리가 들려오는 것 같았다.

"나의 궁에 온 걸 환영해."

곤의 목소리였다.

∞

분명히 현실이라는 걸 깨닫는 것과 대한민국이되 대한민국이 아닌, 대한제국을 받아들이는 건 다른 문제였다.

"맥시무스 나리께선 지난 검진 때보다 혈압이 좀 낮지만 모두 정상 범위 냅니다."

마구간에 들어와 곤은 맥시무스를 쉬게 했다. 맥시무스는 준비된 마른 건초와 물을 마시며 황실 전속 마의馬醫에게 건강 상태를 확인받고 있었다. 곤이 맥시무스가 정7품이라고 하긴 했어도, '나리' 소리를 듣는 것에 곧바로 적응이 될 리 없었다. 태을은 지금쯤 카페에서 퇴근해 집으로 돌아갔을 집 앞 카페 사장이자 후배인 나리를 떠올렸다.

"날 밝으면 다시 잘 살피겠습니다, 폐하."

"부탁하네."

뒷짐을 진 채 온화한 어조로 마의를 돌려보낸 곤은 뿌듯함을 숨기지 않으며 태을을 향해 물었다.

"봤지? 내 말은 하나에서 열까지 다 맞지?"

"그래서 돌기 직전인 거 안 보여. 이게 다 진짜면 너무 무섭고, 이게 다 진짜가 아니면 더 무섭고."

"폐하께 예를 지키시죠."

곤과 태을의 대화를 지켜보고 있던 영이 참지 못하고 한마디 했다. 태을은 기가 막히게 은섭과 닮은 영을 다시 보았다.

"특히 이 얼굴, 이 얼굴은 내 편인데, 세 살 때부터 내 편인데. 아, 그 총 진짜예요? 한번 봐도 될까요?"

태을의 시선이 영의 허리춤에 가 있었다. 총을 손에 대겠다는 태을에 영은 대번에 인상을 구겼다. 그러나 곤이 나섰다.

"다룰 줄 아니까 둬봐. 이렇게까지 해봐야 믿을 사람이라."

"뭘 믿는단 겁니까?"

"1과 0 사이를 건너왔다는 걸?"

영은 뜻 모를 소리를 하는 곤을 야속한 눈으로 보았다. 어의를 부르러 간 사이에 도망치듯 출궁을 하고 돌아온 게 지금이었다. 지난번과 달리 금세 돌아온 것은 좋았다. 무사해서 다행이었고. 그러나 홀로 출궁을 했다 돌아온 적은 많아도 누군가와 함께인 적은 처음이었다. 그것도 여인. 평범한 여인이었어도 궁이 발칵 뒤집힐 만한데 영이 지닌 총에 관심을 보이는 여인은 아무래도 평범해 보이지 않았다. 아무리 곤이 허락했다고 해도 황제인 곤에게 너무 함부로 대했다. 어려워하는 기색도 없이 무례하기까지 했다.

지금 설명이 필요한 건 영이었다. 그러나 이번에도 영은 숱한 질문들을 묵묵히 삼켜내며 별수 없이 태을에게 총을 건넸다. 총을 받은 태을의 눈이 반짝였다.

"말도 안 돼. 이게 진짜라고, 이 P30이 진짜 P30이라고. 내가 뭘 좀 확인할 건데 다른 뜻은 없어요."

이리저리 총을 돌려 보던 태을이 순식간에 총을 장전하고는 곧장 옆에 있던 곤을 겨누었다. 타다닥, 일사불란한 소리와 함께 태을에게 근위대의 총이 겨눠진 것도 순식간이었다. 그리고 태을의 총구 앞에는 영이 버티고 서 있었다. 목 끝까지 채워진 셔츠 단추만큼이나 숨 막히게 흔들림 없는 자세였다.

"폐하 손님이라 참는 건 여기까지입니다."

딱딱하게 말한 영에게서는 표정을 읽을 수가 없었다. 그럼에도 태을은 한 가지만은 확실히 깨달았다. 화가 많이 난 것 같았다. 황제를 대신해 제 몸으로 총을 막아선 근위대장을 두고 태을은 멍하니 중얼거렸다.

"이게…… 이 세계가…… 황제가, 다…… 진짜라고?"

"다 진짜야. 그 총도, 이 세계도, 나도. 방아쇠를 당겨 확인할 생각은 말란 얘기야. 이 친구는 이 자리에서 단 한 발짝도 안 움직일 거거든."

곤이 설명을 마치자 영이 자신에게 들이밀어진 총구를 손으로 잡아 내렸다. 태을은 힘을 풀며 총을 건넸다. 총을 건네

받으며 영은 그제야 태을의 얼굴을 제대로 확인했다. 대나무 숲에서는 어두웠고, 마구간에 와서는 기가 막혀서 눈치채지 못했다. 영이 멈춰선 채 곤을 돌아보았다. 눈이 마주친 곤은 곧바로 영이 하고자 하는 얘기를 눈치챈 듯했다. 곤이 피식 웃으며 끄덕였다.

"맞아. 정태을 경위."

곤이 이십오 년간 들여다보고 있던 신분증 속 주인공, 그 주인공의 얼굴을 영도 알고 있었다. 곤의 확인 사살에 영은 굳은 채 태을을 보았다. 시계토끼를 찾으러 간다던 지난번 외출이 떠올랐다. 곤은 도대체 어디를 다녀온 걸까. 반듯한 영의 이마에 주름이 졌다.

증명한 마음

곤은 태을을 궁으로 안내했다. 자신의 궁을 소개하며 곤은
어쩐지 들떠 있었다. 여태까지 태을이 믿지 않았던 것들을 모
두 증명할 기회여서이기도 했고, 태을이 제 공간에 들어온 게
기뻐서이기도 했다. 대한민국에서 태을과 보낸 시간도 좋았
지만, 그곳은 어쩔 수 없이 곤에게는 다른 세계였다. 자신의
세계에서 태을과 보내는 시간은 좀 더 다르게 느껴졌다.

"여긴 광영전이고, 나의 사저야. 내 집이다 생각하고 편하
게……."

한껏 신이 나 소개하던 곤의 말이 멈췄다. 서재 안쪽에 노
상궁이 대기하고 있었다. 노상궁의 눈빛이 매서웠다. 함께 서

재로 들어서던 태을은 멈칫하며 눈치를 보았다. 노상궁이 아랑곳 않고 곤을 몰아세웠다.

"그새를 못 참으시고, 기어이 이 늙은이 관에 들어가는 걸 보시려고!"

곤은 머쓱하게 웃으며 태을에게 노상궁을 소개했다. 태을에게는 신분보다 나이가 더 어렵게 느껴졌다. 태을은 백발이 성성한 노인의 싸늘한 시선에 긴장한 채 고개를 숙였다.

"처음 뵙겠습니다. 저는……."

"가지고 계신 소지품은 전부 여기에 담아주십시오."

태을이 제 소개를 하기도 전에 노상궁이 한편의 바구니를 가리키며 차게 대꾸했다. 노상궁에게 미리 설명을 해놓았으면, 그래서 정식으로 태을이 궁에 오게 되었으면 노상궁도 이렇게까지 태을을 냉대하지는 않았을 것이다. 그러나 다른 세계에서 오는 태을을 정식으로 궁에 데리고 올 방법이 있었던가. 곤은 미안한 기색을 내비쳤다.

"원래 입궁할 땐 누구나 보안 검색을 통과해야 해. 총리부터 궁인까지 반드시 해야 하는 절차야."

"뿌린 대로 거두는 거지 뭐."

다행히 태을은 상황을 빠르게 납득했다. 다른 세계에서 온 곤을 맞닥뜨렸을 때, 태을이 했던 일도 결국 이런 소지품 검사였다. 태을은 제 손으로 안주머니와 뒷주머니까지 뒤집어

지갑부터 립밤, 수갑, 휴대폰까지 소지품을 모두 꺼내놓았다.

"나중에 돌려주시는 거죠? 신분증을 또 잃어버리면 벌점이 커서요."

마지막으로 태을이 꺼낸 것은 신분증이었다. 가만히 태을의 움직임을 지켜보던 노상궁의 눈이 커졌다. 영과 같은 반응에 곤이 비식 웃었다.

"아는 얼굴이지? 실물이 낫고."

"……그러네요."

노상궁의 눈가 주름이 깊어졌다. 태을은 영도, 노상궁도 자신을 안다는 사실에 더 놀랐다. 곤이 이십오 년 동안 간직해왔다던 신분증 얘기가 거짓이 아님은 이제 두 번 확인할 필요도 없게 생겼다. 잠시 태을을 보던 노상궁은 곤에게 따로 얘기를 나눌 것을 청했다. 곤은 태을을 혼자 남겨두길 원하지 않았으나 갑자기 태을을 데려오는 바람에 수습해야 할 일들이 많았다. 반나절 동안 자리를 비워 공백이 생긴 업무도 있었고, 태을을 본 이들이 생각보다 많았으니까.

걱정하지 말고 기다리고 있으라는 말을 태을에게 남기며 곤은 노상궁과 함께 떠났다. 서재에 홀로 남게 된 태을은 그제야 깊이 숨을 몰아쉬었다. 처음 보는 이들의 딱딱한 시선으로부터 이제야 자유로웠다.

긴장을 푼 채 태을은 서재의 전경을 둘러보았다. 높다란 천장은 3층까지 뚫려 있었다. 천장 위에 매달린 커다란 샹들리에가 태을의 시선을 빼앗았다. 어디 하나 손대기 힘들 만큼 고풍스러운 가구들로 채워진 서재였다. 벽면 칠판에 빼곡하게 적힌 수학 공식들이 이질적으로 느껴졌으나 어울리기도 했다. 곤이 직접 채워 넣은 글씨 같았으니까.

태을은 걸음을 옮겨 곤의 책상 위를 보았다. 서류들이 쌓인 책상 한편에는 어린 곤의 모습이 담긴 액자 하나가 놓여 있었다. 만개한 꽃나무 아래에 선 어린 곤이 웃고 있었다. 한 손에는 노신사의 손을, 한 손에는 노상궁의 손을 잡고 있었다. 태을의 입가가 내려앉았다. 여덟 살에 선황제의 국장을 치렀다는 곤의 말이 떠올랐다.

"정말 다 사실이었구나."

한참 어린 곤의 얼굴에서 현재의 곤을 찾아보고 있을 때였다. 노크 소리와 함께 문이 열렸다. 태을은 긴장한 채 문 쪽을 바라보았다.

서재 안으로 들어온 건 신입 궁인인 승아였다. 승아는 오래된 황제의 팬이었다. 근위대장의 팬이기도 했다. 그래서 종종 사진을 찍고, 황실에 대한 우호적인 글을 써 인터넷에 올렸다. 팬심과 능력을 인정받은 채용이었다. 그리고 승아에게 조금 전 주어진 임무는 궁에 들어와서 맡은 가장 비밀스러운 임무였다. 서재에 있는 폐하의 손님을 가둬두라는 임무. 노상궁이 황실에 충성도가 높고 열의가 넘치는 승아를 좋게 봐서 내려진 임무이기도 했다.

다기를 들고 오는 승아를 보며 태을은 잠시 넋을 놓았다.

"평행세계 확인 사살이네."

분위기나 스타일만 조금 다를 뿐, 승아의 모습이 나리와 같았기 때문이다.

"네?"

"나리야, 명나리."

태을은 마지막으로 확인하듯 나리의 이름을 불러보았다. 테이블 위에 다기를 내려놓으며 승아가 커다란 눈을 깜박였다.

"명나리가 누군데요? 전 명승아입니다. 공보실에서 근무하는."

"아닐 거 알지만, 확실히 하고 싶어서요. 혹시 건물주세요? 건물 월세 놓지 않았어요? 태권도장에?"

"건물주는 맞지만 그 건물 다 캐나다에 있는데. 차 드시겠어요? 숙면에 좋은 허브예요."

"……저 재우시게요?"

"그래 주시면 고맙죠. 전 그쪽 분 감시하러 왔고 노상궁 마마님의 다른 명이 있을 때까지 못 나가실 거고. 주무시면 서로 편하고 좋죠."

"그것도 똑같네요. 되게 대놓고 말하는 거. 저기 노트북 좀

188

써도 될까요?"

태을은 소파에 기대어 앉으며 물었다. 있어 봐야 터지지 않아 소용도 없었겠지만, 휴대폰도 없이 가만히 앉아 곤을 기다리긴 지루할 것 같았다. 승아는 차분히 찻잎을 내리며 되물었다.

"노트북은 왜요?"

"검색 좀 해볼까 했죠. 이것저것, 기타 등등."

힐끔, 태을을 본 승아는 이내 주머니에서 제 휴대폰을 꺼냈다.

"업무용 폰이라 빌려드릴 순 없구요. 불러보세요. 검색해서 읽어드릴 테니까."

"아, 그런 방법이. 그럼…… 이곤."

휴대폰 화면을 두드릴 준비를 하던 승아의 손가락이 일순 멈췄다. 차라리 잘못 들었으면 좋겠다는 얼굴이었다.

"방금 뭐라 그러셨어요?"

"이곤이요. 여기 황제가 이곤 맞지 않나요?"

"미치셨군요! 황제 폐하의 휘諱를 함부로 막 부른 거예요, 지금? 혹시 외국에서 오래 사셨어요? 암만 그래도 자기 조국에 대해서 너무 무관심한 거 아닌가?"

난감한 기분으로 태을은 머리를 긁적였다.

"그게, 여기가 내 조국은 아니고, 나도 뭐 아직 지구가 평평

해서 설명할 자신이 없네요. 밀입국 정도로 해두죠."

태을은 정리했다. 그렇게 설명해두면 될까 싶었는데, 오히려 더 문제인 것도 같았다. 입을 벌린 채 놀라는 승아를 보면. 승아가 찻잔에 차를 붓기 무섭게 다시금 노크 소리가 들려왔다. 이번에는 곤과 함께 나갔던 영이었다.

생각지 못하게 영을 마주한 승아의 눈이 일순 빛났다. 곤도 곤이었지만, 근위대장인 영의 모습에 반해서 궁인으로 지원했던 승아였다.

"자리 좀 비켜줘요. 오래 안 걸려요."

고개를 세차게 끄덕이며 승아가 서재에서 나갔다. 갑작스럽게 찾아온 영의 손에는 티슈로 감싼 크리스털 유리잔이 들려 있었다. 다가오는 영의 단정한 걸음걸이를 보며 태을이 실소를 터뜨렸다. 무감하던 영의 눈썹이 올라갔다.

"왜 웃습니까?"

"닮은 사람을 아는데, 너무 달라서요. 아까는 미안했어요. 그쪽은 원래 이랬어요? 이렇게 진중하고 심각하고?"

태을의 질문을 무시하며 영은 그저 유리잔을 내밀었다.

"잡으십시오."

다른 사람이라면 몰라도 태을은 형사였다. 태을은 피식 웃으며 자리에서 일어났다. 영이 내민 잔을 쥐는 대신 책상 위에 놓인 붉은 인주에 엄지를 꾹 눌렀다. 그리고 인주가 묻은 손가락을 잔에 찍었다.

"그 마음, 알죠. 나도 다 해본 짓이라. 필요할 것 같아서 확실하게 해드렸어요. 조회해도 안 나오겠지만."

협조적인 태을의 태도에 도리어 당황한 건 영이었다. 조회해도 안 나올 거라는 말이 거슬리기도 했다. 영은 곤이 무척이나 그리던, 깨끗한 얼굴을 가만히 내려다보았다. 곤이 했던 이야기들이 순차적으로 떠올랐다.

"혹시 평행세계에서 왔습니까? 수도는 서울이고 국호는 대한민국이고?"

"어떻게 알아요?"

태을이 되묻는 순간, 영이 한 발짝 태을에게 가까이 다가왔다. 위협적인 움직임이었다. 그 눈빛은 더없이 차가웠고. 태을은 본능적으로 주춤하며 뒤로 물러섰다. 영이 화를 삼키며 물었다.

"당신 뭐야, 폐하께 대체 무슨 짓을 한 거야. 폐하 어깨의 이상한 상처도 당신 짓이야?"

"어깨에 상처가 있어요? 글쎄, 모르겠는데. 서로 등 깔 사인 아니라서."

태을은 조금 울컥했다. 이 궁과 궁 안의 사람들은 확실하게 황제인 곤을 위주로 돌아가고 있었다. 대한민국에서 보여주었던 곤의 자부심과 자신감이 이해가 됐다. 그렇지만 태을에

191

게 곤은 황제가 아니라 그냥 인간이었다. 한때는 미친놈이었고, 지금은 미친놈이 아니라는 게 밝혀진. 그러니까 곤에게 일어난 일 때문에 자신이 괜한 추궁을 견딜 이유까지는 없단 뜻이다. 실제로 태을이 곤에게 한 짓 같은 건 없었다. 도리어 평범하게 살던 태을 앞에 나타나 일상과 머릿속을 뒤흔들어 놓은 건 곤 쪽이었다.

영의 태도가 무례하게 느껴져 태을도 지지 않고 날을 세웠다.

"그리고 말은 놓지 말지? 91년 양띠죠. 내가 일 년 누난데."

일순 자신의 정보를 아는 태을에 당황한 영이 입을 다물었다. 그리고 마침 떠났던 서재의 주인이 문 앞에 돌아와 있었다.

∞

급히 업무를 마치고 온 곤은 심심했을 태을에게 맥주를 건넸다. 태을은 곤이 가지고 온 맥주 한 캔을 한번에 비워냈다. 일전에도 태을이 맥주를 들이켜는 것을 본 적 있는 곤이었지만, 다시 보아도 대단했다. 대단히도 잘 마셨다. 구경하듯 보는 곤을 힐끔거리다 태을이 툭 쏘아붙였다.

"지금 나 가둔 거야?"

"거둔 거야. 자네가 이해해줘. 내가 앞뒤 없이 자넬 데려와서 그래. 전례가 없던 일이라 다들 우왕좌왕 중인 거야."

조곤조곤한 설명을 들으며 태을은 맥주 한 캔을 더 땄다. 엄지에 인주가 묻어 있어 묻지 않은 손가락으로 따려니 조금 불편했다.

"김개똥은 왜 침착한데."

"난 자네가 내 궁에 드는 상상 많이 했었거든. 이렇게는 아니었지만."

황후가 되라고 했을 때에도 당연히 상상했었다. 궁에 돌아와서는 다른 세계에 있을 태을을 생각하며 떠올렸었고. 그 상상이 어떠한 형태로든 현실이 되어 있어 곤은 다시금 미소 지으며 태을의 붉어진 손가락을 가리켰다.

"근데 뭘 계약한 거야. 오자마자 땅 샀어?"

"벽지에다 닦으려다 니네 국민 때문에 참았어. 아까 나 감시하던 직원 승진 시켜줘. 애국자더라. 핸드폰 좀 빌려주고, 비번 풀어서. 핸드폰은 안 빌려주더라."

"뭐 검색하게? 전화할 곳은 없을 거고."

곤은 순순히 휴대폰을 내놓았다. 잽싸게 태을이 휴대폰을 집었다.

"알 거 없고, 비번 뭐야."

"황제 핸드폰을 누가 본다고. 비밀번호 없어."

그럴 듯하다고 생각하며 태을은 픽 웃고는 주머니에 휴대폰을 넣었다. 곤은 테이블 위에 올려둔 그릇의 뚜껑을 열었다. 순서가 잘못되긴 했지만, 맥주를 다 마셨으니 밥을 먹을 차례였다. 태을이 배고플 듯해서 곤이 수라간에 가 손수 챙겨 온 밥이었다. 그릇에 담긴 밥이 픽 먹음직스러웠다. 그러나 태을은 숟가락을 들지 않았다.

"먼저 먹어봐."

황제에게 기미를 하라는 뜻이었다. 곤이 어이가 없어 보자 태을은 진지하게 말했다.

"농담 아냐. 나 지금 이상한 나라 앨리슨데 거기서 개도 이상한 알약 먹고 커졌다 작아졌다 한단 말야. 내가 이거 먹고 독살이었다, 자연사였다, 막 그러면 어떡할 거야."

"걱정하지 마. 난 약속은 지켜. 자넨 참수야."

유쾌한 눈웃음과 함께 곤이 말했다. 태을과 곤은 서로에게 시계토끼인 모양이었다. 태을은 하, 하고 헛웃음을 짓고는 결국 수저를 들었다.

"그렇다면 잘 먹을게. 안심이 된다. 직접 한 거야?"

"어. 맛있어?"

야무지게도 수저를 쥐고 밥을 먹는 태을을 보는 곤의 얼굴에 기대가 어렸다.

"맛없어."

양볼 가득 우물거리면서도 태을의 평가는 박했다. 제가 먹는 것처럼 배부른 표정이던 곤의 얼굴이 굳었다. 아이처럼 실망한 기색이 역력한 곤을 힐끗 확인한 태을은 웃음을 참았다.

태을이 막 그릇을 비울 때였다. 노상궁이 다시금 서재를 찾았다. 첫 만남의 냉랭했던 시선이 잊히지 않아 태을은 순간적으로 긴장했다.

"손님의 처소와 식사를 마련했는데……."

태을은 민망한 낯으로 빈 그릇을 보았다. 노상궁이 몰랐던 것을 보면, 곤이 직접 준비해 왔단 것이 맞는 듯했다.

"모셔다 드리지요. 폐하의 처소에서 제일 먼 방입니다."

늦은 시각이었다. 태을은 곧장 자리에서 일어섰다.

"내일 봐. 푹 자."

여유롭게 손을 흔드는 곤을 노상궁이 노려보았다.

∞

노상궁의 안내를 받아 태을은 궁 한편에 자리한 손님방에 머물게 되었다. 몸만 온 것에 대한 걱정은 할 필요도 없었다. 잠옷부터 자잘한 생활용품까지, 필요한 모든 것들이 호텔보다도 더 세심하게 구비되어 있었다.

"비상시국을 제외하고 궁에 외부인사가 묵는 것은 극히 예외적인 일입니다. 따라서 오늘 일에 대해선 그 어떤 곳에서도 그 누구에게도 발설해선 안 됩니다. 궁 내부의 구조, 폐하와의 사적인 대화, 기타 등등, 그 모든 것에 대해서 함구하셔야 합니다."

근심 어린 노상궁의 설명에 태을은 끄덕였다.

"걱정 안 하셔도 됩니다. 저도 나랏밥 먹는 사람이라서요."

"그렇더군요. 정태을 경위."

노상궁의 눈이 예리하게 태을을 훑었다. 노상궁이나 영이 자신의 존재를 아는 건 역시 신분증 때문일까. 태을은 생각하며 노상궁을 보았다. 노상궁의 탐탁지 않은 시선이 적나라하게 느껴졌다. 똑같은 신분증으로 태을을 알게 되었을 텐데 처음 자신을 마주했을 때의 곤과는 반응이 달라도 너무 달랐다. 단지 생각지도 못한 손님이라서는 아닌 것 같았다.

"참으로 이상하지요. 폐하께선 어린 시절부터 이상한 명패를 하나 갖고 계셨어요. 정태을이란 경찰은 대한제국에 존재하지도 않았고 경위란 계급 또한 이곳에는 없습니다. 누군가가 재미로 혹은 다른 연유로 만든 가짜겠거니 했는데, 그 없던 사람이 이렇게 하루아침에 나타났네. 귀신이 곡할 노릇이지."

태을은 노상궁의 냉대를 이해하려 애썼다. 다른 세계에서 온 미지의 존재에게 태을 또한 매몰차게 굴었으니까.

"모든 것이 기가 막히지만 한 가지는 확실합니다. 설명할 수 없는 존재란 세상의 혼란을 가져올 뿐이고 폐하께 해를 끼칠 것을요."

그럼에도 불구하고 태을은 억울해졌다. 설명할 수 없는 존재가 세상의 혼란을 가져올 뿐인 해를 끼칠 존재로 정의되는 건 조금 너무한 일처럼 느껴졌다.

차마 반박하지 못하고 상처받은 태을을 노상궁은 모른 척했다. 여덟 살에 이미 크게 상처 입은 황제를 지키는 것만이 노상궁의 일이었다. 그래서 노상궁은 태을에게 가혹할 수 있었다. 노상궁에게 그 밤은 완벽히 지워지는 게 차라리 나을 밤이었고, 신분증 속 태을도 그 흔적에 불과했다.

"나는 당신이 어디서 왔는지 알고 싶지 않습니다. 당신을 없는 것으로 생각할 겁니다, 나는. 그러니 궁에 계시는 동안엔 폐하, 근위대장 조영, 이 늙은이 외에는 가급적 접촉을 삼가주세요. 더불어 이 세계에 궁금증도 갖지 말고 머물지도 마세요. 이 세계라 함은, 폐하도 포함입니다."

막 늦은 저녁을 먹고, 부른 배로 인해 생기가 돌던 태을의 낯빛이 창백하게 질렸다. 노상궁이 문을 여닫고 나가는 소리가 아득하게 멀게 느껴졌다. 태을은 주름 하나 없는 이불이 깔린 침대 위에 털썩 주저앉았다.

태을의 세계에 온 곤은 계속해서 자신의 세계에 대해 말했다. 처음에는 한 귀로 흘려듣는 일마저 성가실 만큼 이상했고, 이후에는 조금 궁금했다. 곤이 그렇게 만들었으니까. 곤은 시도 때도 없이 제 세계의 얘기를 했고, 말로나마 태을을 그 세계로 초대했다. 곤의 절절한 눈은 믿지 못할 얘기들을 믿고 싶게 만들었다. 보고 싶게 만들었다.

그리고 막상 내디딘 세계는 신기했다. 이제 막 걸음을 내디뎠을 뿐이다. 얼마나, 어떻게, 같은 긴 생각은 해보지 않고 평소의 자신처럼 부딪쳐 보았을 뿐인데 하루가 다 가기도 전에 태을은 그 세계로부터 축객 취급을 받았다.

노상궁이 말한 것은 아마 궁과 황제에 대한 이야기겠지만, 공교롭게도 태을에게는 정말로 한 세계에 관한 이야기였다. 태을은 멍하니 눈을 깜박였다.

어차피 너무 다른 세계였다. 곤이 어느 순간, 자신의 세계로 떠나야 했듯 태을도 마찬가지일 것이다. 노상궁은 궁금해하지도, 머물지도 말라고 했으나 이미 돌이킬 수 없는 부분들이 있었다.

태을은 부드러운 침대 위가 가시가 돋힌 방석처럼 불편하게 느껴졌다. 바닥에 내려앉아 침대맡에 등을 기댔다. 태을이 자조적으로 웃을 때였다.

벌컥, 바깥쪽으로 난 커다란 창문이 열렸다.

"자넨 침대도 있고 소파도 있는데 왜 바닥에 앉아 있어."

곤이었다. 잠옷 위에 나이트가운을 걸친 채였다. 잘 자라더니 잘 준비를 하고 이곳으로 온 모양이었다. 놀라기를 잠깐, 반갑기를 또 잠깐. 태을은 가라앉던 마음을 추스르며 퉁명스레 물었다.

"왜 왔는데."

"자네 혼자 무섭게 두지 않으려고. 믿어봐. 나 여기선 꽤 멀쩡해."

"꽤 멀쩡한데 왜 멀쩡한 문 두고 창문으로 와."

"자네 그거 알아야 돼. 이쪽이 지름길이야. 궁이 진짜 엄청 넓어."

너스레를 떨며 곤이 털썩 태을의 옆 바닥에 앉았다. 느껴지는 온기에 태을은 입을 비죽였다.

"맨바닥에 못 앉는다며."

잠시였지만, 혼자인 시간이 쓸쓸했던 것 같다. 이 세계에 아는 이는 태을밖에 없으니 자신을 두고 가지 말라던 곤의 말이 떠올랐다. 태을도 마찬가지였다. 이곳엔 반가운 얼굴은 많아도, 진짜로 자신이 아는 건 곤뿐이었다.

"앉아보니 나쁘지 않네. 운치도 있고."

나란히 앉은 두 사람의 어깨가 닿을 듯 말 듯 했다.

"그건 왜 안 보여주는데. 내 신분증."

"……내일."

"왜 내일이야. 없는 거 있다고 한 거 아니야?"

"있어. 보여주면 간다 그럴까봐. 자네 세계로."

태을은 옆을 돌아보았다. 자신을 내려다보는 곤의 눈빛이 어둑했다. 까만 눈동자에 비친 태을이 밝게 일렁였다. 쓸쓸해 보였다. 자신의 세계에 있으면서도. 태을은 마른침을 삼켰다. 낯선 곳에 와서일까, 태을에게는 낯선 감정이 자꾸만 손바닥에 스몄다. 땀이 배는 손바닥을 느릿하게 쥐며 태을은 말을 돌렸다.

"……그건 뭔데."

"뭐가."

"내 차 키에 그 인형. 엄청 싼 거 같던데."

진지하던 곤의 눈빛에 당황이 어렸다. 태을은 그 인형을 동네 사격장에서 본 적 있었다. 아마 그곳에서 곤이 따낸 것이리라 어림짐작했다. 실제로 그렇기도 했다. 다만, 그리 싼값에 얻은 인형은 아니었다.

"자네 이건 진짜 알아야 돼. 내가 가진 것 중에 싼 건 없어."

진지하게 말했지만, 제대로 못 맞춰서 돈만 잔뜩 날렸다는 말이었다. 경찰대 출신으로 사격에도 일가견 있는 태을이 어이가 없어 버럭했다.

"대체 얼마를 쓴 거야! 군대 갔다 왔음 눈 감고도 맞추는 거를!"

"이럴 줄 알았어. 대한민국이 다 한패구만!"

사격장 주인도 그렇게 얘기했었다. 그랬는데도 몇 번이나 돈을 추가로 내야 했다. 억울해하는 곤을 보며 태을은 혀를 찼다.

"조용히 해. 밖에 지키는 사람 있어."

"바보 아니야. 이 방에 CCTV가 몇 갠데."

"저게 CCTV야?"

방 곳곳에 액자가 있었다. 곤이 액자 쪽을 향해 손을 흔들 었다.

"자네도 손 흔들어줘. 현재 열두 명이 시청 중이야."

놀란 태을이 벌떡 일어섰다. 아무리 제국이어도, 궁이어도. 이렇게까지 인권 침해를 당할 수는 없다는 생각 때문이었는 데 곤이 웃음을 참지 못한 얼굴로 태을을 끌어당겨 앉혔다.

"이젠 다 믿네. 거짓말인데."

다시 앉은 자리는 조금 전보다도 더 곤과 가까웠다. 태을은 너무 가까워진 거리를 신경 쓰며 곤을 노려보았다.

"죽는다! 저거 진짜 CCTV야, 아니야?"

"아니야. 장난친 거야. 증명해줘?"

툭, 곤의 얼굴이 태을의 어깨 위에 기대어졌다. 곤은 태연 하고 편안한 표정을 짓고 있었다. 미묘한 긴장감 같은 건 태 을만이 느끼는 것처럼. 태을은 처음 만났을 때부터 누군가의 시선을 끌기에 충분하다 생각했던 조각 같은 얼굴을 가만히 보았다. 곤이 눈을 감자 조금 더 조각 같았다.

"내가 뭐 하나 물어볼 테니까 예, 아니오, 로만 대답해."

아주 오래 생각할 것도 없었다. 태을이 이 세계에 온 이유 같은 건. 남들보다 용감하긴 했지만, 많이 용감해서도, 특별히 호기심이 뛰어나서도 아니었다. 제게 턱을 기댄 채 눈을 감고 있는 남자. 홀로 세워두면 외로워 보이다가도 정말로 자신이 옆에 있으면 조금 덜 외로워 보이는 남자. 남자가 끄덕이며 태을에게 답했다.

"물어봐."

"연애 한번도 안 해봤지."

태을에게 몸을 기댔던 곤이 고개를 들며 반박했다.

"아닌데. 해봤는데."

"언제 해봤는지 맞춰볼까."

"맞춰봐."

두 사람의 시선이 진하게 부딪쳤다.

"지금."

태을의 답에 곤의 입꼬리가 부드럽게 올라갔다.

"이렇게 했어야 하나."

커다란 손이 태을의 볼을 단번에 감쌌다. 동시에 곤이 고개를 꺾어 태을에게 입 맞췄다. 태을은 굳은 채 부드럽게 닿아

오는 입술의 감촉을 느꼈다. 가볍게 입을 맞췄다가 뗀 곤이 놀란 태을을 지그시 내려다보았다.

"내가 뭘 증명했는지도 맞혀봐."

"……"

"연애해본 거, 아님 지금 연애하는 거."

그리 말하며 곤이 웃었다. 행복해 보였고, 실제로 행복했다. 곤의 행복이 완연한 형태를 갖추고 있어 태을은 문득 불안해졌다. 이제까지 마주한 곤의 세계는 아주 일부였다. 궁 바깥에 펼쳐진 세계는 태을이 전혀 모르는 것이었다. 실은 이 세계에 잠시라도 머무르는 것이 과연 괜찮을지조차 확신할 수 없었다. 그래서 어디까지, 1과 0 사이를 넘는 문까지 지난 지금에는 어디까지, 곤과 함께 걷게 될지 아득해졌다.

　다음 날, 빠듯하게 채워진 곤의 일정에 맞춰 태을도 따라나
섰다. 근위대에 섞인 태을의 모습이 썩 잘 어울렸다.

　이른 오전부터 시작된 언론사 CEO 티타임과 프로 농구 개
막전 시구에 이어, 곤은 세계 수학자 대회에서 연설까지 마쳤
다. 이후로도 재해 복구 물품 전달식이 예정되어 있었다. 헬
기로 이동할 예정이었고, 이쯤 해서 곤은 태을을 놓아줄 생각
이었다.

　일정에 동행하게 한 건 궁 안에만 갇혀 있으면 답답할 것
같아서였다. 어제 노상궁의 태도를 보아서는 손님방에서 한
발자국도 못 나오게 할 수도 있었다. 곤은 영을 통해서 태을

이 잠시 동안 외출할 수 있도록 조치해놓았다.

헬기에 올라, 곤은 하늘 아래를 내려다보았다. 궁이 위치한 동백섬이 한눈에 내려다보였다. 태을도 곧 대한민국과는 다른 대한제국의 부산을 구경하게 될 터였다. 창밖을 바라보다가 곤은 문득 휴대폰을 꺼내 들었다.

어플을 켜자 지난밤 태을이 검색한 기록들이 남아 있었다. 무엇이 궁금했을까. 곤은 태을이 검색한 것들을 따라가며 태을의 생각을 엿보았다.

'이곤'

'이곤 각종 무술'

'황후'

'이곤 구여친'

결국 곤의 입에서 웃음이 터졌다. 일정을 체크하고 있던 맞은편의 모비서가 깜짝 놀라 곤을 보았다. 곤은 괜히 헛기침하며 심각한 얼굴로 검색 기록을 마저 보았다. 그다음 검색어는 가히 얼굴이 굳을 만했다.

'구서령'

구여친에서 연관 검색어가 그렇게 간 모양이었다. 제 귀찮음도 피할 겸 서령의 술수에 놀아났던 지난날이 조금 걱정됐다. 혹시라도 태을이 오해하지는 않았기를 바라며 곤은 스크롤을 내렸다.

'양념 치킨'

'경찰 공무원 월급'

'대한제국 지도'

'부산에서 서울 KTX'

궁금한 게 많기도 했다. 하긴 곤은 대한민국을 공부하려 아
예 도서관에 가 책을 몇 십 권씩 읽었다. KTX가 무엇인지 몰
라 갸웃하던 곤은 이내 마지막 검색어에서 움직임을 멈췄다.

'이호 황제'

'금친왕 이림'

무거운 단어들이 기록에 남아 있었다. 제국민 모두가 공유
하고 있는 곤의 상처를 이제는 태을도 알게 됐겠구나 싶어서,
괜히 마음이 좋지 않았다. 상공의 세찬 바람이 곤의 머리카락
을 훑고 지나갔다.

대한제국의 고속 열차는 KTX가 아니라 CTX였다. Corea
Train eXpress. 영이, 정확하게는 곤이 준비해준 옷으로 갈
아입은 태을은 곧장 부산역에서 서울로 가는 CTX 열차에 올
랐다. 행선지는 정해져 있었다.

종로 경찰서. 대한민국 정태을 경위가 일하는 곳이었다. 가

는 길에 들른 광화문 광장에는 정말로 이순신 동상이 없었다. 빈 광장이 어색했고, 서울에 오니 다른 세계라는 사실이 한층 더 실감 났다.

종로 경찰서 건물도 마찬가지였다. 비슷한 위치, 비슷한 건물이었지만 드나드는 경찰차의 차종도, 색깔도, 오가는 경찰들의 제복도 달랐다. 강력 3팀 사람들과 같은 얼굴을 한 사람들은, 태을을 몰라봤고. 은섭의 얼굴을 한 영이 자신을 전혀 모르듯이.

다른 건 또 하나 있었다. 강력 3팀에 신재의 얼굴을 한 이가 없다는 것이었다. 어쩌면 다행일지도 몰랐다. 신재가 비뚤어지기 시작한 건 신재의 집이 망한 중3 때부터였으니까. 태을을 만난 건 고3 때였지만, 이전의 얘기를 모르는 건 아니었다.

어쨌든 그렇게 비뚤어진 채 살던 신재가 태권도장에서 자신과 아버지를 만나 형사의 꿈도 꾸게 되었으니 형사가 안 됐다면, 오히려 좋은 일일 수도 있을 것 같았다.

"집이 안 망한 거네. 오, 대한제국 강신재. 개멋있어."

예전에 살았던 평창동에서 계속 부자로 떵떵거리며 살고 있기를 태을은 진심으로 바랐다. 고등학생인 신재가 얼마나 많이 방황했는지 태을이 가장 잘 알았기에 바랄 수 있었다. 그리고 지금도 그 빚 때문에 얼마나 힘든지도.

생각에 빠져 있던 태을은 서울에 온 이유인 최종 목적지에 다다랐다. 익숙한 길가는 집으로 들어서는 길목이었다. 본래라면 이곳 어딘가에 마트가 있어야 하는데 마트부터 보이지 않았다.

이 세상에 왔을 때부터 궁금한 게 하나 있었다. 평행하는 세계이고, 같은 얼굴을 한 다른 사람들이 살아 있다면…… 혹시 엄마도 살아 있지는 않을지 말이다. 살아 있다면, 한번쯤 얼굴을 보고 싶었다. 태을은 골목 어귀를 돌아섰다. 태권도장이 있어야 할 자리에는 한의원이 있었다. 대문도 건물도 달랐다. 맥시무스가 쉬던 마당도 없었다.

어느덧 해가 저물어 있었다. 태을은 미련을 버리지 못하고 벨을 눌렀다. 문을 열고 나온 건 안면 없는 아주머니였다.

"정 도자 인자요, 태권도장 관장님이세요. 혹시 모르세요?"

"우리 그런 사람 모르는데."

"그럼 혹시…… 안 봉자 희자 쓰시는 여자 분은…… 모르세요? 저랑 많이 닮았는데, 혹시 보신 적 없으세요?"

"안봉희? 몰라, 우린. 우리 여기 삼십 년째 사는데. 왜 그 사람들이 여기 산대요?"

오히려 태을에게 물어와 태을은 고개를 작게 저었다. 혹시나 하는 마음으로 온 것이었는데 역시나였다. 하긴 이곳에서 아빠나 엄마를 만났다고 해도 소용은 없었을 것이다. 얼굴만 같을 뿐, 다른 사람일 테니까. 그리움이 깊어서 생각은 깊게 하지 못했다.

문득 제 얼굴을 보기 무섭게, 자신이 누구인지도 모르면서 저를 덥석 안아오던 어느 밤의 곤이 떠올랐다.

"……아닙니다. 감사합니다."

태을은 힘없이 인사하고는 터덜터덜 다시 골목을 빠져 나왔다.

∞

그리고 다시 서울역이었다. 생각보다 시간이 늦어지는 바람에 택시를 타고 도착한 서울역에서 태을은 곤란에 처했다. 부산행 열차의 가격은 41,800원. 가장 싼 입석도 34,800원이라는데 태을의 수중에는 32,200원뿐이었다. 급한 마음에 돈 생각을 못하고 택시를 탄 탓이었다. 이럴 줄 알았으면 영에게 돈을 더 받아올 걸 그랬다. 태을은 생각지 못한 난관에 매표소 주변을 두리번거리다가 공중전화 앞으로 향했다. 공중전화가 아직 설치돼 있어 다행이었다.

"번호가……."

태을은 매표소 직원에게 물어본 번호로 전화를 걸었다. 황실 대표번호였다. 연결이 될지 자신은 없었지만, 따로 방법이 있는 것도 아니었다.

"아, 진짜 장난전화 아니라니까요? 제가 진짜로 이곤……
아니, 황제 폐하요. 황제 폐하랑 아는 사이라서……."

뚝, 상대가 장난전화 취급하며 끊는 게 벌써 몇 번째였다.
동전만 몇 개씩 사라진다. 그래도 태을은 끈질기게 연결을 시
도했다.

"정말 장난 아니구요. 딱 일 분만 통화하면 된다니까요?"

이번에도 실패.

"제가 지금 딱 이천육백 원이 모자라서 부산을 못 가서 그
러거든요."

또 실패.

"십 초, 더도 말고 딱 십 초만……."

끊어진 연결음이 야속하기만 했다. 곤은 집이든, 경찰서든
제 앞에 어느 때고 잘만 찾아왔는데 태을은 곤을 찾아가기가
이렇게나 어렵다. 이 세계에서의 곤이 너무 대단한 사람인 게
문제다. 태을은 점점 비어가는 대합실을 보았다. 한숨이 저절
로 새어 나왔다.

바깥으로 나온 태을은 무작정 걸었다. 어디 가서 밤을 새운
다음에 내일 아침 첫차를 타야 할까 싶었다. 기차보다는 버스
가 쌀 테니까. 그러나 돈이 많은 것도 아니라 밤을 새우는 것
도 막막했다. 잠복근무를 할 때도 차 안에서 하지, 길바닥에
서 하진 않으니까.

막막해진 채, 태을은 하염없이 걸었다. 익숙한 풍경을 아무리 지나쳐도 이곳엔 아는 이 하나 없었다. 빌딩가에서 유난히 높고 큰 빌딩 앞을 지날 때였다. 어디선가 고막을 울리는 바람 소리가 울려 퍼졌다. 태을은 놀라서 하늘을 올려다보았다. 태을의 머리 바로 위 상공에 헬기가 떠 있었다. 고개를 바로 하자 옆에는 어느새 영이 와 있었다.

"놀래라, 어떻게 여기 있어요?"

"폐하의 명을 받았습니다."

그리 말하며 영이 건물 입구 쪽으로 앞장서 걸었다. 태을은 설마 하는 기분으로 영을 뒤쫓았다. 태을을 데리고 엘리베이터 쪽으로 가며 영이 차갑게 물었다.

"진짜 정체가 뭡니까? 진짜 형삽니까? 아까 경찰서에는 왜 갔습니까?"

"나 따라다녔어요?"

영은 대답하지 않았지만, 그것이 태을에게는 대답이 됐다. 곤이 제 손님을 혼자 바깥에 내보냈을 리 없었다. 태을이 자유롭게 다니길 원했으므로 절대 들키지 않아야 한다고 곤은 신신당부했고, 영은 임무에 충실했다. 태을이 부산에 못 돌아갈 상황만 되지 않았어도 끝까지 자신이 뒤쫓던 것을 숨길 수 있었을 것이다.

한숨을 삼키며 영은 건물 옥상으로 태을을 데려갔다. 옥상

문을 열자 빛과 함께 바람이 쏟아졌다.

헬기 프로펠러가 커다란 소리를 내며 계속 돌아가고 있었다. 태을은 넋을 잃고 옥상에 세워진 헬기를 보았다. 헬기 앞에 코트깃을 휘날리며 곤이 서 있었다. 장신의 곤이 오늘따라 더 커 보였다. 태을은 아랫입술을 깨물었다. 저도 모르게 반가워 곤의 이름을 외칠 뻔했다. 손이라도 흔들 뻔했다.

거리에서 방황하던 시간이 깨끗하게 잊히는 기분이었다. 곤이 성큼성큼 태을의 앞으로 다가섰다. 가까이에서 태을을 확인하고서야 걱정하는 기색이 역력하던 곤의 눈에 안심하는 빛이 어렸다.

"나 찾았다며."

"……어."

"열일곱 번이나."

"……어."

민망해하는 태을에게 곤이 허탈한 웃음을 지어 보였다. 어찌나 계속해서 전화를 했는지, 보안팀에서 문제가 없는지 보고를 하지 않았다면 모르고 지나칠 뻔했다. 영을 붙여두었으면서도, 곤은 태을이 자신을 찾았다는 이야기에 그 길로 곧장 헬기를 돌렸다. 그러길 잘했다고 곤은 생각하는 중이었다. 조금이라도 빨리 태을을 봐서 좋았다.

"부산에서 놀 줄 알았더니, 왜 이렇게 멀리까지 와 있어. 안

봉희 씨는 찾았어?"

어떻게 알았냐고 물으려던 태을은 옆에 서 있는 영을 흘겼다.

"어디서부터 따라다닌 거야. 그럴 거면 돈이나 더 빌려주던가."

"누군데, 자네가 이 세계에 와서까지 찾는 사람이."

"우리 엄마."

태을의 목소리 끝이 살짝 떨렸다.

"여기가 평행세계면…… 나리도 있고 은섭이도 있으니까. 나는 없더라도 엄마는…… 살아 계실지도 모르니까. 물론 다른 사람인 건 알지만……. 여기선 안 아프길 바랐고. 난 다섯 살 때 기억밖에 없으니까……. 그냥 먼발치에서라도 잠깐……. 그래서 와봤지."

"말을 하지 그랬어."

"그냥 궁금했어. 근데 안 계시더라."

부모의 부재가 주는 슬픔을 곤만큼 잘 이해할 수 있는 이가 있을까. 곤은 태을의 이야기가 안타까웠다. 사실은 이해하지 못한다고 하더라도, 태을이 슬퍼한다면 곤도 함께 슬펐을 것이다. 안쓰럽게 바라보는 곤의 눈빛에 태을은 애써 밝게 말했다.

"암튼, 오늘 덕분에 되게 재밌었어."

괜히 마음 쓰게 하고 싶지 않았다. 씩씩하게 잘 지내왔다. 다른 세계에 왔으니 그저 궁금했던 것뿐으로.

"그래서 KTX를 검색했구나. KTX가 뭔가 했더니."

"검……색?"

"자동 저장 기능이 알려줬어. 궁금한 게 꽤 많았던데. 이곤 구여친은 왜 궁금했는데? 연애 안 해본 것 같다더니."

"아니 그걸 왜 봐?"

"구총리도 검색해봤던데."

"구서령, 은, 그냥! 그냥 최연소 여자 총리라길래 신기해서 봤어. 내가 신기해서 그냥 본 거야. 그냥! 왜, 뭐, 찔려? 구서령이 예쁜 옷 입고 자주 오나봐?"

"금요일마다 보는 사이야."

국정 보고 때문이지만. 곤의 답에 태을이 울컥하며 무어라 말하려 할 때였다. 한차례 거센 바람이 태을과 곤 사이로 불어왔다. 목소리가 들리지 않을 만큼 커다란 프로펠러 소리도 끼어들었다. 태을과 곤은 동시에 바람이 불어온 곳을 쳐다보았다. 곤의 헬기 옆으로 또 다른 헬기가 내려앉고 있었다.

"왜 두 대야? 우리 각자 타고 가?"

곤은 굳은 채 영 쪽을 확인했다. 막 무전으로 보고를 받은 영이 끄덕였다.

"예, 구총리입니다. 폐하의 헬기가 비상 착륙 허가를 받았단 보고가 들어갔을 겁니다."

영의 말대로였다. 서령은 황실 헬기가 KU 빌딩에 비상 착륙 허가를 받았다는 소식을 김비서에게 전해 듣기 무섭게 자신의 헬기를 띄웠다. 이 밤에 부산에서 서울로 온 황제. 무언가 있으리라는 직감이 서령을 움직이게 했다.

가뿐히 착륙한 헬기에서 문이 열리며 흰 슈트를 차려입은 서령이 내렸다. 태을은 놀란 채 카리스마 넘치는 여인을 보았다. 서령의 굽실한 머리카락이 바람에 넘실댔다. 다가오는 발걸음에는 망설임이 없었다. 태을은 세찬 바람에 미간을 찌푸리며 물었다.

"저 사람하고 약속이 있었던 거야?"

"전혀. 난 자네 데리러 온 거야. 이천육백 원 모자란 자네를."

"나 들키면 안 되는 거잖아."

맞는 말이었고, 흘려들을 법한 말이었는데도. 그 잠시에도 태을의 말이 곤에겐 뼈아팠다. 그래서 곤은 근본적인 질문을 던졌다.

"나의 누구라고 들킬 건데?"

"……걱정 마. 이상하게 안 보여볼게."

"바보, 이미 충분히 이상한 상황이야."

어느덧 두 사람 앞에 선 서령이 붉은 입술을 양쪽으로 끌어올리며 인사했다.

"뜻밖의 시간에 뜻밖의 장소에서 뜻밖의 분과 뵙네요, 폐하."

"그러네요. 그래서 내가 퍽 난감해졌네요. 아주 사적인 자리라, 당연히 보고가 들어갈 텐데 배려가 없었네요, 내가. 구 총리 퇴근도 못하게."

곤은 불쾌한 기색을 숨기지 않았다. 철저히 불청객 취급이었다. 그러나 서령은 바늘 하나 비집고 들어가지 않을 듯한 웃음을 지어 보였다.

"나랏일에 공사公私가 어딨겠습니까. 폐하께서 제 나라신 걸요."

도도한 웃음이었다. 그러나 과장돼 있었고, 태을은 곤을 향한 서령의 진득한 시선을 읽어버렸다. 함께 찍힌 기사 사진들 속에서 엿보았던 미묘한 눈빛의 정체를 알 것 같았다. 자신과는 비교되지 않게 화려한 여자가 곤을 좋아하고 있었다. 태을의 시선을 눈치챈 서령이 태을 쪽으로 몸을 틀었다.

"반갑습니다. 대한제국 총리 구서령입니다."

"저도 반갑습니다. 총리님 팬입니다."

태을은 자신의 앞에 놓인 서령의 손을 맞잡았다. 태을의 립 서비스가 만족스럽다는 듯 서령이 미소 지었다.

"설레네요. 이렇게 어리고 예쁜 분이 제 팬이라니, 성함이?"

"전 그냥…… 여행잡니다. 이렇게 뵙는 것만도 영광입니다.

곧 떠날 거구요."

떠난다는 말에 곤은 움찔했다. 태을은 서령과의 대화에 집중한 채였다.

"대한제국은 처음이라 모든 게 참 동화 속 같네요."

"대한제국은 처음인데, 우리나라 말을 참 잘하시네요."

"……문과라서요."

태을의 답에 곤이 웃음을 터뜨렸다. 그런 황제는 낯설어 서령이 잠시 멍하니 곤을 보았다. 곤은 태을을 보고 있었다. 무척 사랑스럽다는 듯. 역시 보통이 아니었다. 평행세계에 대한 설명을 전혀 믿을 생각이 없어 보이기에 문과라서 그러냐고 몇 번 핀잔을 두었던 것을 이렇게 써먹는다. 곤은 자리를 정리했다.

"이만 파합시다, 구총리. 오늘은 내가 시간이 별로 없어서."

"먼 길이신데 먼저 출발하세요, 폐하. 배웅하겠습니다."

"그러죠, 그럼. 금요일날 봅시다."

짤막하게 인사한 후 곤은 미련 없이 돌아섰다. 태을은 서령을 향해 묵례하고는 곤을 뒤쫓았다. 다시금 박차를 가해 프로펠러를 돌리기 시작하는 헬기로 향하는 태을과 곤의 앞에 커다란 달이 떠 있었다. 서령은 혼자 남아 달 속으로 걸어가는 듯하는 두 사람을 분한 눈빛으로 보았다.

∞

　이곤과 나란히 앉아 태을은 바깥으로 보이는 야경을 감상
했다. 시선을 정면으로 하면 곧장 맞은편에 앉은 모비서와 영
이 보였다. 괜히 눈을 마주치기 어색했다. 다행히 번화한 서
울의 야경은 아름다웠고, 커다랗게 뜬 달은 태을의 인생에서
가장 가까운 곳에 있었다.

　"뭘 그렇게 봐."

　"달은 둘 다 똑같아서. 혹시 여기도…… 아, 나중에."

　두 세계에 대해 얘기하려던 태을은 모비서가 있음을 떠올
리고 말을 멈췄다. 그런 태을을 알아차린 곤은 가만히 손바닥
을 내밀었다. 태을은 무슨 뜻인지 몰라 곤의 손바닥을 내려다
보고만 있었다. 손금을 볼 줄은 모르지만, 뚜렷하게 찍힌 손
금까지도 잘생겼다. 우스운 생각이나 하고 있을 때였다. 곤이
태을의 손을 가져와 손바닥을 펼치게 했다.

　'여기도 뭐.'

　곤의 손가락이 태을의 손바닥을 간지럽혔다. 태을은 그제
야 곤의 뜻을 알아차렸다.

　'여기도 달에 토끼 산다, 그런 전설 있냐고.'

　'달에 토끼는 안 살아, 문과생. 달은 지구에서 가장 가까운
천체로…….'

218

어이가 없어 태을이 손바닥을 빼내려 했으나 이미 곤에게 꽉 잡힌 채였다. 태을의 손바닥 위에 보이지 않는 글씨를 적어나가는 일이 즐거웠다. 곤의 입가에 순수한 기쁨이 어렸다.

'달의 표면은 레골리스regolith로 덮여 있는데…….'

그 모습을 지켜보는 모비서의 눈이 점점 커졌다. 곤은 타인과의 신체 접촉을 극도로 꺼렸다. 어린 날의 트라우마 때문이었다. 그런데 아무렇지도 않게 곤은 태을에게 제 손을 내어주고 있었다. 곤에게 정태을이라는 존재가 무엇인지 쉬이 짐작도 되지 않을 만큼 큰 의미였다. 모비서는 봐서는 안 될 황제의 아주 비밀스런 마음을 보게 된 것 같아 애써 시선을 돌렸다.

∞

"부엌엔 왜. 오늘은 나 여기서 재우게?"

태을이 주변을 두리번거리며 물었다. 평범한 부엌이 아니었다. 진열장에 놓인 그릇은 식기보다는 장식용에 가까울 만큼 고급스러워 보였고, 조리도구 하나하나 장인의 손길이 닿은 것들이었다. 문 너머로는 고기 숙성실과 대형 숯가마가 공존하는 이 현대식 부엌이 궁의 수라간이었다. 곤이 웃으며 재킷을 벗어 의자 위에 걸었다. 곤이 궁인들을 모두 내보내 수라간에는 둘뿐이었다.

"자고 간다 그럼 내 침전에 재워야지. 모비서까지 알았으니까 내 측근은 거의 다 안 건데."

태을의 어깨를 잡아 식탁 앞에 앉히고, 곤 자신은 조리대 앞에 섰다. 셔츠 소매를 걷어붙이며 곤이 말했다.

"밥 먹자고. 영이가 그러던데, 샌드위치 하나 먹고 하루 종일 굶더라고. 반반 사준 거 이렇게 갚는 거야."

태을은 가만히 곤의 움직임을 구경했다.

보기만 해도 신선한 재료들을 꺼내 다듬기 시작한 곤의 손놀림이 제법 능숙해 보였다. 흰 쌀을 씻어 솥에 안치고 동시에 손질한 소고기를 예열한 팬 위에 올렸다. 핏빛이던 고기가 익으며 부엌에는 금세 고소한 냄새가 피어올랐다. 배가 고픈지도 몰랐는데 냄새를 맡으니 무척 배가 고팠다. 태을은 멍하니 고기가 익어가는 걸 보다가 곤과 눈이 마주쳤다. 자신이 한 밥을 먹일 생각에 곤은 이미 뿌듯한 표정이었다.

"일부러 그랬지? 돈 안 준 거. 화폐 다른 거 알았잖아."

"맞다, 자넨 단추가 없지? 멀리 갈까봐. 그래서 영이 보냈잖아."

"한도가 십만 원이던데. 빌렸으니까 갚아줘."

"그렇게."

"오늘 혼자 여기저기 다니다 보니까…… 외로웠겠더라, 내

세계에서."

겪어봐야 안다는 말이 맞았다. 문득 외로울 때마다 곤 생각
이 났다. 곤도 그랬겠구나, 싶어서. 고기를 굽던 곤이 고개를
들어 태을을 걱정스럽게 보았다.

"자네 외로웠어? 여기서?"

"내가 나란 걸 증명할 길이 없다는 게, 꽤 막막하더라. 데리
러 와줘서 고마워."

"잠깐 이쪽으로 와봐."

곤이 얼굴을 굳히며 말했다. 태을은 의자에서 일어나 조리
대 쪽으로 향했다.

"뭐 도와줘?"

"나 봐."

허리에 앞치마를 두른 황제의 명이었다. 태을은 곤의 말대
로 옆으로 돌았다. 그러자 곤이 고개를 숙여 태을의 이마에
자신의 이마를 갖다 대었다.

"쓰담쓰담 해주고 싶은데 손이 없어서."

다정한 음성이 태을의 뺨을 간지럽혔다. 곤이 닿아 있는 이
마가 뜨끈거리는 기분이었다. 태을은 조금 불만스럽게 중얼
거렸다.

"처음 아닌 것 같은데."

"뭐가, 연애? 왜 검색해도 안 나와?"

태을은 휙 이마를 떼내며 돌아섰다.

"요린 왜 이렇게 잘해. 라면 끓여주나 했더니."

"맛없다더니."

"맛있었어. 그래서 직접 했단 거 거짓말인 줄 알았지."

"노상궁이 요릴 가르쳤어. 기미하지 않아도 되는 유일한 음식은 내가 한 거니까."

태을이 한 발짝 떨어졌을 때, 곤은 아무렇지도 않게 물었다.

"검색해봤던데? 금친왕 이림."

대한제국 사람이라면 역적 이림을 모두 알고 있으니 태을도 어렵지 않게 알아냈을 것이다. 금친왕 이림이 누구인지, 그 밤이 어떠하였는지. 역시나 태을의 표정이 곧바로 어두워졌다.

"진짜 잘…… 컸던데."

"이제 다 알았겠네? 자네가 어떤 루트 앞에 서 있는지."

태을의 시선이 희미하게 남은 곤의 상처로 향했다. 아팠겠지, 아팠을 것이다. 어린아이가 견디기에 너무 잔인한 일이었다. 태을은 상상도 되지 않았다. 상상하면 당장 고통이 밀려오는 것 같았다. 아버지를 죽이고, 나의 목을 조르는 혈육이라니.

"나의 지옥이자 나의 역사야. 내 아버지를 시해하고 내 목을 조른 자의 욕망이 내 몸에 그어놓은."

"……."

"그래서 난 당숙의 염려와 노상궁의 눈물 속에 컸어. 그게 노상궁이 자네에게 친절하지 않은 이유야. 섭섭해 말라고."

잠시간은 억울했다. 그러나 충분히 이해할 수 있었다. 태을은 가만히 끄덕였다.

"그게 다야? 이 정도 사연이면 안아준다거나 안아주겠다거나 둘 중 하난 해야 하는 거 아닌가?"

"신분증은 안 보여줄 거야?"

"말 돌리지……."

"나 이제 가야지."

"안 보낼 건데. 자네 여기서 살아야 돼."

억지라는 걸 말하는 사람도, 듣는 사람도 알고 있었다. 서로에게는 각자의 삶이 있었다. 태을은 하룻밤, 아니 이틀 밤 정도 남들은 가보지 못하는 곳으로 여행을 온 것뿐이었다. 곤이 아니었더라면 택하지도 않았을 여행지였다.

반복해 말하는 곤의 음성이 점차 무거워졌다.

"진짜 안 보낼 건데. 내 명 한마디면, 자네 못 가는데."

곤의 아쉬움이 절절하게 느껴졌다. 그의 아쉬움이 태을을 서글프게 했다. 자신을 걱정해주는 사람도, 아끼는 사람도, 좋아해주는 사람도 많은데, 그런데도 곤은 외로운 것 같았다. 그 외로움을 덜어줄 수 있는 사람이 이십오 년 전이나 지금이

나 이 세계의 존재가 아닌 자신이라는 게 태을을 안타깝게 했다. 자신이 곤의 0이라는 게, 그런데 어느새 자신도 곤에게 0이 되고 싶다는 게.

뭔지 하나도 모르겠다. 전부 모르겠는데도 곤의 눈을 보고 있으면 그저 끄덕이고 싶었다. 커다란 눈에 언제든 눈물방울 같은 게 맺힐 것만 같아서 태을은 그런 일이 일어나지 않게 만들고 싶었다. 한 나라를 지탱하는 황제가 태을에게는 언제든 상처 입을 수 있는 순수한 소년처럼 보여서.

어느새 곤이 불 위에 올려놓은 솥에서 김이 모락모락 피어오르고 있었다. 곤은 불을 끄고 고기와 야채를 얹은 솥밥을 태을의 앞에 가져다 놓았다.

"천천히 먹어. 이거 다 먹으면 신분증 보여줄게."

태을은 가지런히 놓인 숟가락을 들었다. 어쩐지 힘이 잘 들어가지 않았지만, 상을 차려준 사람을 위해서라도 맛있게 먹는 모습을 보여줄 마음이었다.

"잘 먹을게."

"이 스테이크 솥밥이 내 필살기야. 이걸로 안 넘어온 사람 없어."

한 입 먹어보니 자부심을 가질 만했다. 억지로 맛있는 척할 것도 없이 맛있었다.

"누구 해줬냐고 물어야지. 질투하라고 한 얘기잖아."

"……어차피 못 이기니까. 그게 누구든, 이 세계 사람일 테니까."

열심히도 밥을 먹으며 태을이 말했다. 태을이 속내를 드러낼 때마다 곤은 어딘가에 찔리는 기분이었다. 곤은 주머니에서 신분증을 꺼내 태을의 앞에 놓았다.

"자네가 여기 온 내내 가지고 다녔어. 보여주면 간다 그럴까봐 못 꺼냈지. 근데 자네 세계보다 더 멀리 가고 있으면 어떡해. 일단 확인해봐."

태을은 재빨리 신분증을 집어 살폈다. 태을이 새로 발급받은 신분증보다 조금 낡았지만, 분명히 자신의 것이었다. 2019년 11월 11일, 발급일도 선명했다.

"……남색 재킷, 맞네. 내 신분증이, 맞아. 근데 말이 되나 이게. 분명히 내 건데, 이십오 년 전부터 여기 있었다고?"

"누군가가 흘리고 갔어. 근데 기억이 점점 흐릿해져서, 내가 그를 알아볼 수 있을지는 모르겠어. 근데 꼭 한 번은 내 앞에 나타날 것 같은 느낌이 들어."

"……왜?"

"그가 이 모든 일의 시작이거나, 끝일 테니까."

"……!"

"풀기 어려운 문제 같지만 분명 간단하고 아름다운 식이 있을 거야. 자넨 내가 찾던 답이고 이제부터 하나하나 증명해볼

게. 그게 누구든, 어느 세계 사람이든, 자네가 이겼거든. 그러니까, 그렇게 혼자 작별하지 마."

무엇을 어떻게 하겠다는 것인지 태을은 알지 못했다. 그러나 소년 같던 남자는 금세 강인한 사내의 얼굴을 하고 있었다. 곤과 태을은 잠시간 서로를 애틋하게 마주 보았다. 희망과 불안이, 자조와 고독이 찰나에 스쳐 지났다.

그때, 영이 다급히 들어왔다.

"폐하. 구총리가 NSC(국가안전보장회의)를 소집했습니다."

∞

동해안 한·일 중간 수역에 중국 어선 한 척이 안개와 너울에 조난을 당해 인근에 있던 대한제국의 이순신함에 구조를 요청했다. 남의 해역에 넘어와 어업 활동을 한 것은 차후에 물을 문제였다. 일반 어선이니 우선은 구조하기로 결정했었다. 그런데 그게 문제가 된 모양이었다.

이순신함이 어선 수색을 위해 가동한 탐색 레이더를 일본 쪽에서 대한제국의 공격 의지로 받아들인 것이다. 받아들였다기보다는 그렇게 해석해버린 것이겠지만.

어쨌든 그를 구실로 일본은 이지스함을 기함旗艦으로 하는 일본 해군 편대를 독도 남남동쪽으로 이동시키고 있었다. 이에 서령이 긴급 NSC를 소집하고 강경 대응을 예고했다. 집무실에 들어서며 곤은 영에게 계속해 상황을 보고 받았다. 대한제국 해군은 경고 방송을 진행 중이라고 했다.

일전에도 있었던 일이다. NCS에서는 강경하게 대응해야 한다는 구총리와 예전처럼 대충 회유해서 보내자는 의견으로 갈리고 있을 것이다.

"중국 어선은, 구조했고?"

"현재까지 구조 중이랍니다. 동해상의 기상이 매우 안 좋은 상태입니다."

곤은 끄덕이며 노상궁에게 전했다.

"내 손님의 소지품부터 가져와줘. 상황 설명은 내가 직접 할 테니, 두고."

"예, 폐하."

빠르게 지시를 내린 곤의 표정이 복잡했다. 일본과는 늘 정치적으로나 외교적으로나 첨예하게 대립해왔다. 두 번을 회유해 돌려 보냈는데, 이번에는 이지스함을 끌고 왔다. 중요한 결정을 해야 할 때였다. 바다가 내다보이는 높다란 섬 위에 궁이 세워진 것은 황제가 그런 결정을 내리기 위함이었다.

곧 서령과 전화가 연결됐다. 서령은 NCS에서 이미 의원들과 설전을 벌인 후였다. 서령의 목소리가 어느 때보다 굳어 있었다.

―현재 일본 해군의 이지스함 외 다섯 척이 대한제국 영해로 전속 항행 중입니다. 저는 전투 준비를 지시했습니다, 폐하. 물론 반대의 목소리도 높습니다.

군 통수권자는 황제였다. 황제의 승인이 있어야 전투도 가능했다. 곤은 느릿하게 눈을 감았다가 떴다.

"국토 수호에 정치적 계산은 빼야 합니다. 그렇게 한 겁니까?"

―40만 장병과 9,000만 국민의 미래가 달린 판단입니다. 정치적 계산은 없습니다. 폐하.

"그런 판단이면 전 좀 다른 방법을 생각하고 있습니다."

―다른 방법이라고 하시면…….

"내 선조들께서 하신 방법대로."

―폐하!

"나라와 나라가 솔직하면 전쟁이 나는 겁니다. 일본이 이렇게 솔직하게 나오면 우리도 솔직해져야죠. 가만 안 둔다고. 내가 해군 대위로 군복무를 마친 건 아실 겁니다. 일본은 우리 영해에 일 센티도, 일 미리도 들어올 수 없습니다."

짧은 침묵 사이로 지독한 긴장감이 일었다. 황제는 자신의 책임과 의무만큼이나 무거운 결단을 내린 후였다.

∞

상의원에 들러 곤은 옷을 갈아입었다. 오랜만에 입어보는 해군 제복이었다. 옷매무새를 만지는 노상궁의 손이 작게 떨렸다. 그러나 다른 일이라면 모를까, 대한제국을 위한 황제의 결정에 말을 얹을 수는 없었다. 설령 노상궁이라고 하더라도.

노상궁은 근심을 삼키며 말했다.

"……폐하. 경황 중에 송구하오나, 궁에서 물건 하나가 손을 탔습니다. 그 손님의 신분증이 사라졌습니다."

태을의 소지품을 보관해두었던 곳에서 신분증만 사라져 있었다. 태을을 숨기느라 CCTV도 꺼놔 누가 가져갔는지 제대로 확인조차 안 됐다. 잠시 생각하던 곤은 노상궁을 조용히 불렀다.

"노상궁. 이상하게 들리겠지만, 자네에게 지금 다 설명할 수도 없지만, 어쩐지 일어날 일이 일어나고 있단 생각이 들어. 이십오 년 전부터 시작된."

"……왜 그런 밑도 끝도 없는 말씀을."

"자세한 건 다녀와서. 지금은, 무운武運을 빌어줘. 자네의 다른 부적은 퍽 효험이 있었거든."

"그 부적…… 꼭 지니고 가십시오. 실은 그 부적, 그리 쓰이는 부적입니다."

지극한 노상궁의 염려가 느껴져 곤은 피식 웃었다. 노상궁의 염원이 깊어서라도 자신은 무사할 것 같았다. 그때, 제복으로 갈아입은 영과 함께 떠날 준비를 마친 태을이 들어왔다. 떠날 준비랄 것도 없었다. 내놓았던 소지품을 돌려받고, 처음 입고 왔던 옷으로 갈아입으면 그만이었다.

태을은 새하얀 해군 제복을 입은 곤을 떨리는 눈으로 바라보았다. 먹먹한 눈으로 태을을 보던 곤은 제가 가지고 있던 신분증을 태을에게 내밀었다.

"이걸로 줄게. 이렇게 자네에게 갈 거였나봐. 곤란해지진 않겠지?"

태을은 가볍게 고개를 저었다.

"해군이었어?"

"삼 년 복무했고, 대위로 전역했고. 믿을지 모르겠지만 내가 대한제국의 군 통수권자야."

"믿어."

"이제야."

두 사람은 불안을 감추며 마주 웃었다.

"일본과는 전시 직전이라더니 이런 상황이었구나, 대한제국은."

"황실은 가장 명예로운 순간에 군복을 입어. 이기고 오겠단 얘기야. 명예롭게 돌아와서, 금방 갈게."

주름 하나 잡히지 않은 깨끗한 제복 소매를, 태을은 붙잡고 싶어졌다. 처음부터 아예 가지 않으면, 돌아올 일을 기다리지 않아도 된다. 그런 생각은 용감하려고 형사가 되기로 한 태을에게는 어울리지 않는 생각이었다. 태을은 마른침을 삼켰다.

"……온다고?"

"기다려줄 건가?"

"또 보자. 이곤."

태을에게 불린 자신의 이름은 낯설고도 황홀했다. 곤은 가슴 깊이 제 이름을 새겨 넣었다.

"부르지 말라고 지은 이름인 줄 알았는데 자네만 부르라고 지은 이름이었군."

혼자만 아는 비밀

태을은 곤을 처음 만난 광화문 광장에 다시 서 있었다. 퇴근길의 사람들이 바쁘게도 광장을 지났다. 태을은 이순신 장군 동상을 올려다보았다. '드디어 자넬 보는군. 정태을 경위.' 그렇게 말하던 곤의 목소리가 바로 뒤편에서 들리는 듯했다. 태을은 휴대폰을 들었다. 통화 불가 지역이라고 뜨던 휴대폰은 이제야 제 기능을 하고 있었다. 곤의 세계에 있는 동안 받지 못한 메시지가 여러 개 떠올랐다. 그중에는 신재의 메시지도 있었다.

'심심하다. 당구.'

태을은 뒤늦게 답장을 보냈다.

'당구 누가 이김? 어디 다녀오느라 답장 늦음.'

'별일 없었으면 됐어. 당구는 장미가 이겼어.'

곧바로 신재에게서 답장이 도착했다. 거짓말 같은 원래의 일상이었다. 정말로 별일 없이 느껴지기도 했다. 곤은 지금쯤 바다 위에서, 전함 위에서 적들을 앞에 두고 새하얀 제복을 땀으로 적시며 한마디, 한마디에 국운이 달린 명령을 내리고 있을 텐데. 집으로 향하는 태을의 발걸음이 느릿했다.

집 앞에 도착한 태을은 활짝 열려 있는 대문을 밀고 들어갔다. 이제야 익숙한 집에 도착했다. 태을은 주머니에서 봉투 하나를 꺼냈다. 상사화 꽃씨가 담긴 봉투였다. 대한제국의 서울에서 산 꽃씨였다. 곤이 차원의 문을 넘어 다시 태을을 데려다줄 때, 태을은 이 상사화 씨앗을 바람도, 비도, 태양도, 시간도 없는 공간에 뿌렸다.

아무도 꽃씨를 뿌린 적 없다면, 꽃이 피어날지도 아무도 모르는 것이다.

태을은 마당에서 빈 화분 하나를 찾았다. 작은 화분에 남은 꽃씨를 곱게 심으며 태을은 어디서든 상사화가 피어나길 바랐다.

"너 다른 세계에 왔다고 안 피고 그럼 못 써. 네 친구들은 지금 더 혹독한 곳에 있다고."

곤은 금방 온다고 말했다. 태을은 또 보자고 했고. 그러니 태을은 곤을 기다릴 것이다. 태을은 조심스럽게 씨를 덮은 흙을 토닥였다.

∞

 생각보다 곤을 기다리는 날이 길어지고 있었다. 금방 오겠다더니. 태을은 자판기에서 뽑은 커피를 들고 강력 3팀 사무실로 걸었다. 뒷주머니에 꽂아 넣은 휴대폰에서 메시지 알림음이 들렸다. 어차피 광고 문자일 거란 생각에 태을은 굳이 손을 쓰지는 않았다. 대신 단맛이 강한 커피를 한 모금 홀짝였다.

 해의 길이는 매일 짧아지고 있었지만, 누군가를 기다리는 사람이 으레 그렇듯 휴대폰을 붙잡고 있을 필요는 없었다. 곤은 1과 0 사이를 지나, 그 너머에 있는 사람이므로 그의 세계에서 어떤 일이 일어나는지는 알 수 없었다. 태을은, 조금은 둥글어진 세계에서 오로지 기다렸다. 일상을 보내면서.

 종이컵을 책상에 내려놓고, 태을은 노트북에 USB를 꽂았다. 김만복 사건은 아직 진행 중이었고, 이상도의 2G 폰에서 복원한 음성 메시지를 마저 분석하기 위해서였다.

 이어폰에서 아나운서의 목소리가 흘러나왔다.

 ―준공부터 많은 화제를 불러일으켰던 K 스타디움은 지하

2층, 지상 4층, 관람석 16,890석을 보유한 우리나라 최초의 돔 구장으로……

잠시 음성을 멈추고 태을은 인터넷에 K 스타디움을 검색했다. 뉴스가 나왔다면, 검색이 되는 게 당연할 텐데 관람석 16,890석의 돔구장에 관한 기사는 찾아볼 수 없었다. 이런 돔 구장이 생겼다면 태을도 소식 정도는 알고 있을 법한데 처음 듣는 얘기긴 했다. 도대체 어느 뉴스를 녹음한 건지 모르겠다.

식어가는 커피를 한 모금 더 마시며 태을은 미간을 찌푸렸다. 아무리 들어도 뉴스인데 검색해서는 나오지 않는 뉴스다. 애초에 소리샘에 뉴스를 녹음한 것도 이상했다. 태을은 마침 사무실로 들어오는 장미를 불렀다.

"장미, 너 사람 찾는 거 좀 해봤어?"

"제가 또 가출 청소년부터 가장, 주부, 강아지까지 가출 전문입니다."

"이상도 부인 수배 좀 하자. 애들이 어렸어. 분명 전학시키려고 할 거야."

"교육청에 공문 넣고 내일 출근 전에 들렀다 오겠습니다."

여기서 더 진척이 없으면, 이상도 살해 사건의 범인은 김만복으로 정리될 것이다. 태을은 다시금 이어폰을 귀에 꽂았다.

문득 책상에 올려놓은 십만 원권 지폐가 눈에 들어왔다. 곧

의 얼굴이 새겨진 지폐였다. 한참 지폐 속 곤의 얼굴을 바라
보던 태을은 고개를 젓고는 지폐를 잘 챙겨 서랍에 넣었다.

—태국 수쿰윗 지역에 재활의학과 전임의 및 연구원을 파
견했다고 7일 밝혔습니다. 이 사업의 수장인 이종인 교수는
효과적인 연수 프로그램 개발·연구를 통해……

조금 전 들었던 파일을 다시 듣던 태을은 급히 정지 버튼을
클릭했다. 그리고 뒤로 돌아가 파일을 다시 재생시켰다. 이종
인 교수. 잘못 들은 게 아니었다. 흔하지만은 않은 이름이었
다. 태을은 기묘한 기분에 휩싸였다. 어쩐지 심장이 머리보다
먼저 반응하며 빠르게 뛰었다.

이종인 교수. 그 이름을 본 건 대한제국에서 곤에 대해 검
색해볼 때였다.

곤을 검색하다 보니 연관 검색어에는 금친왕 이림뿐 아니
라 이종인 교수 또한 있었다. 군호는 부영군部寧君, 대한제국
서열 2위, 해종황제의 조카이자 인평군의 장자. 평범한 서민
가정의 여성과 결혼 후 슬하에 두 아들을 두었으며 자녀들은
어렸을 때부터 해외에 머물게 하고 귀국은 물론 일시 방문까
지 자제시킨 일화가 유명하다고…… 그렇게 쓰여 있었다. 곤
에게 가까운 혈육이라 몇 번이나 읽었었다.

"해종황제의 조카……."

중얼거린 태을은 기막힌 우연의 일치로 이름도, 하필이면

직업도 의학교수로 같은 것이리라 생각하며 파일을 뒤로 돌렸다.

—우리나라 최초의, 북부 K 스타디움.

태을은 귀를 의심했다. 그러나 아나운서는 또렷하게 발음하고 있었다.

"북부……."

반복적으로 '북부'라는 목소리가 들려왔다. 대한민국에는 남한과 북한이 있지 남부, 북부는 없었다. 남부와 북부로 나누는 건 대한제국의 일이었다. 태을은 놀란 채 자리에서 일어섰다. 의자 끌리는 소리가 고막을 날카롭게 스쳤다.

∞

푸르게 어스름이 깔린 새벽의 바다 위. 대한제국의 군함과 마주 보고 있던 일본군의 함대가 머리를 돌려 동쪽으로 이동하며 대한제국 영해에서 점차 멀어졌다. 맨 앞에 위치한 이순신함 위로 태극기가 휘날렸다.

대한제국 총리 관저에서는 이른 아침부터 브리핑이 진행 중이었다. 국내 언론은 물론 각종 외신 기자가 몰려들었다. 대한제국 황실의 어기(왕의 깃발)가 군함 위에 올랐다. 황제가 직접 군함에 올랐다는 뜻이었다. 세계적인 관심이 쏟아질 수밖에 없었다. 터지는 플래시 세례 속에서 서령은 당당하고 단호했다.

"일곱 시 사십 분 현재."

서령의 목소리를 받아 적는 키보드 소리가 정신없이 울렸다.

군함에 오른 황제는 물러섬 없이 영해를 침범한 일본 해군을 향해 경고 사격을 진행했다. 자칫하면 격파 사격으로 간주되어 전쟁으로 번질 수도 있었다. 그러나 황제는 물러섬이 없었고, 자존심도 바다도 지켜냈다.

"일본 해군 함대는 우리의 영해 밖으로 완전히 물러났습니다."

높은 파고도 황제를 막을 수는 없었다. 황제는 기꺼이 대한제국의 자부심이 되었다.

"조국을 위해 용감히 싸워준 장병들과 황제 폐하께 존경을 표합니다. 일본은 조속한 사과와 배상에 대한 입장을 밝혀야 할 것이며, 대한제국은 같은 상황이 오더라도 국제법을 준수하고 그 의무를 다할 것입니다. 대한제국은 일본의 공식 사과가 이뤄지기 전까지 일본에 대한 희토류 수출을 전면, 중단합니다."

마침표를 찍고 단상 아래로 내려오는 서령을 향해 더 많은 플래시가 터졌다. 서령은 김비서의 보좌를 받으며 걸음을 빨리했다.

집무실로 들어서는 서령의 발걸음은 승리, 그 자체였다. 김비서가 태블릿 PC 화면을 확인하며 기쁨에 찬 목소리로 보고했다.

"총리님 지지율 그래프가 아주 끝내줍니다. 분 단위로 급상승하고 있습니다."

"하늘이 도와 난세亂世를 만났어. 그간 너무 태평성대였잖아, 쓸데없이."

누가 들을 새라 아무도 없는 주변을 힐끔거린 김비서는 얼른 다른 소식을 전했다.

"제가 상의원에 근무하는 궁인 하나를 포섭했거든요. 그런데 최근에 궁에 의문의 게스트가 한 명 있었답니다. 이례 없이 보안이 철저해서 궁인들도 얼굴은 못 봤다는데, 폐하께서 데려온 여자로 추측된답니다."

만족스러운 미소를 짓던 서령의 입가가 그대로 일그러졌다. 누군지 말 안 해도 알 것 같았다. 황실 헬기를 타고 떠나던 맑게 생긴 여자.

"난 봤어."

"예?"

"다음 주 국정 보고는 꼭 대면으로 하겠다고 전달하고 그전에 뭐라도 알아내. 뭐라도."

심상치 않은 분위기에 김비서는 곧장 고개를 숙였다. 더 이상 집무실에 승리의 기쁨은 남아 있지 않았다.

∞

바다 위에서 짧고도 긴 시간을 보내고 곤은 마침내 환궁했다. 며칠 만에야 편안한 옷을 입고 편안히 의자에 등을 기댈 수도 있었다. 곤은 서재 의자에 깊숙이 몸을 묻으며 피곤한 눈을 감았다가 떴다. 일촉즉발의 상황, 신경줄을 팽팽하게 한 채로 배 위에서 보낸 시간들은 확실히 고단했다.

일단 당분간은 일본 쪽에서도 몸을 사릴 테지만, 앞으로는 또 모를 일이었다. 일차적으로 중국 어선으로 인해 발생한 일이니 중국 쪽에서도 연락을 해올 것이다. 서령 쪽에서 일을 나누겠지만, 마무리할 것들이 남아 있다고 생각하니 조금 더 피곤해졌다.

이내 몸을 바로 일으켜 세운 곤은 책상 위에 올려두었던 휴대폰을 집어 들었다. 하룻밤, 태을에게 빌려주었던 휴대폰이다. 메모장, 사진첩을 차례로 열어 보았지만 태을의 흔적은 오직 검색 기록뿐이었다.

"진짜 검색만 했네. 뭐라도 하나 남겨놓고 가지."

곤이 아쉬운 목소리로 중얼거리던 때였다. 상의원 궁인인 규봉이 잠시 뵙기를 청했다. 규봉의 손에는 투명한 비닐에 담긴 머리끈이 있었다. 사용감이 있는 머리끈이었다.

"폐하께서 다녀가신 후에 상의원에서 발견했습니다. 그런데 제가 아직 모르는 것이 많아서 이것이 폐하께서 흘리신 것 같기도 하고 아니신 것 같기도 하고."

물끄러미 머리끈을 확인한 곤은 웃었다. 무엇 하나, 태을이 남겨둔 게 있었다는 사실이 좋았다. 곤은 머리끈을 버리지 않고 챙긴 규봉을 칭찬했다. 그리고 태을의 머리끈을 손목에 걸었다. 허전하던 마음이 조금은 채워지는 것 같아서 다행이었다.

문제는 태을의 신분증이었다. 노상궁은 여전히 태을의 신분증을 들고 사라진 야객夜客을 찾고 있었다. 그것이 왜, 갑자기 사라졌을까. 곤은 잠시 생각하다가 아직 연락 없는 종인을 떠올렸다. 종인에게서 답을 듣고 싶었다.

침전에 들어서며 곤은 노상궁에게 종인의 소식을 물었다.

"당숙께선 혹시, 연락 없으셨어?"

"학회 가셨다 오늘 귀국하셨습니다. 폐하 무사히 환궁하셨다 전화 드렸더니 그럼 되었네, 하시고 끊으셨고요."

조금 더 기다려야 할 것 같았다. 곤은 가만히 끄덕이다가 노상궁에게 물었다.

"자넨 내 모든 음식을 기미하고, 옷감 하나, 가구 하나, 궁으로 들어오는 모든 물품을 검사하고 궁을 드나드는 모든 사람을 의심하며 나를 지켰어."

노상궁은 놀라 고개를 들었다. 곤이 할 얘기가 쉬이 짐작되지 않았다.

"그리고 자넨, 식적도 지켜줬어. 채찍에 숨겨서. 이유를 물어도 될까?"

'그 밤'의 이야기였다. 노상궁으로서는 다시 꺼내고 싶지 않은 이야기, 제 소중한 주군의 상처였다. 그러나 곤은 담담해 보였고, 주군이 물으니 신하는 답을 하는 것이 도리였다.

"당연했습니다, 폐하. 그 역모의 밤에 역적 이림이 기어이 얻고자 한 것이 그 식적이었으니 지켜야지요. 감춰서 내주지 말아야지요. 해서 이림의 사체가 발견되었을 때 제일 먼저 나머지 반 동강부터 확인했으나 없었습니다. 사체가 바다에 상당기간 흘러 다녔다 하니 동해 용왕님께 돌아갔구나, 그렇게 전설에 기대고 보니 마음이 놓였습니다."

어린 곤이 국장을 치르는 동안 그가 쥐고 있던 반쪽짜리 식적은 노상궁이 숨겨 간직하고 있었다. 이후에 노상궁은 곤이 발견한 신분증과 함께 그것을 곤에게 건네주었다. 곤은 자신과 황실을 위해 평생의 시간을 바친 노상궁에게 고마웠다. 그렇기에 노상궁에게도 진실을 알려주어야 한다고 생각했다. 다만, 저조차 아직 진실을 손에 다 잡지 못했다. 그래서 노상궁이 애가 타는 것을 아는데도 갑작스러운 외출의 행선지를, 태을의 존재를 말할 수가 없었다. 곤은 낮은 목소리로 말했다.

"나도 전설에 기대보는 중이야. 그래서 당숙을 기다리는 중이고."

"……."

"내 얘기가 자세하지 않은 이유는 숨기는 게 아니라 아직 몰라서야. 그러니까 자넨 야객을 찾아줘. 내가 다른 걸 찾는 동안."

"……예, 폐하. 찾아내겠습니다."

노상궁은 믿음직스러운 황제 앞에 깊이 고개 숙였다.

∞

이상도의 2G 폰 속에 녹음되었던 음성의 출처가 대한제국의 뉴스라는 것을 알아낸 이후, 태을은 크나큰 혼란에 빠졌다. 어떤 식으로 수사를 진행해야 할지조차 감이 잡히지 않았다. 모든 것이 뒤죽박죽이었다. 혼자서 끌어안은 문제라 더 막막했다. 신재라면, 태을의 미친 소리를 믿어줄 수도 있을 것 같았다. 그러나 말하는 것도 어느 정도 정리가 돼야 가능했다.

그렇게 이상도 사건이 미궁에 빠진 사이에도 새로운 사건은 계속해서 벌어졌다. 관내에서 벌어진 또 다른 살인 사건은 26세 여성, 하은미 살인 사건이었다.

목에 자상이 두 군데, 집에서 반듯하게 누운 자세로 불시에 습격을 당했다. 최초 신고자는 함께 사는 장연지라는 친구였고, 가장 유력한 용의자는 남자친구인 박정구였다. 혈흔을 묻히고 집 밖으로 달려 나가는 모습이 CCTV에 포착되었기 때문이다.

게다가 찾아보니 연락 두절이었다. 도주한 게 분명해 보였다. 장연지도 용의선상에서 완전히 벗어난 것은 아니지만, 일단 피해자 사망 시각에 편의점에 있었다는 알리바이는 확보된 상황이라 우선 강력 3팀은 박정구를 수배하고 찾는 데 집중하기로 했다.

그 일로 태을과 신재는 벌써 며칠째 잠복근무 중이었다. 박정구의 SNS에서 알아낸 박정구의 단골 술집이 있는 골목이었다. 밤거리는 휘황찬란한 네온사인이 정신없이 반짝였다. 그 환한 빛의 그림자 같은 어둠 속에서 태을과 신재는 지나는 사람들을 집요하게 눈으로 쫓았다.

그럼에도 박정구의 머리카락 한 올도 아직 찾지 못했다. 오늘도 허탕이었다. 날이 밝아 골목에서 빠져 나오며 태을은 늘어지게 하품을 했다. 이대로 운전자를 두고 잠들 수는 없어 태을은 문득 지나쳤던 이야기를 꺼냈다.

"근데 형님은, 진짜 형사 안 했음 뭐 했어? 집 안 망했음 형사 안 했을 거 아니야."

"……했어."

평행세계에서 신재는 형사가 아니었다. 집이 망하지 않아서 형사를 안 했을 거라 간단히 결론 내렸었다. 태을이 의아해 물었다.

"했다고?"

신재는 말없이 핸들을 쥐었다. 어두운 차 안에서 너무 오래 시간을 보내서 그런지 창밖으로 밝아오는 아침이 어색하게 느껴졌다. 신재는 아홉 살, 산소 호흡기를 쓴 채 병원에 누워 있던 때를 잠시 떠올렸다. 자신이 깨어났을 때, 의사를 찾던 엄마의 비명 같은 부름이 귀에 선명했다. 자신을 둘러싸고 있던 병원의 공기도.

"왜?"

태을이 한 번 더 재촉했을 때 신재는 입을 열었다.

"언젠가…… 누군가 나한테, 넌 누구냐고 묻는 순간에, 내 손에 든 게 총이길 바랐거든. 지금은…… 그 누군가가 아는 얼굴만 아니길, 제발 낯선 얼굴이기만 바라고."

"뭔 소리야. 형님이 누군데."

아무것도 몰라 순진한 태을의 얼굴을 옆눈으로 훑으며 신재는 입을 다물었다.

"큰길에 내려준다. 졸려."

"뭔 말을 하다 말어. 뭔데, 무슨 일 있어?"

그건 신재가 태을에게조차 말 못한 과거였다. 신재는 태을의 집 앞마당에서 보았던, 마구에 그려져 있던 오얏꽃 문양을 떠올렸다. 제 황실의 문양이라고 하던 곤의 답변이 떠올라 신재는 거기에서 생각을 멈추고 말을 돌렸다.

"넌 그 공상과학은 언제 되는데, 아직이야?"

이상도 사건을 말하는 것이었다. 지금은 공상과학 수준이어서, 과학 정도로 정리가 되면 신재에게 말하겠다고 했었다. 태을은 머뭇거리며 고개를 저었다.

"뭐 아직 좀……. 큰길에 내려줘. 가서 좀 자."

다시금 제 생각에 빠진 태을을 힐끔거리며 신재는 길가 쪽에 차를 세웠다. 그러고 보니 어느 순간부터 곤이 보이지 않게 되었다고 생각하며.

집으로 들어가기 전, 태을은 나리의 카페에 들렀다. 막 카페 문을 열고 재료를 정리하던 나리가 태을을 맞았다.

"왔어?"

나리를 본 태을의 눈이 커졌다. 언제 잘랐는지 나리의 머리가 짧아져 있었다. 머리 스타일이 비슷해지니 완전히 곤의 궁에서 일하던 승아와 똑같았다. 태을의 반응에 나리가 카운터 한편에 있던 거울을 확인했다.

"왜, 그렇게 이상해? 손님들이 이쁘댔는데?"

"아, 놀래가지고 손에 땀나네. 딴사람인 줄 알았잖아."

"나 이맘때면 도지는 지병 있잖아, 단발병. 가발로 시뮬레이션 해봤지. 근데 긴 머리가 낫지?"

다행이라고 해야 할까. 머리칼을 자른 건 아니고 가발이었던 모양이었다. 태을은 끄덕였다.

"근데 요새 은근슬쩍 뜸하다? 어디 다른 카페 가니?"

"아부지보다 네가 낫다. 아부진 나 외박한 줄도 모르던데."

"이 언니 없던 허세가 생겼네? 누가 잠복을 외박이라고 하니. 일이라고 해야지."

대꾸하며 나리는 태을이 주문한 핫초코를 준비했다. 분주하게 움직이는 나리를 보며 태을은 멍하니 혼잣말처럼 중얼거렸다.

"잠복 아니고, 나 진짜 어떤 남자 집에서 외박했었어."

동백섬 위에 세워진 커다란 궁, 대한제국에서의 한 장면, 아름답고 신비했다. 그 세계에 있던 곤도. 하루는 그곳이 현실 같았다가 하루는 꿈 같았다. 기억이 흐릿해져서 어느 날에는 그냥 꿈이 될까봐 태을은 기억을 곱씹었다.

"집이 엄청 크더라."

"경사 났네."

핫초코를 내밀며 나리가 답했다. 태을이 피식 웃으며 핫초코를 한 모금 마셨다.

"근데 나리야. 만약에 또 다른 세상이 있어. 근데 거기 너랑 똑같이 생긴 사람이 있어. 그 사람을 만나게 되면 넌 어떨 거 같아?"

"도플갱어 말하는 거야? 당연히 죽여야지."

"야! 너는 형사 앞에서 못하는 소리가 없어."

"도플갱어는 원래 둘 중 하나는 반드시 죽어. 그게 우주의 룰이야."

"왜…… 왜 그게 룰인데?"

"원래 하나만 있어야 할 게 둘이 있으면 혼란스러워지니까. 이 골목에 카페는 여기 하나면 되고, 태권도장은 영웅호걸 하나면 충분해. 세상엔 균형이 필요하거든."

"……."

"언니, 나사NASA가 우주인의 존재를 왜 숨기겠어. 세계가 둘이잖아? 그럼 반드시 한 세계가 다른 한 세계를 멸망시켜. 그게 우리 쪽은 아니어야지."

세계가 둘이면, 반드시 한 세계가 다른 한 세계를 멸망시킨다. 태을은 나리의 말을 곱씹었다. 곤이 어서, 오면 좋을 것 같왔다. 지금이라도 문 밖 마당 앞에 맥시무스와 함께 나타났으면 싶었다. 혼자서만 아는 비밀이 무거웠고, 쓸쓸했다.

꽃
이
피
지
않
아
도

　고즈넉한 분위기의 은행나무 정원에 곤과 종인이 나란히
서 바람에 나부끼는 나뭇잎을 눈에 담았다.
　"학회는 잘 다녀오셨습니까."
　"망했지요. 폐하께서 전장에 계신데 발표가 눈에 들어왔겠
습니까."
　종인의 진심 어린 농담에 곤이 슬며시 미소 지었다.
　"강녕하셔야 합니다. 제겐 당숙뿐인 걸 아시지 않습니까."
　"그래서 참으로 애틋하고 슬픈 생生입니다. 저도, 폐하도."
　쓴맛이 진하게 배어 나왔다. 곤은 머리칼이 희끗하게 다 샌
종인을 가만히 보았다.

"그래서 전 폐하께서 그 일에 대해 평생 묻지 않으시길 바랐습니다. 허나 언젠간 폐하께서 제게 물으실 것도 알았습니다. 역적 이림의 진짜 사인에 대해."

종인은 주머니에서 홀로 고이 간직해오던 검푸른 봉투를 꺼냈다. 이림의 진짜 사인이 적힌 검안서였다. 이림의 자살을 사살로 꾸민 것이 마음에 걸리는 게 아니었다. 그건 황실을 지키기 위한 방법이었다. 종인이 오랫동안 무겁게 담아둔 진실은 이림이 자살한 것조차 아니라는 사실이었다.

"이림의 진짜 사인은 근위대에 의한 사살이 아닌 경추골절입니다. 목이 꺾인 후 바다에 던져진 겁니다. 이상하지요. 더이상한 건, 이림은 기골이 장대한 강골의 무인이었습니다. 허나 그 사체는, 선천적인 소아마비를 앓았던 병력이 보였습니다."

그 사체는 이림이 아니었다.

드디어, 드디어 제대로 마주한 진실이었다. 그러나 이마저도 정답을 내기 위한 증명 과정이리라는 걸 곤은 알고 있었다. 곤은 종인의 설명을 귀에 담으며 천천히 사체 검안서를 펼쳤다.

"외양은 말할 것도 없고, 지문도 혈액형도 똑같은 그 희한한 사체 앞에서 저는 혼란스러웠고, 그래서 그걸 숨겼습니다."

"……퍽 오래 숨기셨네요. 역모를 일으킨 역적을, 죽지도 않은 대역 죄인을 죽었다 숨긴 죄는, 결코 가볍지가 않습니다."

"예. 압니다, 폐하. 해서 사는 것이 천근만근이었습니다. 이제는 좀 내려놓고 싶습니다."

곤은 무거운 마음으로 종인을 보았다. 종인은 단지 정답을 알 수 없었을 뿐이고, 황실을 위한 쪽으로 진실을 감춰두었을 뿐이다. 스산한 바람이 두 황족의 몸을 스쳐 지났다.

"혹여 그 희한한 걸 증명하시게 되거든 제게도 꼭 알려주시겠습니까. 그 사체는 무엇이었을까, 평생 궁금했거든요. 자격은 없지만, 의사로서요."

종인이 떠나고, 곤은 쓸쓸히 홀로 선 채 생각했다.

가정은 사실이 되었다. 역적 이림이 살아 있다. 이림의 목적은 처음부터 식적이었다. 이림은 식적의 반을 얻었고, 이림에게 더해진 것은 다른 세계로 가는 문이었다. 이미 이십오 년 전에 지금의 곤에게 그랬듯, 이림에게도 열려 있었으리라. 그리고 식적의 반은 곤에게 있었다. 곤은 도달한 진실 앞에서 잠시 숨을 멈췄다.

노상궁의 염려가 현실이 되어 있었다. 이림은 살아 있고, 곤은 위험해졌다. 그는 반드시, 곤에게 있는 반쪽을 찾으러 오리라. 그렇기에, 노상궁의 염려는 틀린 것이기도 했다. 태을이 곤에게 위험한 것이 아니라, 곤이 태을에게 위험했다.

∞

늦은 저녁 일을 마치고 돌아온 태을은 집으로 들어가기 전, 마당부터 들렀다. 상사화 꽃씨를 심은 화분에 물을 주기 위해서였다. 화분을 내려다보며 쪼그리고 앉은 태을의 둥그런 등이 조그마했다. 불빛을 비춰 보아도 표면에는 흙뿐, 싹조차 돋아날 기미가 보이지 않았다.

"왜 안 펴……."

다른 세계에서 온 꽃씨라 꽃이 피지 않는 것 같아 괜히 섭섭했다. 꽃도 피지 않고, 곤도 오지 않아 작게 중얼거리는 태을의 목소리에 쓸쓸함이 어렸다. 한참 화분을 내려다보던 태을은 저린 다리를 툭툭 가볍게 두드리며 자리에서 일어났다.

"자네 잘 있었어?"

기다리던 목소리가 들려온 것은 그때였다. 태을이 뒤를 돌자 무채색 코트를 차려입은 곤이 태을을 부르고 있었다. 태을은 멍하니 고개를 끄덕였다.

"나 기다렸고?"

눈앞에 선 곤을 아득히 바라보며 태을은 또 한 번 끄덕였다. 대한제국에서 대한민국으로, 세계를 넘어와서 태을은 분명히 깨달았다. 1과 0의 사이가 얼마나 먼지. 태을은 가고 싶어도, 갈 수가 없었고 보고 싶어도, 볼 수가 없었다. 기다리는 것밖에 할 수가 없었다. 태을의 끄덕임에 마찬가지로 보고 싶었던 태을을 두 눈에 한가득 담아내고만 있던 곤이 웃었다.

"다행이다. 좀 무서웠거든. 혹시 자네가 내가 오지 않길 바랄 수도……."

곤의 말은 이어지지 못했다. 태을은 곤에게로 한달음에 내달렸다. 이제 자신이 할 수 있는 것이 있었다. 곤을 만질 수도, 안을 수도 있었다. 태을의 얼굴이 가슴에 와닿는 동시에, 곤의 심장은 거센 소리를 내며 떨어지는 것만 같았다.

곤은 다른 말 대신 태을을 두 팔로 감싸안았다. 서로의 온기가 서로에게 따듯했다.

제국에서의 시간은 짧았고, 헤어짐은 다급했다. 평범하게 안부 메시지 한번 주고받을 수 없는 차원 너머의 거리에서 걱정했을 태을에게 미안해서 곤은 조금 더 깊숙이 태을을 껴안았다. 할 수 있다면, 더 빨리 올 걸 그랬다고. 사실은 국정 보고까지 앞당겨가며 가능한 빨리 이곳에 온 것이면서도, 곤은 생각했다.

∞

긴 포옹으로 인사를 마치고 곤은 태을을 도장으로 이끌었다. 태권도장 주인의 딸은 태을이었는데 도장 열쇠는 곤에게 있었다. 태을이 집에 오기 전에 도착한 곤이 아버지에게 인사도 하고, 도장 열쇠까지 빌렸다는 사실에 태을은 의아해졌다. 굳이 도장 열쇠를 빌린 이유를 이해할 수 없어서였다. 도장에 들어와서야 태을은 그 이유를 깨달았다.

첫눈에는 은섭인 줄 알았으나 차림새나 서 있는 자세나 은섭이 아니었다. 영이었다. 태을을 마주한 영은 인사도 전에 태을을 거친 눈매로 노려보고 있었다. 이전에도 태을을 경계하는 빛은 뚜렷했지만, 이 정도로 적의를 드러내지는 않았었다. 태을은 미간을 찌푸리며 곤을 돌아보았다.

"진짜 조영이야? 조영을 여기로 데리고 온 거야?"

"불가항력이었어. 혼자는 못 보낸대서."

영을 이곳에 데리고 온 데에는 여러 이유가 있었지만, 우선은 그 이유였다. 대숲에서 영은 곤을 붙잡았다. 또 그 여자, 루나를 보러 가는 것이라면 보낼 수 없다고 영은 강경하게도 곤을 막아서고 있었다.

'루나'는 그제야 곤도 존재를 알게 된 이였다. 대한제국에도 태을과 같은 생김새를 한 사람이, 그렇게나 찾아 헤매던 이가 있었던 것이다. 조정 경기장에서 본 이도 역시 곤의 착각이 아니었다. 물론 그녀의 이름은 정태을도 아니고, 직업도 형사가 아니었지만. 루나는 조폭과 경찰에게 쌍방으로 쫓기는 범죄자였다.

영은 곤의 명령으로 조정 경기장에 나타났던 여자의 뒤를 쫓고 있었고, 영이 지금까지 알아낸 바에 의하면 그랬다. 루나와 태을이 같은 사람이라고 생각하니 당연하게도 영은 곤을 태을에게 보낼 수 없는 것이다. 두 사람이 다른 사람이라는 걸, 곤은 영에게 증명해 보일 셈이었다. 다른 두 세계가 있다는 걸 알려줄 셈이었다.

제국과 다른 풍경은 오는 길에 이미 많이 보았고. 태을을 맞닥뜨린 영은 혼란스러운 눈으로 도장 벽면에 걸린 것들을 보았다. 태을과 태을의 아버지가 함께 찍은 사진들, 태을과 신재가 찍은 사진들, 태을의 이름이 새겨진 표창장들. 누가 보아도 범죄자 루나는 아니었다. 그저 영이 아는 신분증대로 '정태을 경위'였다.

"이게 다, 무슨······."

마주한 진실 앞에서 영이 혼란에 빠진 건 당연했다.

"대체 여기가 어딥니까."

"하······. 그 심정 잘 알죠. 그쪽이나 나나 걱정이 태산이지만 일단은, 대한민국에 온 걸 환영합니다."

이런 쪽으로는 선배라고 해야 할까, 태을이 영을 안심시켰다. 영은 휴대폰을 내려다보며 휴대폰도 터지지 않는 현실에 당혹감을 감추지 못하고 있었다. 태을이 처음 제국에 왔을 때 보였던 반응과 다름없어서 곤은 피식 웃으며 영의 당황을 지켜보았다.

"영이 저런 모습 처음 봐. 당황하니까 엄청 귀엽네."

찔러도 피 한 방울 안 나올 것처럼 딱딱하던 영이 당황하는 모습은 태을도 새롭긴 했지만, 귀여워 할 정도는 아니었다. 곤이 영을 친동생처럼 여긴다고 생각하며 태을은 피식 웃었다.

"난 천하태평한 이모 씨가 더 귀엽네? 같은 얼굴을 턱 데려오면 어떡해. 들키기라도 하면 어떡할 거냐고."

"그래서 여길 빌린 거야. 그리고 영이는 막 들키고 그런 애 아니……."

곤의 말이 끝나기도 전에 벌컥 문이 열리며 은섭이 들어섰다. 평소와 같이 사회복무요원 점퍼를 걸친 헐렁한 차림새로 들어선 은섭은 곤을 보며 오랜만이라고 반색했다.

"어? 어쩐지 불이 켜져 있어가……."

뚝 끊긴 말 뒤로 곧장 비명이 울렸다. 은섭은 저와 완전히 같은 얼굴을 한 영을 보고 경악에 빠졌다. 그건 영도 마찬가지였다. 두 사람은 서로를 손가락으로 가리키며 말을 잇지 못했다. 곤이 난감한 얼굴로 설명에 나섰다.

"두 사람 초면이지, 서로 인사부터. 아, 구면으로 봐도 무리는 없을 듯한데. 암튼 이쪽은 나를 지키는 천하제일검 조영. 이쪽은 경찰서를 지키는……."

곤의 말이 다 이어지기도 전에 은섭이 그 자리에서 쓰러졌다. 태을이 놀라 기절한 은섭의 목덜미 단추를 푸르며 뺨을 두드렸다.

"야, 조은섭! 뭐해, 애 잡을 거야? 뭐? 영이는 안 들켜? 우리 은섭이도 쌍둥이들 태어나기 전까지 삼대독자로 나름 귀하게 컸거든? 뭔 일이라도 생기면 어쩔 거야!"

태을이 버럭 화내는 소리에 깬 은섭이 정신을 못 차리며 중얼거렸다.

"누나, 내 방금 내랑 똑같은 얼굴, 이, 여 있네! 여 있어. 이 뭐꼬! 나랑 똑같잖아. 아니, 그냥 내잖아! 니 뭐꼬!"

"넌 뭔데."

영과 은섭이 다시금 대치했다. 태을은 지끈거리는 관자놀이를 잠시 눌렀다.

"은섭아, 다 설명할게. 이게 평행세계 뭐 그런 건데, 놀라지 말고 일단."

"와, 씨, 몰랐는데 나 좀 생겼네!"

역시 조은섭이었다. 엉뚱하기로는 둘째가라면 서러웠다. 상식적으로 비상식적인 일을 설명하려 했던 태을은 입을 다문 채 은섭과 영을 번갈아 보았다. 멀쩡한 줄 알았던 영도 표정 하나 바꾸지 않고 대꾸했다.

"진짜 몰랐어? 어떻게 모르지? 주변에서 끊임없이 알려줬을 텐데?"

태을과 곤의 시선이 맞부딪쳤다.

잠시 후, 정신을 차린 은섭이 복슬한 제 머리를 헝클어뜨리며 중얼거렸다.

"와씨, 그럼…… 와…… 진짜 그게 다 사실이었다고요? 진짜 대한제국이 있고, 아더왕 행님이 진짜 거기 황제라꼬요? 와…… 그니까 니는 이 행님 보디가드네, 맞제."

"틀려. 넌 의무 병역 중이야? 여긴 징병제인가?"

사회복무요원 점퍼를 내려다보며 영이 물었다. 은섭의 눈이 휘둥그레해졌다.

"뭔 소리고. 설마 니 사는 데는 아니나?"

"우린 모병제야."

"진짜가! 그라믄 군대 안 가도 된단……."

두 사람의 대화를 듣던 태을은 한숨을 내쉬었다. 얘기가 길어질 것 같았다. 곤이 택한 도장은 다른 세계에서 온 이를 숨기기에 안전한 곳이 아닌 것 같았고.

그리하여 태을이 선택한 안전한 곳은 은섭의 집이었다. 은섭의 쌍둥이 동생들은 방학이라 집에 간 터라 은섭 혼자만 지내고 있었다. 모두를 이끌고 은섭의 집으로 간 태을은 은섭과 영이 한 세계에서 공존하기 위한 규칙도 정했다. 둘이 같이 있는 게 다른 이에게 발견되어서는 안 되기에 낮에는 은섭이,

밤에는 영이 각각 출입하기로 했다.

$$\infty$$

투덕대는 두 사람을 남겨두고 태을은 곤을 데리고 밖으로 나섰다. 휴대폰을 주기 위해서였다. 얼마나 머물게 될지는 몰라도, 대한민국에 있는 동안에는 적어도 곤과 자유롭게 연락할 수 있기를 바랐다.

곤이 대한민국에 있는 동안 종종 들렀던 치킨 집에서 태을은 맥주를 앞에 두고 새 휴대폰에 곤에게 필요한 번호들을 저장했다. 태을, 신재, 은섭, 나리, 태권도장까지. 몇 안 되는 번호를 저장한 후, 태을은 휴대폰을 곤에게 내밀었다.

"난 누구랑은 다르게 박봉에 십이 개월 할부로 산거니까 깨먹지 말고, 애지중지하고, 잘 받고. 이곳에서 필요한 번호는 다 저장해놨어."

"시기상으론 사놓고 기다렸는데……. 자네 형님 번호는 왜 주는 건데?"

자신이 없는 동안 휴대폰을 사놓고 기다렸을 태을이 애틋하고, 또 좋아서 웃던 곤의 입매가 단숨에 굳었다. 불만스럽게 묻는 곤에게 태을이 혀를 찼다.

"이 세계에서 어떤 상황에서도 이모 씨를 도와줄 다섯 명이야. 그중 가장 믿어도 되는 사람이 그 사람이고."

"자네가 아니고?"

"난 우리 국민이 먼저야."

믿지 않게 눈을 흘긴 곤은 곧장 통화 버튼을 눌렀다. 누구에게 갑자기 전화를 거는 건가 싶었던 태을은 이내 울리는 자신의 휴대폰에 눈썹을 올렸다. '이곤'이라 저장까지 해둔 번호가 화면에 떠 있었다. 어서 받으라는 듯 눈으로 재촉하는 곤에 태을은 어쩔 수 없이 통화 버튼을 눌렀다.

"자넨가?"

"끊어라."

"끊지 말지. 이런 거 꼭 해보고 싶었는데."

"이런 게 뭔데."

"자네와의 이런 일상, 이렇게 전화를 걸고 전화를 받고 그런 거."

"……"

"오늘 뭐 했냐고 물어도 보고, 난 자네가 참 많이 보고 싶었다고, 전해도 주고."

기다리는 동안 휴대폰을 사면서 태을이 했던 생각들이 곤의 입에서 나오고 있었다. 치킨을 든 아르바이트생이 두 사람이 앉은 테이블로 오고 있었다. 태을은 단숨에 답했다.

"나도."

태을의 답이 곤의 가슴을 빠듯하게 채웠다. 기쁜 마음이 흘러넘치면 이렇게 가슴이 두근거린다는 걸 곤은 새삼 깨닫게 되었다.

테이블 위에 올려진 치킨 한 조각을 집으며 태을이 말했다.

"다 먹으면 갈 데 있어."

"……?"

"오래전부터 계획했던 일상이야."

 태을이 계획한 일상은 사격장에 들러 새로운 사자 인형을 얻고, 밤거리를 산책하는 일상이었다. 태을은 주어진 일곱 발 중 일곱 발을 모두 과녁에 명중시키며 곤이 얻은 손바닥만 한 사자 인형이 아닌 몸집만 한 사자 인형을 얻어냈다. 자신과는 비교도 안 될 만큼 놀라운 태을의 사격 실력에 곤은 조금 곤란했다가 이내 뿌듯해졌다. 커다란 사자 인형을 품에 안고 뿌듯한 미소를 짓는 곤을 보며 태을은 피식 웃고 물었다.

 "그 인형이 왜 좋아?"

 "사자잖아. 닮았잖아, 자네랑. 용감하고 멋지고."

 "아, 그런 뜻."

태을의 어깨가 올라갔다. 만난 지 반나절도 흐르지 않았는데 이미 여러 번 웃었다. 곤이 태을의 어깨 위로 손을 올렸다. 두 사람은 나란히 보통의 연인처럼 걸었다. 이렇듯 평온한 순간들이 보통의 일상으로 젖어들 수 있을 것만 같았다.

집 근처에 다다라 태을은 잠시 미뤄두었던 이야기를 꺼냈다. 본래는 만나면 곧바로 물으려 했지만, 이 정도 여유와 사치는 부려보고 싶었다. 허락되었으면 했다.

"팔 풀지 말고 대답해."

"절대."

"오자마자 묻고 싶었는데 참았어. 형사인 나도 있지만 이곤을 기다린 나도 있으니까."

곤이 놀란 채 태을을 돌려 세워 물었다. 양쪽 어깨를 붙잡아 세우는 곤의 얼굴이 순식간에 굳어 있었다. 실은 곤도 미뤄둔 이야기가 있었으니까.

"자네 무슨 일 있었어? 위협 당했어? 나 때문에?"

"……그럴 일이 생길 거구나. 그래서 왔구나."

평화로운 일상을 공유하려면 조금 더 시간이 필요할 듯했다. 시선을 주고받는 태을과 곤의 눈빛이 씁쓸했다.

"무슨 일인데."

"혹시 그쪽 북부라는 곳에 K 스타디움이란 돔구장이 있어? 16,890석짜리?"

"자네가 그걸 어떻게 알아? 그것도 검색해봤어?"

있구나. 태을의 얼굴에 낭패가 어렸다. 곤에게 설명할 필요가 있었다. 태을은 주머니 속 USB를 꽉 쥐었다.

태을은 곧장 곤을 데리고 집으로 향했다. 언제나 태을의 집 마당 앞만을 서성이던 곤은 비로소 태을이 방에 발 디딜 수 있게 됐다. 비록 데이트가 아니라 다른 목적 때문이었지만. 곤은 짧게나마 태을의 방을 둘러보았다. 태을의 어린 시절 가족사진, 태을이 읽었을 책과 태을의 물건들로 가득찬 방이었다. 곤은 태을의 침대 위에 사자 인형을 내려놓았다.

두 사람은 책상에 앉아 노트북에 연결된 USB 속 음성 파일을 들었다. 길게 들을 것도 없었다. 곤에게는 익숙한 아나운서의 음성이었고, 대한제국의 뉴스가 맞았다.

"맞아?"

"우리 세계의 뉴스 맞아. 근데 이게 이곳에서 발견됐다고?"

곤의 표정이 심각해졌다.

"이 사실을 누가 알아?"

"지금은 나 혼자. 누구한테 말할 수도 없잖아. 믿지도 않을 거구……."

"자넨 어떻게 하고 싶은데."

"알아내야지. 이건 이곤을 만나기 전부터 이미 내 사건이니까."

용감한 태을이 좋았지만, 지금 이 순간에는 덜 용감한 사람이었으면 싶어져서 곤은 마른침을 삼켰다.

"생각보다 더 많이 위험할지도 몰라."

"그래서 그냥 덮을까도 했지. 근데, 내가 덮으면 이건 정말 덮이는 거더라고? 이 세계에서 이걸 아는 사람은 딱 둘뿐일 테니까. 나랑, 진범이랑."

그러나 언제나 곤의 생각보다도 태을은 더 용감했고, 멋졌다.

"두 세계가 이렇게 섞이면 안 되는 거잖아. 각자의 시간으로 흘러가야 하는 거잖아. 근데 두 세계가 이미 어긋나고 있고, 난 그걸 알았고, 그러니 어떡해. 다시 폈지. 난 대한민국 경찰이니까."

태을이 위험 속에 들어가지 않도록 막는 일은 이미 불가능했다. 곤을 만난 순간부터 태을은 위험해진 것이었고, 태을은 정의 앞에 두려움이 없는 이였다. 한 세계의 황제로서 지는 책임감만큼 태을은 자신이 존재하는 세상에 대한 책임감을 갖고 있었다. 태을이 곤을 원망할까봐 걱정했는데, 그런 일은 애초에 일어나지도 않을 모양이었다.

먹먹한 눈으로 자신을 바라보는 곤에게 태을은 애써 웃었다. 곤의 걱정을 태을도 모르지 않았다. 심지어 이 사건은 여태까지 태을이 다뤄왔던 사건과는 그야말로 '차원'이 다른 사건이 돼 있었다. 태을도 가늠할 수 없는 거대한 우주 앞에서 불안했다. 그렇지만 아마 곤은 모르는 것 같았다. 원래도 용감한 태을이, 지금 이 순간 조금 더 용감해질 수 있는 게 곤이 옆에 있기 때문이라는 걸.

"그러니까 아는 정보 다 줘봐. 이건 우리 둘만 할 수 있는 공조 수사야."

"지휘 체계가 어떻게 되는데?"

"당연히 내가 위지. 여기선 내가 명령해."

곤이 작게 웃으며 제 코트 자락 속에서 무언가를 꺼내 들었다. 챙겨온 것은 이림의 사체 검안서를 복사본과 지문 확인서였다. 문서를 확인한 태을의 손끝이 살짝 떨렸다.

"이림이면⋯⋯!"

"그 역적. 살아 있다면 현재 69세야. 나이, 혈액형, 지문이 일치하는 자를 찾아줘. 내 세계에서는 역모 다음 해에 사체로 발견됐는데 그 사체는, 다른 사람이었어."

태을의 눈에 긴장이 어렸다. 몰랐다면, 상상도 할 수 없었을 것이다. 죽은 사람이 어떻게 살아있을 수 있는지. 그러나 이제 태을도 알았다. 세계와 세계를 넘나드는 문이 있다는 것을. 그리고 그 세계에는 같은 존재들이 있다는 것을.

"이림이 살아 있다면, 그는 이곳에 있구나. 그 사체의 신분으로."

"맞아. 그가 대한민국에서 이십사 년 동안 뭘 했는지 알아야 해."

"알아볼게. 대신 알아볼 때까지 딱 열일곱 가지만 해. 조용히 있을 것. 사람들 눈에 띄지 말 것. 황제라고 입도 뻥긋 말 것. 조영 잘 단속할 것. 총기 사용하지 말 것. 이동할 때마다 연락할 것. 나머진 또 생각나면 말해줄게."

"명 받들게. 자넨 나한테 딱 두 가지만 해줘."

무엇이냐는 듯 태을이 시선을 들어 곤을 보았다. 곤의 표정이 복잡했다. 입이 떨어지지 않아 곤은 잠시 머뭇거리다가 겨우 말했다.

"오지 말란 말 하지 말아줘. 가지 말란 말 하지 말아줘."

"……."

"난 때때로 가야 하고, 가면 서둘러 돌아오고 싶어. 둘 중 뭐든, 자네가 그 말을 하면, 난 아무것도 못할 것 같아."

그저 사랑하는 사람이 조금 먼 거리에 떨어져 있는 것만으로도 사람들은 지치고는 한다. 그런데 태을과 곤의 사이에는 알 수 없는 차원이 거대한 벽처럼 버티고 서 있었다. 그 벽 앞에서 태을이 너무 힘들거나 지치지 않기를 곤은 바랐다. 이기적인 마음이라는 걸 알았다. 그러나 황제가 될 이로 태어나고 자라며 처음으로 가져보는 이기적인 마음이었다.

"부디, 지치지 말아달라고 부탁하는 거야. 말해놓고 보니

나 참 형편없는 남자네. 그렇지?"

가만히 곤을 바라보던 태을이 고개를 끄덕였다.

"저기, 어느 대목에 끄덕한 건지 내가 좀 헷갈려서 그러는데."

태을은 피식 웃으며 자리를 정리했다. 곤이 처음 제게 와 평행세계니 양자역학이니 얘기할 때는 말이 안 통한다 싶었다. 미친놈인 걸 떠나 자신과는 사고하는 게 너무 다른 것도 같았다. 그런데 어느새 곤이 어떤 식으로 생각하는지, 어떤 마음인지 다 읽혔다. 태을도 똑같아서.

"그만 가. 조영 목 빠지겠다. 어딨는지 모르니까 기다릴 거 아니야."

"영이가 왜 내가 어딨는지 모를 거라고 생각해?"

자리에서 벌떡 일어난 태을이 창밖을 내다보고 주변을 두리번거렸다.

"여기서도 따라다닌다고?"

"자네도 궁금한 게 생겼군. 같게."

"궁금한 거 얘기가 나와서 말인데, 나 정말 그쪽 세계에 없어?"

문밖으로 나서려던 곤이 멈칫했다.

"은섭이랑 조영, 나리랑 그 직원, 하물며 이 역적도 같은 얼굴이 있는데 나는 정말 없어?"

곤은 긍정도 부정도 하지 못한 채 서 있었다. 그러나 그게 답이 되었다.

"……있구나."

묘한 기분이었다.

"확인되면 얘기해주려고 했는데, 있는 것 같아. 자네와 같은 얼굴."

곤이 방을 떠난 후에도 자신과 같은 얼굴을 한 누군가에 대한 생각이 잔상처럼 태을의 머릿속에 남았다.

∞

다음 날, 태을은 과학 수사팀 앞에서 경란을 기다렸다. 곧 문이 열리며 경란이 서류를 들고 나왔다.

"지문과 일치하는 사람 찾았어. 이성재, 이십사 년 전 사망. 양선 요양원이란 곳에서 자연사했네. 이거 무슨 사건인데?"

이십사 년 전 사망. 서류를 넘겨받는 태을의 몸이 잠시 굳었다. 시기가 공교로웠다. 추측이 사실이 될 가능성이 높았다.

"첩보가 들어와서. 51년생 맞고, 혈액형 맞고……. 지체장애 2급?"

"어, 선천적 소아마비. 궁금한 거 있음 전화해. 바빠."

"어, 땡큐."

서류만 넘긴 경란은 곧장 다시 사무실 안으로 들어가버렸다. 태을은 고맙다는 인사를 하고 경란이 전해준 다른 서류들을 훑으며 걸었다.

"동생은 뺑소니로 사망, 조카는 실족사……. 이 집 왜 이래?"

일가가 몰살당한 수준이었다. 인상을 찌푸리며 서류를 다음 장으로 넘기던 태을의 발걸음이 이내 멈췄다. 실족사한 이성재의 조카, 이지훈. 그 어린 얼굴이 익숙했다. 궁에서 보았던 곤의 어린 시절과 똑같은 얼굴이었다.

"이곤도…… 있었네."

서류 끝 쪽이 구깃해졌다. 태을은 서류를 쥔 채 주차장으로 가 차에 올랐다. 양선 요양원으로 가기 위해서였다. 차를 출발시키기 전, 태을은 습관적으로 지갑 속 경찰 신분증을 확인했다. 발급받은 지 얼마 안 됐어야 할 신분증은 표면이 닳아 있었다. 이십오 년간 곤이 간직한 신분증이기 때문이었다. 본래 태을이 가지고 있던 새 신분증은 어디로 갔는지 여전히 오리무중이었다. 누가 신분증을 가져갔을까. 평행세계, 같은 얼굴, 같은 신분증…….

누군가 두 세계를 넘나들며 같은 얼굴을 한 자기 자신을 죽였을지도 모른다는 현실이 무서웠다. 두 세계가 조금씩 뒤섞이고 있다면, 균형을 잡고 있는 것은 누구일까. 대체 누가 두 세계의 균형을 잡고 있을까. 태을은 골몰하며 시동을 켰다.

∞

한쪽 벽면이 통유리로 된 호텔 스위트룸에서 곤은 뒷짐을
진 채 바깥 풍경을 내다보고 있었다. 겨울 해가 비치는 넓은
정원의 풍경은 푸르지는 않았으나 적어도 평화로웠다. 곧 곤
의 뒤편으로 영이 다가와 섰다.

"점검은 마쳤습니다."

여전히 이 세계와 상황이 완벽하게 납득되지는 않은 영이
었다. 불만스러운 기색을 내비치면서도 묵묵히 호텔 곳곳을
점검하며 제 할 일을 하는 게 그다워 곤은 작게 웃었다.

"표정은 점검을 못했는데. 당분간 여기 묵을 거야. 이번엔
금을 넉넉히 챙겨왔거든."

"폐하, 궁으로 돌아가셔야 합니다. 여기선 폐하를 지킬 수
가 없습니다. 대체 여긴 뭡니까? 폐하께서는 언제부터 드나
드신 겁니까. 폐하, 여긴, 우리의 삶이 없습니다."

그간 태을과 은섭이 있어 참았던 말들을 영이 쏟아냈다. 곤
은 그런 영을 대견하게 보았다. 영에게 무겁고도 벅찬 짐을
지울 예정이었다. 곤이 여덟 살 때 만난 이래로 영은 곤을 한
번도 실망시킨 적 없었다. 언제나 충실한 신하이자 아끼는 동
생이었다. 그래서 미안했고, 그렇기 때문에 영에게만 맡길 수
있는 일이었다.

"많이 참았네, 조영 대장. 영아, 난 궁을 비울 수도 없고 이곳에 오는 걸 포기할 수도 없어. 그러니까 네가 날 도와야 해."

"무슨……!"

"일단 난 목요일 저녁에 넘어갈 거야. 근데 넌 두고 갈 거야. 그래서 함께 온 거야."

"무슨 말도 안 되는 말씀이십니까!"

"이쪽 세계에 없어야 할 삶이 하나 더해졌거든. 역적 이림이, 살아 있을 가능성이 있어. 이곳에."

안 그래도 딱딱하던 영의 표정이 더없이 사나워졌다. 믿을 수 없다는 듯 흔들리는 영을 보며 곤은 잠시 영이 혼란을 수습할 시간을 주었다. 곤이 오래전부터 이림의 죽음에 일말의 의문을 가지고 있었다는 걸 영도 알고 있었다. 그러니 이해가 조금 빠를 수 있었다.

"너랑 조은섭, 정태을과 루나라는 자, 닮은 얼굴들. 뭐 짚이는 거 없어?"

무언가 깨달은 듯 영의 곧게 뻗은 눈썹이 움찔거렸다.

"폐하의 가설이 맞다는 가정하에, 그가 저쪽에 있으면요."

"우리 세계엔 그를 죽일 명분, 사람, 다 있어. 근데 이 세계엔 없어. 너밖에."

"하지만, 폐하."

일순 영의 말소리와 움직임이 모두 멈췄다. 곤은 눈을 크게 뜨며 주변을 돌아보았다. 창밖에 평화롭게 흔들리던 나무들이, 움직이던 사람들이 모두 멈춰 있었다. 시간이 또 멈춘 것이다. 벌써 세 번째였다. 곤은 빠르게 자신이 알고 있는 사실들을 짚었다.

어쩌면 이건 부작용이 아니라, 규칙일 수 있었다. 무슨 규칙일까. 자신이 아는 것이 무엇일까. 정지한 세상 속에서 곤은 주먹을 꽉 쥔 채 생각해내려 애썼다. 이림, 식적, 시간이 다르게 흐르는 차원의 문 속 세계……. 곤은 번뜩 떠올렸다. 열쇠를 가진 이림 또한 세계를 오가고 있을 것이다. 문이 열릴 때마다 시간이 멈추는 것이다. 대나무 숲, 대나무 숲을 막아야 했다.

거기까지 생각이 닿은 곤은 테이블 위에 놓인 메모지를 꺼내 펜을 휘갈겼다. 메모지를 영의 슈트 왼쪽 주머니에 넣고 한 걸음 물러난 순간, 다시금 시간이 흐르기 시작했다.

"제 일은 폐하를 지키는 겁니다."

"영아, 이림도 넘나들어. 나처럼. 그때마다 시간이 멈추는 것 같아. 방금도 멈췄었어."

모든 것이 멈추고 자신의 시간만이 흐른다. 열쇠를 쥔 자신의 시간만이.

"그는 이미 알 거야. 궁이 비었다는 걸. 근데 난 몰라. 이림이 넘어간 건지 넘어온 건지. 난 돌아가서 그걸 알아내야 해."

열쇠를 가진 곤이 알고 있듯, 이림도 이 사실을 알고 있을 것이다. 이림 주변의 시간도 멈출 것이고, 그때에 이림은 깨달았을 것이다. 곤도 세계를 넘었다는 걸. 역시 위험했다.

"예, 믿을 테니까 증명하십시오. 시간이 멈췄다는 거 증명해보십시오."

"왼쪽 주머니에 손 넣어봐."

영은 곤의 말에 따라 주머니에 손을 넣었다. 주머니 속에 무언가 걸리적거렸다. 메모지였다. 메모지를 펼치자 곤의 필체가 선명했다.

'증명이 됐나?'

영은 놀란 채 곤을 보았다.

"영아, 그와 내가 나눠 가진 것이 있어. 만약 내가 그것을 빼앗으면 그는, 두 세계의 문을 여는 유일한 자가 돼. 그럼, 저쪽에도 우리의 삶은 없어."

말하는 입안이 바싹 말라왔다. 곤은 무거운 심정으로 조영의 어깨 위에 손을 올렸다.

"그러니까 넌, 그를 보는 즉시 사살해야 한다. 황명이다."

그
저,
사
랑
하
기
로

1995년도에 이성재가 머물다 사망한 양선 요양원에서는
별다른 정보를 얻지 못했다. 기록은 십 년 전 것까지만 보관
하고 있어 볼 수 없었고, 그 당시 근무하던 이는 원무과장과
원장 정도뿐이었는데 원장은 외국에 있다고 했다. 태을을 맞
은 원무과장은 형사인 태을을 극도로 경계하는 태도였다. 정
보를 더 알고 싶다면 정식 공문이나 영장을 가져오라는 식이
었다. 영장부터 찾는 모습이 의심을 사기에 충분했지만, 원무
과장의 말이 맞기도 했다. 영장도 없는 상태로 개인적인 권한
으로 더 알아낼 수 있는 것은 없었다.

그러한 와중에 하은미의 부검 결과가 나오면서 며칠은 또

정신없이 흘러갔다. 부검 결과가 생각보다 빠르게 나온 건 박 팀장의 부인이 부검의로 일한 덕분이었다. 하은미의 사인은 시체에서 확인했듯 자창으로 인한 실혈사였는데, 혈액에서 미량의 졸피뎀이 검출됐다. 방어 흔적이 없는 것은 그 때문이었다.

CCTV 증거상으로는 남자친구인 박정구가 유력한 용의자였으나 부검 결과상으로는 최초 신고자이자 룸메이트인 장연지일 가능성도 컸다. 장연지를 불러들이려면 증거가 더 필요했기에 우선은 박정구를 검거하는 데 더 박차를 가하기로 한 상황이었다.

박정구의 집 앞으로 잠복을 나가기 전, 태을은 잠시 시간을 내 곤이 머물기 시작한 호텔로 향했다. 은섭의 집에 머무르라고 했더니 어느새 호텔을 잡은 모양이었다. 호텔 주차장에 차를 세워두고 태을은 곤을 기다렸다. 곤이 로비에서 나와 성큼성큼 자신을 향해 걸어오는 게 보였다.

처음 곤이 대한민국에 머무르던 시기에도 형사인 태을은 항상 바빴다. 그래서 이곳에서는 이름도, 직업도, 신분도 없는 곤이 일방적으로 태을의 주변을 맴돌았다. 주변을 서성이는 곤의 존재는 어느새 태을에게 밤하늘의 달처럼 익숙해져 있었다. 낮에는 아무렇지 않게 지내다가도 문득 달이 뜨지 않은 밤이 오면, 야속하게도 허전해질 만큼.

그러나 이제는 달랐다. 곤이 대한민국에 있는 이상 태을은 언제든 곤에게 연락할 수 있었고, 이렇게 먼저 찾아갈 수도 있었다. 제게로 향해 오는 곤을 기다릴 수도 있었다.

"8분 40초. 난 곧장 내려왔어. 영이가 따라오겠다고 하는 바람에……."

기다리고 선 태을을 보자마자 곤이 변명했다. 태을은 피식 웃었다. 바람에 머리카락이 휘날렸다.

"처음 이쪽 세계에 왔을 때 말이야. 내가 안 도와줬으면 그래도 나 좋아했어?"

갑작스러운 질문이었다. 그러나 곤은 왜 그런 질문을 하는지 되묻는 대신 태을의 궁금증에 답했다.

"이해했을 거야. 이해하다 좋아했을 거야."

"내가 엄청 싸가지 없이 굴었으면, 그래도?"

"그렇게 굴었어. 그랬어도."

"왜?"

"그렇게 구는 이유가 있었을 테니까."

자신을 처음 본 순간에, 끌어안고 '정태을 경위'라고 부른 순간에 이미 곤은 태을을 모두 받아들이기로 한 모양이었다. 운명처럼.

넓게 벌어진 어깨만큼이나 듬직한 남자를 태을은 벅찬 눈으로 담아냈다.

"근데 그건 왜 물어?"

"원래 처음엔 다 묻는 거야. 우리가 뭘 다 생략해서 그렇지."

요양원에 다녀오며 태을은 자신과 같은 얼굴을 한 이는 다른 세계에서 어떤 삶을 살고 있을지 생각했다. 평행세계, 신분증, 같은 얼굴. 골똘히 생각하면 할수록 답은 하나였다. 태을은 자신이 어떠한 운명 앞에 서 있다는 것을 깨달았다. 운명은 스스로의 선택이지만, 어떤 운명은, 운명이 삶을 선택하기도 한다. 태을도, 곤도. 두 사람은 함께 서 있었다. 운명 앞에.

지금 이 순간에도 일어날 일들은 일어나고 있을 것이다. 이런 일상은 언제나 짧고, 잠시뿐이라는 슬픈 예감도 태을을 막지는 못했다. 태을은 자신을 선택한 운명을 어떻게든 헤쳐 나가기로 했다. 피하는 것도, 의심하는 것도 끝난 지 오래였다. 이제 그저, 사랑하기로 했다.

"잠복 가는 길이야. 얼굴 봤으니 가볼게. 별일 없었지?"

대한제국의 황제가 대한민국에 와 있는데 일이야 없을 리 없었지만, 곤은 아무 일도 없었다는 듯 시치미를 뗐다. 태을에게 말할 만한 별일은 아니었다. 그저 소소한 사고 몇 가지. 태을은 물끄러미 소년 같은 곤의 얼굴을 보다가 이내 정말로 소년이었던 대한민국의 곤을, 지훈의 사진을 떠올렸다.

뒤돌아서 가려던 태을은 걸음을 멈추고 자신이 사랑하기로 결정한 운명에게 고백했다.

"사랑해."

갑작스러운 고백도 곤에게는 갑작스럽지 않을 것이다. 처음 만난 순간부터 기다리고 있었을지도 모르겠다. 그가 처음 만난 순간에, 아주 오래된 운명에 빠진 것처럼.

차문을 열고 운전석에 올라타려는 태을에게 곤이 기꺼이 고백을 돌려주었다.

"정태을. 나도."

∞

대한제국, 구불구불한 골목 깊숙한 곳의 허름한 책방 앞에 선 한 소년이 요요를 돌리고 있었다. 기다란 실을 늘어뜨렸다가 당기면 푸른 구체가 뱅그르르 돌며 땅에서 허공으로 떠올랐다. 소년이 선 책방 안쪽에 이림과 경무가 있었다. 머리칼이 희끗하게 다 샌 경무는 안경까지 쓰고 있어 이전의 인상과는 사뭇 달라 보였다. 경무는 이곳 책방의 주인으로 일하며 대한제국과 대한민국을 오가는 이림에게 대한제국 쪽의 소식을 전했다. 이림은 책 한 권을 뽑아들었다.

책을 펼치자 '게스트룸 사용자'라는 메모와 함께 태을의 경찰 신분증이 있었다. 황실에 심어놓은 궁인이 물어다놓은 정보였다. 이림과 함께 신분증을 확인한 경무가 놀라 물었다.

"전하, 이건 이쪽 물건이 아니지 않습니까."

곤의 예상대로 이림은 곤이 두 세계를 오가고 있음을 이미 눈치챘다. 대한민국으로, 대한제국으로, 또 다시 대한민국으로. 곤이 세계를 옮길 때마다 이림도 시간이 멈추는 것을 느꼈었다. 그러니 곤에게서 대한민국의 흔적이 발견되는 것은 놀랍지 않았다.

그보다는 신분증 속 태을의 얼굴이 낯이 익었다. 강신재의 주변에 있던 인물이다.

"희한하게도 엮였구나. 이건 내가 놓은 수가 아닌데."

"이 얼굴은 여기 낮은 동네서 아주 유명한 앱니다. 루나라고."

이림은 흥미롭게 눈을 반짝였다. 대한민국에서는 경찰인 정태을이, 대한제국에서는 루나라.

"무엇으로."

"돈만 주면 사람도 잡아다 주고 물건도 훔쳐다 주고 안 하는 게 없는 앱니다."

"너는 그 유명한 아이를 찾아서 내게 데려와야겠다."

"예."

불길한 눈빛으로 신분증을 바라보며 이림은 중얼거렸다.

"그럼 한 수가 따라잡히려나."

∞

일전에 일어난 중국 어선 문제로 중국 쪽과 협상할 일들이 아직 많이 남아 있었다. 우선 황실 쪽에는 사과를 한 모양이 지만, 실질적으로 받아낼 수 있는 것들을 받아내야 했다. 정신없이 집무를 보던 서령을 김비서가 다급히 찾아왔다.

황실에서 국립과학수사연구원에 지문 수사를 의뢰한 정보를 빼냈다는 소식이었다. 지문은 영이 대한민국으로 떠나기 전, 태을의 지문을 수사 의뢰한 것이었다. 그리고 그 결과를 서령이 전해 듣게 되었다.

지문 조회 결과, 지문은 교도소에 있는 수감자의 것이었다. 문서 위조, 무단 침입, 폭행, 소매치기. 저지르지 않은 범죄를 찾는 게 빠를 듯한 여자였다.

사진을 확인한 서령은 기가 막힐 따름이었다. 황제의 옆에 있던, 그 여자였으니까. 곤이 이 사실을 아는지는 아직 알 수 없었다. 지문을 조회한 것을 보면, 이제야 알게 됐을지도 모르겠다. 그렇게 생각하면 더 기가 막혔다. 자신이 잠시나마 부러워했던 게 죄수복을 입고 있는 여자였다는 사실도, 그 잠깐 사이에 교도소에 들어갔다는 사실도.

심지어 오늘 출소한다는 얘기에 서령은 일을 마무리한 후, 곧바로 외출을 준비했다. 그 여자가 곤과 다시 접촉하기 전에

만날 필요가 있었다. 황제는 그만한 가치는 있는 사람이었다.

외출 준비가 한창이던 때, 노크 소리와 함께 서령의 또 다른 비서가 우편물을 가지고 들어왔다. 관저를 관리하는 이였다. 서령은 코트를 꿰어 입으며 짧게 지시했다.

"낼 거 내고, 버릴 거 버리세요."

"총리님 본가에서 온 것도 있어서요."

"엄마 집에서?"

팔찌까지 마저 채운 서령은 의아한 채 비서가 내미는 커다란 봉투를 받아들었다. 주소를 보니 서령의 어머니가 사는 본가 주소가 맞았다.

"퇴근하세요."

비서를 보내고 서령은 그 자리에서 봉투를 뜯었다. 봉투를 뜯자 '북한 땅 밟은 美대통령 트럼프'라는 헤드라인의 기사가 실린 신문지가 들어 있었다. 어머니가 신문을 보낸 것도 이해는 안 됐지만, 더 이해 안 되는 건 그 내용이었다.

북한이라는 말도 낯설고, 트럼프가 미국 대통령이라는 말도 허무맹랑했다.

"하여튼 가짜 뉴스 단속들 안 하지."

서령은 짜증스럽게 신문을 휙 던져버리고는 관저를 나섰다.

∞

교도소의 두꺼운 철문이 열리며 가로등 불빛만이 희미한 길가로 루나가 걸음을 뗐다. 검은색 후드 뒤로 토끼 귀 두 개가 달랑거렸다. 루나는 휙 후드를 뒤집어쓰고서는 가방에서 담배를 꺼냈다. 하나 남은 담배를 입에 물고 루나가 막 라이터에 불을 붙이려 할 때였다. 새빨간 외제차가 루나의 앞에 바퀴 소리를 내며 급정지했다.

"아."

놀란 루나의 입에서 담배가 떨어졌다. 바닥에 떨어진 담배를 보며 루나가 짜증스럽게 미간을 구겼다. 외제차를 내려다보자 차문이 열리며 완벽한 차림새의 서령이 내렸다. 또각거리는 구두 소리를 내며 서령이 루나의 앞에 와서 섰다.

"또 보네요. 우리 구면이죠."

서령의 인사는 한 귀로 흘리며 루나가 바닥에 떨어진 담배를 발로 짓이겼다. 그리고는 도리어 사납게 물었다.

"이거 돗댄데 어떡할 거야?"

막나가는 범죄자인 것은 기록으로 이미 확인했지만, 생각보다도 더 엉망이었다. 서령은 기가 막혀 웃음도 나오지 않았다.

"구면이라고 말을 막, 놓네? 총리로서 대답하자면 이참에

끊으면 좋겠지."

"유세는 딴 데 가서 해. 난 그쪽 안 찍었으니까."

"내 팬이라더니, 신분 들켰다고 안면몰수인가?"

"몰수고 나발이고 안면이 없는데 나는."

인상을 와락 구긴 서령이 태을의 앞으로 위협적인 모양새로 바짝 다가섰다.

"하, 이거 난년이네. 너 맞잖아. KU 빌딩 헬기장. 여행자? 동화 속 같애? 여기가 네 궁전이니?"

교도소를 가리키며 묻는 서령에 루나가 지지 않고 서령에게 몸을 붙이며 비꼬았다.

"공무원 언니, 나한테 말 거는 쪽은 딱 두 부류야. 나한테 뭘 뺏었거나 나한테 뭘 뺏겼거나. 어느 쪽도 좋게는 안 끝나. 비켜."

"너 진짜 나 몰라?"

떠나려는 루나의 손목을 잡아채며 서령이 날카롭게 물었다. 루나가 매섭게 서령의 손을 뿌리쳤다.

"또 손대면 예고 없이 친다."

"너 이런 전과자인 거 그 사람도 아니?"

"질문에 앞뒤가 없어도 친다."

막힘없는 대답에 서령은 깨달았다. 저건 연기가 아니었다. 서령이 말하는 '그 사람'이 누구인지도 모르는 게 분명했다.

약에 취한 듯 몽롱한 표정과 말투는 티 없이 맑게 느껴졌던 그날의 여자와 확실히 다르기도 했다.

"너 헬기장에서 내가 봤던 개, 아니구나. 너 혹시 쌍둥이니?"

"내가 그렇대? 내 출소일 알고 길목 막아 설 정보력이면 나에 대해 더 많이 알고 있을 수도 있어. 찾으면 얘기해줘. 나도 궁금하니까."

허무한 표정으로 대꾸한 루나는 탁, 서령의 어깨를 밀치듯 치고 지나갔다. 서령은 휙 뒤를 돌아 멀어져가는 루나를 보았다. 루나는 순식간에 서령의 눈앞에서 사라져 있었고, 서령은 뒤늦게 루나에게 잡혔던 손목이 허전함을 느꼈다. 팔찌가 없어진 뒤였다.

다시 차에 오른 서령은 괜히 핸들을 내리치며 분풀이를 했다. 무시를 당한 것도, 자신의 팔찌를 소매치기 당한 것도 기분이 더러워 미칠 것 같았다. 그런데 너무 다르기도 달랐다. 자신이 미쳤거나, 황제의 여자가 미쳤거나. 둘 중 하나일 텐데 서령의 결론은 하나였다.

서령이 혼란스러움에 미간을 찌푸릴 때였다. 벨소리가 울려 휴대폰을 확인하니 어머니였다.

"어, 엄마."

—웬일로 전활 바로 받아. 별일 없지?

"별일이 없으면 어떡해. 나라가 조용하면 나 월급 못 받아.

왜요."

—그냥 했어. 간밤에 꿈자리가 어찌나 뒤숭숭한지. 너가 운전할 일이야 없겠지만은 그래도 운전 조심하고, 물건 잃어버리지 않게 조심하고.

"하여간 엄마 꿈은 기가 막혀. 걱정 마요. 내가 언제 뭐 뺏기는 거 봤어? 근데 엄마 나한테 보낸 신문 그거 뭐야?"

"신문? 무슨 신문? 나 그런 거 안 보냈는데. 뭐가 왔어? 아. 나중에 전화할게. 손님 왔어."

어수선한 통화였다. 전화가 끊긴 휴대폰을 잠시 내려다보던 서령은 누군가 가짜 뉴스를 보내려고 어머니 집 주소를 도용한 모양이라고 정리했다. 비서에게 우편물 관리에 조금 더 신경 쓰라고 해야겠다고 생각하며 서령은 차를 출발시켰다.

오얏꽃의 잔상

하은미 살인 사건의 용의자 중 한 명인 박정구가 드디어 잡혔다. 태을과 신재, 장미가 며칠간 잠복근무한 결과였다. 그러나 박정구의 취조 현장을 취조실 밖에서 지켜보는 이들의 표정이 어두웠다. 박정구가 계속해서 혐의를 부인하는 중이었기 때문이었다.

자신이 갔을 때는 이미 죽어 있었고, 놀란 상태로 죽었는지 살았는지 확인하려고 만졌다가 피가 묻었다는 주장이었다. 정신이 나가서 신고할 생각도 못했다는 박정구의 말이 어디까지 사실인지는 알 수 없었다.

그러나 박정구를 범인으로 보기에도 어려운 부분이 확실

히 있었다. 박정구는 하은미가 보낸 문자를 받고 하은미의 집으로 왔다. 오백만 원을 갚으라는 문자였다. 오백만 원을 빌린 적 없던 박정구로서는 터무니없는 이야기라 집으로 찾아왔던 것이다. 부검 결과로 나온 사망 시각을 생각하면, 문자는 하은미가 보낸 것이 아닐 가능성이 컸다.

여러모로 확실히 박정구보다는 장연지 쪽에 의심이 기우는 것도 사실이었다.

"장연지 유력 용의자로 올리고 소재 파악하죠."

매직미러 안쪽의 취조 과정을 지켜보던 신재였다. 박팀장이 고개를 저었다.

"체포해봐야 48시간이야. 결정적 증거가 없잖아. 뭐 나온 거 있어?"

신재는 끄덕였다. 부검 결과가 나온 이후, 신재는 현장에서 나온 장연지의 소지품들을 조사했다.

"나올 건 있어요. 장연지가 보던 대본을 봤는데 이번 사건과 똑같은 살해 방식이 나와요. 혈흔 묻은 옷은 옥상에서 태우고. 원룸 옥상부터 다시 가볼게요."

"대본을 읽었어?"

"제목이 좋더라구요. 마그마의 욕망."

"어우, 야. 벌써 재밌다. 내용이 아주 궁금하면서……. 야, 누구 전화 온다."

신재와 대화를 나누던 박팀장이 지적했다. 태을의 휴대폰이 진동하는 소리를 내고 있었다. 태을은 얼른 뒷주머니에서 휴대폰을 꺼내 받았다. 마침 장연지에게서 온 전화였다.

"종로서 정태을 경윕니다."

장연지의 목소리를 듣는 태을의 눈이 점점 커졌다. 전화를 끊으며 태을은 허무함에 머리를 쓸어넘겼다.

"장연지 자수한답니다."

신재가 추측한 대로 하은미가 살던 원룸 옥상 철제 쓰레기통에는 하은미의 혈흔이 묻은 옷을 태운 흔적이 고스란히 남아 있었다. 옷은 장연지의 것이었다. 박정구에게 돈을 빌린 것처럼 문자를 보낸 것도 장연지였다. 허술한 한편 용의주도했다. 무언가 앞뒤가 안 맞는 느낌이었다. 그러나 증거도, 자백도 있으니 장연지는 곧장 살해 혐의로 체포됐다. 장연지의 살해 동기는 간단했다. 싫어서. 남자친구에게 뒤집어씌우려던 동기 또한 마찬가지였다. 싫어서.

태을은 찝찝한 마음을 다 풀지 못한 채 풀려난 박정구와 함께 경찰서 건물 밖으로 나왔다. 어차피 살인자들의 살해 동기야 평생 살인 근처에도 가지 않을 태을이 이해할 수 있는 범위는 아니었다. 다만, 그렇게 열심히 숨기려고 했던 장연지가 금세 자백을 하고도 아무런 두려움이 없어 보이는 게 이상했다.

"내가 개 처음 봤을 때부터 쎄했거든요. 와 무서운 년, 어떻게 친구를 죽이냐."

박정구가 건들대며 중얼거렸다. 박정구를 주차장 쪽으로 안내하던 태을이 걸음을 멈추고선 말했다.

"사랑하는 사람을 잃어 상심이 크시겠지만, 한마디만 드리겠습니다. 이런 일이 또 생기면 안 되겠지만 다음엔 꼭 신고 먼저 하세요."

"사랑 안 했는데요. 잠깐 논 건데요."

자신이 당한 일도 아닌데 태을은 역한 기분이 들어 박정구를 노려보았다. 박정구는 태을의 시선에도 아랑곳 않고 장연지의 험담을 늘어놓기 바빴다.

"연지 그게 말이 배우 지망생이지 폰도 두 개 쓰고, 그년 분명 술집 나간다니까요."

그런데 의외의 말이 태을의 발목을 붙잡았다.

"방금, 뭐라고 했어요? 술집이요? 핸드폰을 두 개 썼어요? 장연지 씨가? 혹시 그중 하나가 2G 폰이에요?"

"모르죠, 난. 폰 두 개 쓴다고 죽은 애한테 얘기만 들은 거니까. 아, 죽을라면 좀 있다 죽지. 곧 헤어질라 그랬는데, 재수 없게."

태을은 참지 못하고 주먹을 날렸다. 기습에 당한 박정구가 휘청거리다 겨우 중심을 잡았다. 맞은 얼굴이 어지간히 아픈지 박정구가 볼을 매만지며 버럭 소리쳤다.

"미쳤어? 돌았냐? 경찰이 경찰서 앞에서 시민을, 쳐?"

"고인에 대한 예의는 지켜. 더 처맞기 싫으면 꺼지고. 나도 이제 이 사건에서 빠져나가야 하니까."

태을은 한시바삐 걸음을 움직였다. 본능이 이 사건에 무언가 있다고 말하고 있었다.

∞

"1834, 면회!"

문이 열리며 교도관이 장연지의 번호를 불렀다. 한쪽 벽에 등을 기댄 채 앉아 있던 장연지는 기다렸다는 듯 자리에서 일어났다. 장연지가 일어나자 일순 켜져 있던 불이 정전됐다. 장연지는 고개를 들어 캄캄해진 방 안을 돌아봤다.

"이거 왜 이래요?"

"신경 끄고 따라와."

장연지가 물었으나 교도관에게서는 상대할 가치도 없다는 듯한 대답만이 돌아왔다. 장연지는 별수 없이 교도관을 따라

나섰다. 그런데 교도관이 장연지를 데리고 향한 곳은 면회실이 아니었다. 어딘가의 문을 연 교도관이 장연지를 던지듯 방안으로 밀어넣었다. 어두운 방 안에 밀어 넣어진 장연지는 긴장한 눈으로 방 안을 살폈다. 창 밖에서 비쳐 오는 희미한 불빛으로 겨우 방 안에 있는 물건들을 구별했다. 낡은 세탁기와 수감복이 한가득 쌓여 있는 세탁실이었다. 어둠 속에서 구두를 신은 남자가 걸어 나왔다.

"자수를 하면 어떡해."

음산한 음성이었다. 대한제국에서 허름한 서점을 운영하는 경무와 똑같은 얼굴. 사내는 대한민국의 조열이었다. 대한민국에서 이림의 일을 보는 이였다. 장연지는 그를 보고 놀라지도 않았다. 그가 찾아올 줄 알고 있었으니까.

"자수를 하니까 찾아오잖아요. 달리 방법이 없었어요. 아저씨는 선을 긋지, 숨을 곳은 없지. 어떡해요."

"핸드폰은? 해지는 했는데 회수도 해야 해서."

"당연히 잘 숨겨놨죠. 그게 내 유일한 희망인데. 나 언제 꺼내줄 거예요?"

"어디에 숨겨 뒀는데?"

"그건 비밀이죠. 나 저쪽으로 언제 넘어가요?"

장연지가 뻔뻔하게도 물었다. 조열은 아득 이를 갈았다.

"넘어가고 싶었으면 살인을 하지 말았어야지."

조열이 하는 일이라는 건 다른 게 없었다. 다른 세계의 자신을 죽여서라도 다른 삶을 갖기 원하는 이들을 유혹하고, 준비를 시켜 보낸다. 대한제국에 대한 정보 교육과 명령 지시는 2G 폰으로 이루어졌다.

"그것도 달리 방법이 없었어요. 은미 걔가 그 핸드폰의 내용을 들었거든요. 그러니까 나 빨리 빼내요. 경찰에 핸드폰 넘기기 전에. 할 수 있죠?"

"혹시 말이야. 구치소가 정전됐단 소리 들어본 적 있어?"

"무슨 뜻이에요? 이거 정전 아니었어요?"

"필요에 따라 켜고 끄는 거지. 그게 뭐든, 딸깍."

장연지는 여유를 잃은 채 조열을 떨리는 눈으로 보았다. 자신의 욕망으로 다른 세계의 자신을 죽이고 새로운 삶을 획득한 이들은 이림의 발아래 충성할 수밖에 없었다. 그리고 그들은 이림에게 두 세계를 마음껏 주무를 힘을 주었다. 수고로운 일을 반복하는 이유였다.

"잘 생각해봐. 2G 폰 어디다 숨겼는지. 기억나면 연락하고."

조열의 입꼬리가 잔인하게 올라갔다.

∞

이림만 두 세계를 오가는 것이 아니다. 그럴 수도 있다고,

그러리라고 생각했으나 생각보다도 더 많은 이들이 세계를 넘어왔다. 곤은 눈앞의 묶인 남자를 보며 쓴맛을 삼켰다. 남자는 점심을 먹으려 영과 함께 들렀던 식당에서 우연찮게 맞닥뜨린 이였다.

평범한 대한민국 사람이라면 응당 알아보지 못했어야 할 곤의 얼굴을 식당 주인이었던 남자는 단번에 알아보았다. 폐하라고 부를 뻔한 것을 간신히 멈추었으나 이미 떨리는 눈과 목소리를 곤에게 들킨 후였다. 곤은 식사를 하지 않고 곧바로 자리에서 일어났다. 그리고 영을 뒷문에 대기시켰다. 얼마 안 가 급히 도망치듯 빠져 나오는 남자를 영이 붙잡았다. 남자는 영까지도 알아보았다. 더 확실할 수도 없었다.

그 길로 빈 사무실의 지하실로 도망치려던 남자를 끌고 왔다. 남자의 몸을 수색하자 각종 소지품과 함께 2G 폰이 나왔다.

"누군가 자넨. 대한제국 국민이 어떻게 이 세계에 있는지 경위를 듣고 싶은데."

남자는 영에 의해 무릎을 꿇은 채였으나 고개를 빳빳하게 든 채 반항적인 눈빛으로 곤을 바라보고 있었다. 남자가 빈정거리며 답했다.

"폐하께서도 여기 계시지 않습니까."

곤은 날카롭게 남자를 노려보았다. 남자는 대한제국 사람이었고, 대한제국 사람인 걸 들키자 도망치려고 했다. 그리고 곤을 향해 강렬한 적의를 보인다.

"지키고 싶은 것이 목숨이 아닌 걸 보니, 자넨 훈련된 사람이군. 역적 이림의 사람이고. 이림은 지금 어디 있나."

"아비를 많이 닮았군. 너의 최후도 아비를 닮았으려나."

모든 것이 이해되는 순간이었다. 이림의 오래된 사람인 것이다. 역모의 밤에, 아버지의 피를 밟고 선 자 중 하나. 이림은 자신을 따른 이들에게 이렇듯 다른 삶을 선사한 것이다. 다른 삶을 살기 위해서, 대한민국의 이성재가 죽었듯 대한민국의 누군가는 죽어나갔을 것이다. 많은 것을 참아내려 주먹을 꽉 쥔 곤과 달리 영은 참지 못하고 남자의 얼굴에 주먹을 꽂았다.

"내 아버지의 피를 밟은 대가로 이곳에 넘어왔구나."

"그것이 균형이다. 온당하고 합당하지. 온갖 걸 다 가지고 태어났으면서 고작 아비 하나 없다고 징징대지 말란 말이다!"

입가에 피를 흘리고 있는 남자는 악에 받쳐 있었다. 대한제국에서의 삶이 그리 온전하지 않았으리라는 것은 짐작 가능했다. 영이 또 한 번 주먹을 휘두르려는 것을 곤이 제지했다.

"그 균형은 신神만이 맞추는 거다. 네놈들이 하는 건, 살인이다. 새겨라."

냉엄하게 꾸짖은 곤이 영에게 전했다.

"이자는 대한제국으로 데려간다."

그 말에 남자가 발악하듯 자신을 죽이라고 소리쳤다. 대한제국으로 가게 되면 역적 잔당인 남자의 최후야 불 보듯 뻔한 일이었다. 곤은 서늘한 눈빛으로 남자의 2G 폰을 보았다.

"저장된 번호가 단 하나도 없다는 건, 이 물건의 용도는 그저 연락을 기다리는 거구나. 적어도 한 통의 전화는 걸려올 거란 얘기고. 스스로의 목숨을 끊으라는, 자결 명령."

∞

착잡한 표정으로 곤은 나리의 카페에 들어섰다. 남자를 데리고 간 지하실은 나리가 빌려준 곳이었다. 이 세계에서 언제든 곤을 도울 다섯 명 중 하나라고 하더니, 진짜였다. 곤은 카운터 앞에 거북이 모양의 금덩이를 올려놓았다.

"당분간 자네의 건물은 내가 임대하겠네. 도와줘서 고마웠네. 부족하면 말하고."

나리는 놀란 눈으로 주먹만 한 금덩이를 확인했다. 곤이 예사 사람은 아닐 거라 생각하긴 했지만, 지난번 빚도 금으로 갚더니 이번에도 금이었다.

"혹시 남는다면 커피 한잔 주겠나?"

두 잔도 줄 수 있었다. 나리는 얼른 끄덕였다. 마침 두 잔 줄

일이 생기기도 했다.

"두 잔 줘야겠네요. 태을 언니 왔어요."

태을이라는 말에 곤은 곧장 돌아보았다. 코트 주머니에 손을 넣은 채로 태을이 휘적휘적 곤을 향해 다가오고 있었다. 두 사람 다, 녹록지 않은 하루를 보낸 후였다. 풀어야 할 이야기가 산더미였다. 그럼에도 우선은 이렇게 얼굴을 보는 것만으로도 위안이 됐다.

테이블에 앉으며 곤은 태을을 향해 다정히 물었다.

"잠복은 잘했고? 범인도 잘 잡았다던데."

"어? 설마…… 또 조영 붙였어?"

그 사실까지 들킬 생각은 아니었던 곤은 잠시 당황하며 빠르게 눈을 깜박였다.

"아, 어. 아주 잠깐. 이젠 영이가 일이 생겨서 못 붙여. 그러니까 자네 형님이랑 꼭 같이 다녀. 큰맘 먹은 거야."

"내가 조영 붙여서 뭐라고 하는 거 같아?"

"아니야?"

"어차피 누굴 붙일 거면 직접 왔어야지."

"아, 그러면 좋긴 한데 난 잘 못 숨어. 어디서나 눈에 띄거든. 내가 있는 곳이 갑자기 환해져. 지금도 그럴 텐데?"

"나리야 멀었니? 찬 거 좀 내와라, 얼른."

마침 테이블로 다가온 나리가 웃으며 커피를 내려놓았다.

나리가 멀어지자 태을이 곤에게서 받았던 이림의 사체 검안서와 지문 확인서를 테이블에 올렸다.

"이거 조사해봤는데, 대한민국 이름은 이성재. 95년도에 한 요양원에서 사망했어. 요양원이 마지막 기록인데 남아 있는 자료는 없고 사망 원인은 자연사였고."

"소아마비 병력은?"

"있었어."

곤의 입가가 금세 내려앉았다. 조금 전 확인하기도 했지만, 역시나 자신이 생각한 기호가 맞았다. 곤은 어두운 얼굴로 물었다.

"이 사람 가족은? 혹시 여기에…… 나 있어?"

이 세계가 평행세계라는 것을 알았을 때부터 궁금했고, 동시에 예감했던 곤이다. 태을은 착잡한 심정으로 고개를 저었다.

"……지금은 없어. 여덟 살에 사망했어."

"그래. 제일 먼저 자신을 죽이고, 나를 죽였군. 혹시 다른 가족은? 이를테면, 동생이나 그 동생의 부인."

"동생도 사망했고. 동생의 부인은, 살아 있어."

예상은 했지만, 예상했다고 해서 어느 세계에도 아버지의 얼굴을 한 이가 없다는 사실이 괜찮은 건 아니었다. 다 가늠할 수는 없지만, 태을도 어느 정도는 곤의 상실감을 알 것 같왔다. 대한제국에서 엄마의 얼굴을 한 이를 찾으려고 했을 때, 찾지 못했을 때 느꼈던 좌절감이 떠올랐다.

태을은 제 친족을 살해하고, 다른 세계에서도 제 친족과 같은 얼굴을 한 이를 살해한 이림이 악마와 같이 느껴졌다. 아니, 악마였다.

"……괜찮아?"

걱정스러운 태을의 물음에 곤은 대답 대신 살아 있다는 부인에 대해 물었다.

"이림과 이 사람의 가계가 같다면, 그 부인은, 내 어머니의 얼굴을 하고 있겠군."

"……이름은 송정혜야."

곤은 잠시 생각하다가 단단한 표정으로 끄덕였다.

"씩씩해라. 안심이다."

"이건 긴 싸움이 될 거라."

"내일 낮에 시간 돼? 송정혜 씨 주소지에 가보려고. 공조해야지."

"명 받겠네."

그리 말하며 곤이 피식 웃었다. 곤의 강인함이 태을에게까지 전해졌다.

"진짜네."

"뭐가?"

"그쪽이 환해졌어."

생각지도 못한 말이었다. 방심하고 있던 곤은 태을의 말에 환히 웃었다. 역시 보는 것만으로도 위로였고, 함께해서 다행이었다. 곤의 웃음에 전염된 듯 태을도 맑게 웃어 보였다.

∞

혼란을 감추지 못한 채, 신재는 경찰서 복도를 걷고 있었다. 경란이 태을에게 전해 달라던 신원 조회 서류를 봤다. 이지훈에 대한 추가 자료였는데, 이십오 년 전에 사망한 8세 아이였다. 태을이 갑자기 이십오 년 전 사건을 조사하고 있다는 것도 수상했는데, 펼쳐 본 서류 속 아이의 얼굴이 기묘할 정도로 눈에 밟혔다. 신재는 그 길로 곧장 납골당으로 향했다. 납골당에서 또 한 번 아이의 영정 사진을 확인하고 돌아오는 길이었다.

어디서 보았을까. 익숙하면서도 낯설었다. 골몰히 생각하던 신재는 마침 퇴근 중이던 은섭을 발견했다. 은섭은 처음 보는 코트를 입고 있었다. 영의 코트였다. 영이 입고 있는 모습을 보니 자신과 같은 얼굴인데도 꽤 멋있어 보여서 은섭은 영 몰래 코트를 입고 나왔다. 코트만 입으려 했을 뿐인데 주머니 속에 영의 휴대폰이 있어 난감했다.

심지어 휴대폰을 누르자 얼굴 인식 기능이 활성화되며 잠금이 풀렸다. 새삼 놀라운 일이었다. 잠금 화면이 풀린 휴대폰 배경 화면에는 해군 시절의 영과 곤이 함께 찍은 사진이 있었다.

　"뭐꼬, 상사랑 찍은 사진을 배경으로. 미쳤네, 돌았네, 약 묵었네."

　궁시렁대는 은섭의 뒤로 신재가 물었다.

　"누가."

　"아! 놀래라. 아, 행님."

　"퇴근하냐?"

　"6시 땡! 오늘은 정시 퇴근, 내일은 영영 퇴근."

　"내일 소집 해제구나. 축하하고 핸드폰은 좀 줘보고."

　"해, 핸드폰예? 핸드폰은 와요. 내 새로 했는데."

　"봤는데, 내가. 이상한 거. 뺏을까 아님 그냥 보여줄래."

　"아 그게……. 그 왜 아더왕 행님 있잖습니까. 그 행님이 다시 와가지고요."

　은섭은 휴대폰을 꼭 쥔 채 애써 변명했다. 그러나 형사인 신재를 이겨낼 수는 없었다. 신재는 은섭의 손에서 휴대폰을 가로채 곧바로 은섭의 얼굴에 가져다 댔다. 그러자 곧바로 잠금 화면이 풀리며 바탕 화면이 나왔다.

　"그…… 행님이랑 내랑 찍은 깁니다."

당황하며 은섭이 둘러댔다. 왜 은섭이 해군 제복을 입고 있는지, 언제 찍은 사진인지, 그런 것들은 차후의 문제였다. 신재의 눈길은 해군 제복 위에 달린 오얏꽃 모양 계급장으로 향했다. 또다. 또, 곤에게서 오얏꽃 문양이 발견되었다. 신재가 가진 오래된 의문의 열쇠가 곤에게 있을지도 몰랐다.

"내가 지금 말 길게 할 상태가 아니거든? 그렇다 칠 테니까 이 새끼 지금 어디 있는지만 말해."

"……호텔이요. 저희 집에 있다가 아들 올라온다 해서 제 이름으로 체크인 해줬거든요."

"그럼 너랑 가면 키 하나 받을 수 있겠네?"

∞

곤이 머무는 스위트룸으로 신재가 들어섰다. 신재는 휴대폰 플래시를 켠 채 불 꺼진 방 안을 수색하기 시작했다. 방문 하나를 열자 침대 위에 곤의 것으로 보이는 코트가 올려져 있었다. 신재는 곧장 코트를 뒤져 휴대폰을 찾아냈다. 잠금도 걸지 않은 휴대폰에는 태을과 자신을 포함한 태을의 지인들의 전화번호만이 저장되어 있었다. 신재는 찌푸린 채 휴대폰을 침대 위에 던지고 코트 주머니를 마저 뒤졌다. 코트 안주머니에 서류가 있었다.

접혀 있는 서류를 펼쳐 불빛에 비춰 보자 또 한 번 황실의 문양인 오얏꽃 문양이 드러났다. 머릿속이 복잡해졌다. 이 문양이 무엇인지, 일생을 찾았으나 찾을 수 없었던 문양이 곤에게서는 속속들이 나타난다. 머리가 어지러운 기분이었다.

그 순간, 누군가의 손이 신재를 덮쳐왔다. 신재가 본능적으로 몸을 피했다. 룸 안에 침입한 신재를 향해 영의 매서운 공격이 날아들었다. 신재와 영이 한 치의 양보도 없이 서로 대치했다. 밀려난 신재의 몸이 벽면의 스위치를 누르자 닫혀 있던 커튼이 열리기 시작했다. 커튼이 열리며 외부의 불빛이 룸 안으로 스며들었다.

"조은섭? 너 방금 나랑, 로비에서……."

자신을 공격해 온 게 은섭이라 생각한 신재가 당혹감을 감추지 못했다. 영은 차가운 표정으로 신재를 노려보고 서 있었다.

"너 뭐야. 너 은섭이 아니지."

동시에 카드키를 문에 가져다 대는 기계음과 함께 문이 열리는 소리가 들렸다. 신재가 문 쪽으로 고개를 돌리자 틈을 놓치지 않고 영이 신재가 쥐고 있던 서류를 낚아챘다.

"이게 지금 무슨 상황일까."

운동복 차림의 곤이 신재에게 다가섰다.

"이자가 폐하의 방을 뒤졌습니다."

신재를 제압했던 손을 풀어주며 영이 곤에게 사체 검안서를 건넸다. 사체 검안서를 확인한 곤이 고개를 들었다. 사체 검안서의 겉면에 황실 문양이 선명히 찍혀 있었다. 이전에도 신재가 제게 맥시무스의 마구에 새겨진 문양에 대해 물은 적 있다는 걸 곤은 기억했다. 황실의 문양이라고, 사실대로 답해주었으나 신재가 믿었을 리 만무했다.

"자넨 지난번부터 이 문양을 쫓고 있어. 그런데 이게 뭔지는 몰라. 그렇지?"

"그게 뭔데."

"이건 내 황실의 문장이야."

"개소리 말고. 넌 그냥 신분 없는 새끼일 뿐이야."

신재가 욕지기를 내뱉기 무섭게 영이 총을 꺼내 들었다. 한눈에 봐도 진짜 총이었다.

"이 새끼 총도 갖고 있네? 니들 진짜 뭐냐?"

"말하면, 이번엔 믿을 건가? 이미 여러 번 얘기했거든. 내가 누군지."

"헛소리하지 말고 제대로 말해. 어디 있는데, 네 황실이."

"이곳이 아닌 다른 곳에. 정확히는 다른 세계에."

진실을 말하는 것처럼 곤은 단 한 번도 다름없이 같은 대답을 내놓고 있었다. 곤이 신재에게 한 발짝 다가서며 재차 물었다.

"자네가 궁금한 건 다 얘기했어. 이제 자네가 얘기할 차례인 것 같은데."

도리어 추궁을 당하는 사람처럼 신재의 눈이 사정없이 떨렸다. 혼란을 감당하지 못하는 눈빛이었다. 단지 곤의 이야기를 믿지 못해서가 아니었다.

"너 뭔데, 뭐냐고! 네가, 이곤이야?"

신재가 꺼질 듯한 목소리로 간신히 되물었다.

이곤. 대한제국 사람이 불러서는 안 될 이름이라면, 대한민국 사람이 알아서는 안 될 이름이었다.

"정태을 경위가 자네한텐 그런 것도 얘기해?"

"태을이도…… 알아?"

"정태을 경위가 얘기한 게 아니야?"

꿈이라고 생각했던 것들이, 어린 시절 죽다 살아난 탓에 겪는 후유증이라고 생각했던 것들이, 꿈도 후유증도 아닌 현실의 기억일 가능성. 그 앞에서 신재는 무너졌다.

납골당에서 본 지훈의 얼굴이 익숙한 건 어느 날의 기억 때문이었다. 길거리에는 오얏꽃 문양이 새겨진 흰 천이 곳곳에 휘날리고 있었다. 그날은 여덟 살에 아버지를 잃고 황제의 자리에 오른 곤이 즉위식을 마치고 26일에 걸쳐 곡을 하던 어느 날이었다. 신재는 커다란 TV가 여러 대 놓인 가전제품 매장 앞에서 엄마를 기다리며 뉴스를 보았다. 자신보다 작은 아이가 상복을 입은 채 목놓아 울고 있었다.

"그 울고 있던 애가, 진짜 너야? 니가 진짜, 이곤이야?"

신재는 곤의 곡소리를 들은 거다. 곤은 대답하지 못했다. 넘어온 자가, 생각보다 더 많았다.

"대답해 새끼야!"

극심한 혼란스러움에 공황에 빠진 듯, 신재가 소리치며 곤의 멱살을 붙잡았다. 동시에 영이 총구를 신재의 머리에 가까이 댔다.

"손 떼. 죽고 싶지 않으면."

"하나 확실한 건."

곤은 침잠했다. 태을은 이 세계에 발이 묶일 이유였다. 그리고 눈앞의 신재는 이 세계에 있을 수 없는 이유였다.

"자넨 내가 나의 세계로 돌아가야 하는 이유야. 아마도 내가, 자네의 주군인 듯싶거든."

침묵에 휩싸인 방 안이 혼란으로 일렁였다. 운명이 빠르게 휘몰아치고 있었다.

(2권에 계속)

더킹 영원의 군주 **1**
THE KING · ETERNAL MONARCH

1판 1쇄 인쇄 2020년 6월 24일
1판 1쇄 발행 2020년 6월 30일

극본 김은숙
소설 스토리컬쳐 김수연

발행인 양원석 **편집장** 최두은 **책임편집** 차지혜
디자인 이은혜, 김미선 **영업마케팅** 양정길, 강효경

펴낸 곳 ㈜알에이치코리아
주소 서울시 금천구 가산디지털2로 53, 20층 (가산동, 한라시그마밸리)
편집문의 02-6443-8862 **도서문의** 02-6443-8800
홈페이지 http://rhk.co.kr
등록 2004년 1월 15일 제2-3726호

ISBN 978-89-255-3687-3 (03810)
    978-89-255-3690-3 (세트)